— Ne me prends pas en pitié, lui lançai-je, ma voix n'étant plus qu'un râle.

— Je ne le fais pas.

Ce fut à mon tour de hausser un sourcil, car j'avais capté le mensonge dans son esprit.

— Ne me refais plus jamais ça.

— Je ne fais pas de fausses promesses, répliqua-t-il. Mais je ne te ferai pas de mal sans raison.

— Sans raison, ricanai-je. (Typique d'un Alpha.) Et laisse-moi deviner : refuser ton nœud serait une bonne raison, non ?

— Qu'est-ce qui te fait penser que je t'offrirais mon nœud ? retourna-t-il.

— Nous sommes accouplés. N'est-ce pas ton droit maintenant, *Alpha ?*

Il pencha la tête sur le côté.

— C'est un accouplement de convenance, Kyra. Nous avons fait tous les deux ce qu'il fallait pour protéger nos meilleurs amis.

Un accouplement de convenance, me répétai-je avec un grognement mental. *Est-ce que ça existe au moins ?* Cependant, je supposais que la plupart des Alphas trouveraient plutôt *pratique* d'avoir un accès permanent à une Oméga pour la nouer.

Il émit un son qui laissait penser qu'il avait capté mon analyse. Mais cela n'en était pas moins vrai. Je connaissais les Alphas. Je comprenais leurs désirs. Quelle que soit leur espèce, ils n'avaient tous qu'un seul but en tête : procréer. C'était pourquoi ils prenaient des compagnes Omégas.

Et même si les circonstances étaient différentes aujourd'hui, Lorcan finirait par céder à ses instincts de loup. La question n'était pas de savoir s'il le ferait, mais *quand* il le ferait.

Les Loups du V-Clan

Les Loups du X-Clan

LE SECTEUR DE LA NUIT

LES LOUPS DU V-CLAN

AUTEURE À SUCCÈS USA TODAY

LEXI C. FOSS

Le Secteur de la Nuit

Édition par : Outthink Editing, LLC

Relecture par : Katie Schmahl & Jean Bachen

Traduction de l'anglais au français : Jean-Marc Ligny

Conception de la couverture : Jay R. Villalobos avec Covers by Juan

Photographie de couverture : CJC Photography

Modèles de couverture : Marcel Pospiech & Jenna Pospiech

Publié par : Ninja Newt Publishing, LLC

Édition numérique

eBook ISBN : 978-1-68530-158-3

Paperback ISBN : 978-1-68530-262-7

LE SECTEUR DE LA NUIT

UN ROMAN DU V-CLAN

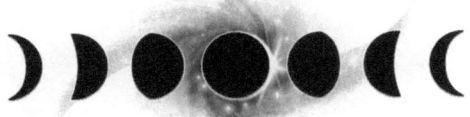

LE SECTEUR DE LA NUIT

Je n'ai jamais voulu d'une compagne.
Surtout pas elle, cette Oméga bien connue pour être une tueuse d'Alphas.
Mais le destin nous joue parfois des tours et elle est désormais mienne.

Heureusement, nous nous sommes mis d'accord. Je n'ai presque pas à la croiser et elle, elle fait comme si je n'existais pas.

Tout va bien.
Jusqu'à ce qu'elle soit enlevée par un vampire sadique qui n'a qu'une envie : faire d'elle son réservoir de sang personnel.

Je suis maintenant le seul à pouvoir entendre ses cris.
Et ça commence à me rendre furieux.

Je ne veux peut-être pas d'elle pour compagne, mais elle m'appartient.

C'est à moi de la protéger.
C'est à moi de la venger.
C'est à moi de la retrouver.

Ne t'inquiète pas, ma petite tueuse.

Je viens te chercher.
Et quand je te trouverai, je te tendrai la lame en argent
Et te regarderai l'enfoncer dans son cœur.

Note de l'auteure : Il s'agit d'une romance entre métamorphes, avec des éléments d'Omégaverse, qui peut se lire indépendamment du reste de la série ; une dynamique Alpha, Bêta, Oméga où vous retrouverez nouage, nidification et morsure. Vérifiez les avertissements en début de livre pour plus d'informations.

NOTE DE LEXI

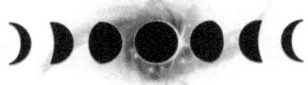

Le Secteur de la Nuit est un livre autonome dans l'univers du V-Clan. Il n'est pas nécessaire de lire les autres livres avant celui-ci pour suivre l'intrigue.

Il s'agit d'une romance entre métamorphes avec des thèmes forts de l'Omégavers. Il y a des dynamiques Alpha/Oméga, la nidification, le ronronnement, les cycles œstraux et, bien sûr, le *nouage*. Si vous n'êtes pas familier avec ces termes, ne vous inquiétez pas, ils sont expliqués tout au long du livre ;-).

Ceux d'entre vous qui connaissent ma série X-Clan remarqueront ces similitudes.

Cependant, vous constaterez sans doute que Lorcan est un peu différent des Alphas du monde X-Clan. C'est un mâle alpha qui comprend l'importance du respect et du consentement.

Hélas, l'ennemi juré de cette histoire n'est pas aussi gentil. C'est un Alpha qui croit qu'il doit prendre ce qu'il veut parce qu'il le peut. **À ce titre, il y a des sous-entendus plus sombres et des thèmes de non-**

consentement qui peuvent mettre le lecteur mal à l'aise.

Cela dit, Kyra est une survivante. Et Lorcan veut soutenir son Oméga dans son rétablissement et dans ses projets de vengeance.

C'est une histoire pleine de passion, de guérison et de vengeance. Lorcan et Kyra ont peut-être commencé par un accouplement de convenance, mais ils vont devenir bien plus que cela…

Amusez-vous bien ! <3

INTRODUCTION

Il y a près d'un siècle, un virus de type zombie s'est répandu à travers le monde, anéantissant plus de quatre-vingt-dix pour cent de la race humaine. De nombreuses espèces surnaturelles étaient immunisées contre le fléau. D'autres ne l'étaient pas.

Ceux qui ont survécu, qu'ils soient humains ou surnaturels, règnent désormais sur leurs propres territoires, également appelés secteurs.

Vous êtes sur le point d'entrer dans le monde du V-Clan, une race de loups métamorphes aux traits vampiriques. Ces êtres préfèrent la nuit. Ils prospèrent grâce à la magie. Et surtout, les Alphas de cette race chérissent leurs compagnes Omégas.

KYRA

CES PUTAINS d'Alphas et leurs foutus nœuds.

Cette pensée bougonne me traversa l'esprit tandis que je glissais un couteau dans ma botte. J'avais *vraiment* envie de tuer l'entité surnaturelle qui avait décidé que ce serait une bonne idée de rendre les Omégas dépendantes de leurs Alphas pendant nos cycles de chaleurs.

Hélas, je n'avais pas pu anéantir le créateur inconnu ci-dessus, et j'avais dû me contenter de quelques Alphas du V-Clan à la place. Plus précisément, le prince Alpha du Secteur Sanglant. Aussi connu comme le compagnon promis de ma meilleure amie. Et le mâle pour lequel elle avait crié toute la matinée.

— Quoi que tu penses faire, ne le fais pas.

La voix grave de Fritz flottait dans l'air depuis le seuil de ma chambre.

J'arquai un sourcil en jetant un coup d'œil par-dessus mon épaule à l'Oméga mâle. Il me retourna un froncement de sourcil, appuyé contre le cadre de la porte, ses bras musclés croisés sur sa poitrine sculptée. Son pull sombre s'étira délicieusement en réponse, révélant encore plus ses formes athlétiques.

Si j'avais été une femme alpha, j'aurais pu être tentée de sauter sur l'occasion. Mais le seul côté *Alpha* chez moi, c'était mon esprit.

Physiquement, j'étais entièrement Oméga : un mètre cinquante-cinq, menue, d'apparence fragile. Toutefois, les apparences pouvaient être trompeuses. Et j'appréciais beaucoup que les autres me sous-estiment à cause de leur interprétation erronée de ma petite taille.

Fritz, lui, ne m'avait jamais sous-estimée. Il avait plus de jugeote. Comme il le prouvait maintenant en prononçant mon nom, qui sonnait comme un avertissement sur sa langue :

— Kyra, tu es sur le point de t'éclipser dans le Secteur Sanglant. Tu ne peux pas faire ça en étant bardée d'armes.

— Bien sûr que je peux, Fritz, répliquai-je en revenant à mon armoire de jouets violents. Après tout, je l'ai déjà fait bien des fois.

— Ouais, en volant du sang dans leurs réserves, souligna-t-il. C'était sensé pour des raisons défensives, au cas où tu serais prise. Cette fois-ci, tu as l'intention de te faire choper par un prince Alpha. Et il ne sera pas très enclin à parler si tu te montres bardée de couteaux.

— Ou... (Je fis la moue et plissai les yeux sur l'une de mes lames préférées.) Hmm.

— Tu ne peux pas le tuer.

— En fait si, je pourrais, contrai-je d'un ton désinvolte. Ce serait assez marrant.

Bien sûr, Quinn n'en serait pas ravie. Et je n'avais vraiment pas envie d'énerver ma meilleure amie. Même si je pensais qu'elle était folle d'avoir choisi *Kieran O'Callaghan* comme compagnon.

— Tu ne peux pas, corrigea Fritz sur le même ton. (Puis il ajouta, l'air grave :) Quinn a essayé de l'amener ici.

Tu l'as senti aussi bien que moi. Ça veut dire qu'elle l'a officiellement choisi.

— À moins qu'il ait trouvé un moyen de l'inciter à le faire.

C'était ma principale préoccupation depuis l'arrivée inattendue de Quinn l'autre jour : avait-elle tenté de l'éclipser vers le Sanctuaire de son plein gré ? Ou l'avait-il manipulée d'une quelconque manière pour qu'elle le fasse ?

— Je suis sûr qu'il y a eu beaucoup de cajoleries, dit Fritz derrière moi. Les Alphas sont doués pour ça. Mais la seule façon pour le prince Kieran de connaître cet endroit, c'est que Quinn lui ait enfin révélé la vérité.

Oui, j'en étais arrivée à la même conclusion. De plus, Quinn m'avait dit qu'elle le voulait ici. Sauf qu'elle ne savait pas comment lui faire franchir le bouclier magique entourant cette île, et qu'elle était maintenant trop affaiblie par ses chaleurs imminentes pour revenir vers lui.

Il se passait aussi quelque chose d'étrange avec le sort de la barrière qui dissimulait cet endroit au monde. Je ne pouvais pas en être sûre, mais cela semblait affaiblir Quinn également. Ce qui était étrange, étant donné que c'était sa lignée qui alimentait et maintenait l'enchantement protecteur.

Quoi qu'il en soit, il semblait que je n'avais pas d'autre choix que de m'éclipser vers le Secteur Sanglant et parler au prince Alpha. Et je ne me sentais pas du tout à l'aise de le faire en n'étant armée que d'une petite lame glissée dans ma botte.

Pinçant de nouveau les lèvres, j'évaluai mon pull et mon jean, me demandant si je pouvais m'en aller en cachant des objets pointus dans mes poches.

Peut-être quelques shurikens ou…

— Peut-être que tu devrais d'abord appeler, suggéra

3

Fritz, m'arrachant à mes pensées. Demande un rendez-vous pour lui parler de Quinn et lui présenter la fiole.

Je baissai les yeux sur la fiole en question, fronçant le nez quand ma moitié vampirique sentit le sang familier qu'elle contenait. *Le sang de Quinn.* Elle me l'avait donné dans l'espoir qu'il procure à Kieran la protection dont il avait besoin pour franchir la barrière magique.

Le sort ne permettait qu'aux Omégas d'entrer dans l'île. Peu importait le type : louves du X-Clan ou du V-Clan, vampires, louves de l'Ombre, du W-Clan ou du Z-Clan, et plusieurs autres espèces rares… Toutes les Omégas pouvaient passer à travers l'enchantement. Mais pas d'Alphas ni de Betas. Sauf…

Sauf si l'Alpha est le compagnon d'une résidente Oméga.

Quinn avait déjà mordu Kieran, le marquant ainsi comme son promis. Tout ce qu'il avait à faire était de la mordre en retour, mais il ne l'avait pas encore fait. Du coup l'accouplement n'était que partiel. Cependant, absorber du sang était la composante clé du rituel d'accouplement. Donc avec un peu de chance, donner à Kieran une fiole de l'essence de Quinn suffirait à tromper l'enchantement protecteur et à le laisser passer.

Sinon, je ne savais pas trop quoi faire. Car tout le plan reposait sur le fait que j'apporte le cadeau de Quinn au prince Alpha et le convainque de faire ce qu'il fallait pour l'aider.

La plupart des Omégas pouvaient survivre à leurs chaleurs sans leur Alpha. Mais quelque chose dans l'œstrus de Quinn semblait… différent. Différent au point de *menacer sa vie.*

Je me mordillai la lèvre inférieure. Ce qui arrivait à ma meilleure amie n'était pas normal. C'était ce que j'avais déduit de sa pâleur et de ses tremblements ce matin.

C'était pourquoi je m'étais portée volontaire pour

m'aventurer dans le Secteur Sanglant et affronter l'un des Alphas du V-Clan les plus meurtriers qui soient.

Le fait qu'il soit toujours flanqué de deux autres princes alphas renommés, Lorcan et Cillian, n'arrangeait certainement pas les choses. Aussi connus sous le nom tristement célèbre d'*Élites* de Kieran.

— D'accord.

Je fis face à Fritz. Il m'avait suggéré d'appeler pour demander un rendez-vous. Mais je n'allais pas le faire. On n'avait pas le temps. Je n'en voyais pas non plus l'intérêt. Si Kieran aimait vraiment Quinn comme il le devait, il ne se soucierait pas de mon arrivée inattendue.

—Je vais y aller avec juste une lame.

Je connaissais déjà le Secteur Sanglant grâce à mes visites furtives. Il y avait des salles d'armes partout dans le quartier général de Kieran. Je pourrais facilement m'infiltrer dans l'une d'elles en cas de besoin. Ou bien je pourrais juste m'éclipser pour revenir ici.

Ce n'était pas comme si les Alphas pouvaient me suivre. Non seulement à cause de la magie qui protégeait l'île, mais aussi parce que les coordonnées du Sanctuaire étaient inconnues de tous à l'extérieur de la barrière.

Je tirai mes cheveux bleu nuit en queue de cheval et je considérai mon blouson de cuir pendu au mur. *Il y a bien des endroits où cacher des couteaux là-dedans,* songeai-je avec un soupir mental. *Hélas, Fritz a raison.* Je devais aborder Kieran avec au moins un soupçon de diplomatie.

Peut-être que tout cela ne servirait à rien, mais pour Quinn, je devais au moins essayer.

J'empochai la fiole et adressai un signe de tête à Fritz.

— Le Sanctuaire est entre tes mains compétentes, et tout le bataclan. Je serai bientôt de retour.

Avant qu'il puisse répondre, j'activai ma capacité

d'éclipsage, un exercice que nous connaissions bien tous les deux.

À proprement parler, Quinn était notre reine et donc la responsable. Mais elle avait été absente pendant plus d'un siècle, ce qui avait fait de moi la principale dirigeante du Sanctuaire. Je n'aurais su dire quand cette désignation m'avait été échue, elle s'était faite naturellement. J'avais donc choisi Fritz pour me seconder et le nommer superviseur à chaque fois que je partais.

Et bien que Quinn soit physiquement à l'intérieur de nos frontières en ce moment, elle était perdue dans ses chaleurs. Fritz devait donc prendre le contrôle.

Le paysage islandais familier apparut autour de moi tandis que j'entrais illégalement dans le Secteur Sanglant. J'apparaissais toujours dans la même zone boisée, près d'une chute d'eau réputée pour ses formations rocheuses noires.

Touchant du bout des doigts la terre gelée sous mes pieds, j'activai mon ouïe améliorée.

En tant qu'hybride, j'avais hérité des meilleurs traits de mes deux parents : l'éclipsage, la magie et ma louve de ma mère V-Clan ; la vitesse inhumaine, la vue perçante, la furtivité et les instincts de chasse de mon père vampire. Le seul inconvénient de ma constitution génétique unique, c'était que j'avais envie de sang. Beaucoup de sang.

C'était pourquoi je m'aventurais souvent illégalement dans le Secteur Sanglant pour puiser dans leurs réserves. Les loups du V-Clan n'avaient besoin de sang que toutes les quelques semaines, lequel servait à alimenter nos éléments magiques. C'était du moins ce que je comprenais.

Or, en tant que vampire oméga, j'avais besoin de sang beaucoup plus souvent. Principalement parce que je n'avais pas d'Alpha pour subvenir à mes besoins.

Bon, en pratique, c'était un mensonge. J'avais eu un Alpha. Mais je l'avais tué.

Et maintenant, il hante mes cauchemars. Cette pensée me procura un frisson malvenu le long de la colonne vertébrale. *Ce n'est ni le moment ni l'endroit pour penser à lui.*

Je déglutis, me relevai lentement et écoutai le moindre signe d'approche d'un loup ou d'un mortel. Les deux étaient aussi probables l'un que l'autre dans ce secteur, car l'Islande avait évité à la plupart de ses humains d'être infectés.

C'est l'une des qualités salvatrices de Kieran O'Callaghan : sa capacité à protéger *tous les habitants* de son territoire, pas seulement ses loups. Et que demandait-il en échange de sa protection ? Un impôt de sang.

Carrément génial, pensai-je à contrecœur. Mais je ne l'admettrais jamais devant lui. Je préférerais taillader ce beau visage à coups de couteau plutôt que de l'encenser.

En soupirant, j'entamai mon périple habituel à travers l'île, m'éclipsant dans les diverses cachettes que j'avais établies au fil des ans et tendant l'oreille à tout signe d'une détection ou d'une filature. Mais comme d'habitude, je passai inaperçue.

Malheureusement, cela ne durerait pas longtemps.

Faisant la moue, je me téléportai à un coin de rue familier de Reykjavík, à seulement deux pâtés de maisons de la propriété de Kieran.

Dans les faits, cette résidence appartenait à Quinn. Bon sang, tout le secteur lui appartenait, puisqu'elle était la seule MacNamara encore en vie. Elle était de la famille royale. Une vraie princesse. *La future reine.*

Mais Kieran avait conservé son statut de prince Alpha en son absence, après qu'elle l'eut trompé en le fiançant et en s'enfuyant.

Je suppose que le fait qu'il soit resté pour diriger devrait aussi compter en sa faveur. Mais quel Alpha n'aurait pas sauté sur l'occasion de s'emparer du Secteur Sanglant, la capitale incontestable de tout le genre V-Clan ? Il y avait tant de pouvoir et de richesse ici qu'il aurait été idiot de refuser cette opportunité.

Bien. Cessons de tergiverser, me dis-je en commençant à arpenter le trottoir. *Je vais entrer et demander une réunion.* J'hésitai. *En fait, non. Je vais juste m'éclipser à l'intérieur et le surprendre.*

Moins il y avait de gens qui savaient que j'étais ici, mieux c'était.

Une entrée et une sortie rapides. Comme le sang qui coule.

Sauf que ce serait un peu plus compliqué que de voler quelques litres de sang humain.

Cesse de tergiverser, Kyra, m'enjoignis-je. *Fais-le, c'est tout.*

Je visualisai la suite de Kieran – une pièce dans laquelle je n'étais entrée qu'une seule fois en fouinant dans son palais – et j'apparus dans son salon. Un rapide coup d'œil me permit de constater qu'il n'avait guère décoré depuis ma dernière visite. Toujours tout en tons masculins et en accents boisés.

Mais pas de mâle Alpha.

— Bien sûr, tu n'es pas là, marmonnai-je en inspectant sa chambre et la salle de bain. Pourquoi je te trouverais facilement ? Ce n'est pas comme si ta promise avait besoin de toi ou je ne sais quoi.

À moins qu'il ne l'ait chassée.

Je n'étais toujours pas convaincue que Quinn l'avait choisi, malgré toutes les preuves évidentes. Car quelle Oméga saine d'esprit prendrait un Alpha ? Tout ce qu'ils voulaient, c'était un réceptacle à nouer.

— Et à engendrer, grommelai-je à haute voix.

Pourtant, l'Alpha Fare n'avait jamais voulu cela de moi. Il désirait juste un jouet à partager avec tous ses amis.

Je déglutis, mon esprit repoussant instinctivement les souvenirs de *lui* dans une boîte mentale fortifiée – une boîte qui semblait pourtant s'ouvrir constamment aux moments les plus inopportuns. Comme maintenant, alors que je faisais les cent pas dans les quartiers d'un prince Alpha.

Plus d'un siècle s'était écoulé depuis que j'avais tué l'Alpha Fare, pourtant il parvenait encore à me torturer.

— Enfoiré, sifflai-je.

— Bonjour à toi aussi, me répondit une voix grave, me faisant pivoter vers l'entrée de la suite de Kieran.

Un homme musclé s'appuyait sur le chambranle, sa tête à quelques centimètres du sommet. Un Alpha, sans aucun doute. Furtif, aussi. Avec un soupçon d'aura mortelle.

Mais ce n'est pas Kieran.

Non, je suis Cillian, répondit l'homme, sa voix masculine pénétrant facilement mon esprit tandis qu'il arquait un sourcil parfaitement sculpté. *Et tu es ?*

Je plissai les yeux.

— Sors de ma tête, intimai-je dans un grognement sourd, mes doigts cherchant instinctivement ma lame.

Je n'avais jamais rencontré de loup du V-Clan doté de capacités télépathiques, mais je connaissais plusieurs vampires capables de pénétrer l'esprit des autres. *Des Alphas comme Fare.*

— C'est un nom plutôt long, murmura Cillian en s'écartant de la porte pour entrer. Tu aurais un surnom ?

Ma mâchoire se crispa. J'avais passé le siècle dernier à tout faire pour éviter Kieran et ses deux *Élites*. Les trois princes Alphas étaient notoirement mortels. Ils étaient également connus pour leur absence de pitié, ce que l'expression impatiente de Cillian ne faisait qu'accentuer.

— Je donnerai mon nom au prince Kieran, lui dis-je sans ambages. Où est-il ?

Cillian s'arrêta à mi-chemin et me parcourut de ses iris sombres, en s'attardant sur ma botte assez longtemps pour m'indiquer qu'il savait que j'y cachais une arme. Puis il croisa de nouveau mon regard.

— Le prince Kieran est actuellement indisposé. Mais je me ferai un plaisir de te conduire à une cellule où tu pourras attendre son retour, si tu le souhaites.

Je retroussai les lèvres.

—Je crois que je vais l'attendre ici.

—Je ne crois pas avoir proposé cette option.

— Je ne crois pas avoir demandé d'options, rétorquai-je. Juste une audience avec ton chef de meute.

Ses lèvres se contractèrent.

— Je ne suis pas sûr que le futur roi du Secteur Sanglant apprécierait qu'on l'appelle *chef de meute*.

— Alors comment tu l'appelles ? Sire ? Monsieur ? Maître ?

— Cousin, répondit une nouvelle voix juste derrière moi.

Je fis volte-face pour répondre, mais ma hanche se retrouva prise dans une poigne ferme alors qu'un Alpha aux yeux incroyablement noirs me fixait de toute sa très grande hauteur. Ses cheveux noirs tombaient sur son front bronzé, leur longueur mal entretenue chatouillant ses oreilles tandis qu'il penchait légèrement la tête sur le côté.

— Hmm, bourdonna-t-il, évaluant la situation du regard.

J'attendis qu'il dise autre chose, mais il ne le fit pas. À la place, il se contenta de m'observer en silence, son aura me mettant mal à l'aise d'une manière que je ne saurais définir. Ce n'était pas oppressant ni étouffant, et pourtant, je me sentais piégée. Coincée. Incapable de bouger.

Je tentai de faire un pas en arrière, mais mes pieds

restèrent collés au sol, comme s'ils avaient été enrobés de ciment.

Le pouvoir alpha, réalisai-je, le fusillant du regard.

— Qu'est-ce que tu me fais ?

— Pourquoi es-tu ici ? demanda l'homme, ignorant ma question.

— Pour voir le prince Kieran.

Sa poigne se resserra juste assez pour faire allusion à son évidente maîtrise de la situation.

— À quel propos ?

— Ça ne te regarde pas.

— Au contraire, ça *nous* regarde, répondit-il d'une voix rauque, comme s'il ne parlait pas souvent. Si tu veux voir Kieran, tu dois passer par nous. Maintenant, dis-nous qui tu es et pourquoi tu es ici.

LORCAN

Oméga. Hybride. Dangereuse.

Mon esprit s'attarda sur ce dernier qualificatif tandis que j'enroulais lentement mon pouvoir autour de la femme qui se trouvait devant moi.

L'avertissement d'intrusion de Cillian m'avait envoyé directement ici, mon instinct de protection de Kieran et du Secteur Sanglant m'ayant fait réagir immédiatement. Cependant, je n'avais pas prévu que notre intrus serait une petite vampire-louve aux cheveux bleu nuit et aux yeux verts semblables à ceux d'un chat.

Son apparence éblouissante ne se résumait pas à sa beauté. Et elle sentait divinement bon. Comme des oranges sanguines saupoudrées de cannelle.

Un petit piège séduisant à l'aura ancienne.

C'est ainsi que j'avais déduit en une fraction de seconde que cette femme était une menace. Bien qu'elle soit menue – la plupart des Omégas l'étaient –, celle-ci possédait un patrimoine génétique unique qui avait fait gronder mon loup en moi.

Danger. Danger. Danger.

Et elle s'était introduite dans la suite de mon cousin.

Elle serra la mâchoire, ce qui me donna un autre qualificatif pour ma liste : *têtue*.

Très bien. Si elle voulait la jouer comme ça, on pouvait le faire.

— Ne crois pas une seconde que ton statut d'Oméga te protégera. On n'accueille pas gentiment les intrus ici.

Je ne sais pas ce qui me fascine le plus : ta capacité à mentir ou le fait que tu as enchaîné plus de phrases au cours des dernières minutes qu'au cours des six derniers mois ?

Le ton sardonique de Cillian était une invasion malvenue dans mon esprit, mais je m'étais habitué depuis longtemps à ses tendances télépathiques.

Je l'emmène dans ma tanière, lui dis-je, mon pouvoir d'éclipsage s'enroulant déjà autour de moi et de l'Oméga.

Ses pupilles se dilatèrent une demi-seconde avant que la pièce ne se dissolve autour de nous. Puis ses narines firent de même lorsque mes quartiers personnels apparurent.

— Relâche-moi, exigea-t-elle en essayant de se dégager de mon emprise invisible.

— Non.

Je me rapprochai encore plus d'elle, jusqu'à ce que son menton heurte mon torse, avant de tisser mon don de télékinésie dans ses cheveux pour lui tirer doucement la tête en arrière. Ses lèvres pulpeuses s'écartèrent de surprise, son expression confirmant qu'elle commençait à comprendre toute l'étendue de mon pouvoir. Je ne l'utilisais pas souvent de cette manière, mais je sentais que cette petite Oméga risquait de s'enfuir. Et je n'allais pas la laisser disparaître avant qu'elle ait répondu à quelques questions.

— Dis-moi ton nom, lui grognai-je, alors que Cillian apparaissait derrière elle.

Je me retrouve soudain dans l'incertitude quant à ce qu'il faut faire. D'habitude, c'est toi qui joues le rôle silencieux et mortel tandis que je mène l'interrogatoire.

J'ignorai son commentaire inutile et me concentrai sur le regard intense de l'Oméga.

— Je ne suis pas là pour causer des problèmes. Je veux juste parler à Kieran.

Je haussai les sourcils.

— Entrer illégalement dans le Secteur Sanglant et se faufiler dans les quartiers de Kieran sont deux actions qui suggèrent le contraire. Peut-être que tu devrais essayer d'organiser une rencontre par des voies normales la prochaine fois.

Elle leva ses yeux verts en cillant d'un air irrité.

— Foutu Fritz.

J'arquai les sourcils davantage, sa déclaration n'ayant aucun sens.

Comme elle refusait d'en dire plus, je me mis à balayer mentalement son corps à la recherche d'armes et autres objets. Mes capacités télékinésiques étaient exceptionnellement utiles dans ce genre de situation.

Elle a un couteau dans sa botte, dis-je à Cillian.

J'en suis conscient.

Bien sûr qu'il l'était. Nous sentions tous les deux l'odeur du métal sur elle. Tout comme le *sang* dans sa poche. *Le sang de Quinnlynn ?* demandai-je, reconnaissant l'odeur.

C'est ce qu'il semble. Cillian contourna la femelle pour s'approcher de moi. *C'est peut-être comme ça qu'elle a réussi à s'éclipser dans nos terres sans se faire repérer ?*

Je répondis par un grognement mental, affichant un ennui apparent tandis que je gardais mon attention sur la dangereuse Oméga.

— Pourquoi tu as le sang de la princesse Quinnlynn ? l'interrogea Cillian.

Elle lui jeta un coup d'œil, son expression ne laissant rien transparaître.

— Je ne m'expliquerai qu'avec Kieran.

— Alors je te suggère de nous donner un nom que nous pourrons lui transmettre, murmura Cillian d'un ton faussement charmeur.

Je ne dis rien, observant simplement la femelle qui semblait réfléchir à ses paroles. Un muscle se contracta dans sa mâchoire, signe qu'elle perdait patience. Je resserrai mon emprise télékinésique autour d'elle, conscient qu'elle pouvait tenter de disparaître à tout moment. Quoique ce serait impossible avec mon pouvoir qui la bloquait devant moi.

— Kyra. (Le nom sortit dans un grognement bas, son agacement palpable.) Dites-lui que Kyra est ici pour le voir à propos de Quinn. Le sang est pour lui. Et informez-le que mon offre de discussion est limitée dans le temps.

Kyra, répétai-je à Cillian, ce nom m'étant très familier.

La tueuse d'Alphas, présuma-t-il d'une voix mentale neutre. *Moitié vampire, moitié louve du V-Clan. Elle s'en fout de franchir illégalement nos frontières. Elle n'a pas l'air d'avoir peur de nous. Tout semble confirmer sa réputation.*

Hmm, fredonnai-je en guise de réponse. J'avais déjà estimé que cette femelle était dangereuse. Maintenant, je la considérais comme une véritable menace. Elle pourrait bien être ici pour tuer Kieran. J'aurais bien suggéré de l'attacher avec des chaînes, quoique je doute qu'elles puissent la retenir. Mais je n'étais pas non plus tout à fait sûr que ma télékinésie la sécuriserait à long terme.

Cette Oméga avait éliminé un vampire Alpha âgé de plusieurs millénaires. Son *compagnon*. Ainsi que quelques autres Alphas non identifiés. Elle était la veuve noire de son espèce, celle que les Alphas craignaient parce qu'elle pouvait facilement être sous-estimée.

Un joli petit paquet mortel.

Je vais contacter Kieran, décida Cillian. *Voir comment il veut procéder.*

Je faillis grogner. Vu l'humeur actuelle de Kieran, il voudrait probablement tuer l'Oméga. Il venait d'être trahi de la pire façon par sa promise, ce qui le rendait imprévisible. Si Kyra voulait survivre à son courroux, elle devait paraître le plus possible sans défense. Sa taille l'y aidait certainement, mais ses yeux révélaient la puissance qui l'habitait. *Ancienne. Colérique. Hostile.*

Je lâchai sa hanche.

— Suis-moi.

Je rétractai juste assez de ma magie pour lui permettre de marcher tandis que j'avançais dans le couloir vers mon bureau.

— Je l'écouterais à ta place, conseilla Cillian d'un ton égal. C'est le cousin de Kieran. Si quelqu'un peut convaincre le futur roi du Secteur Sanglant de te parler, c'est bien lui.

Un grognement s'éleva en moi, les paroles de Cillian étant tout à fait ridicules.

Il t'écoute plus que moi.

Seulement parce que je lui parle *vraiment.*

Cette fois, je grognai. Car il n'avait pas tort.

— Si votre *futur roi* met trop de temps à accepter, je m'assurerai qu'il ne reverra jamais Quinn, rétorqua Kyra, ce qui me fit marquer le pas.

— Tu menaces Quinnlynn MacNamara ? releva Cillian, son ton ayant un côté mortel qui rivalisait avec la chaleur qui battait dans mes veines.

— Comme si j'allais faire du mal à ma meilleure amie, ricana Kyra. Mais je la protégerai contre un Alpha inapte, et c'est exactement comme ça que j'interpréterai le désintérêt de Kieran s'il continue à laisser ses Élites parler à sa place.

— Tu sais donc où elle se trouve ? insista Cillian.

— Évidemment, dit-elle d'un ton impassible.

Cillian haussa un sourcil.

— Et tu es prête à le dire à Kieran ?

Elle croisa ses bras minces et adopta une attitude de défi.

— Ça dépend de sa réponse ponctuelle à ma *demande de rendez-vous*. (Ces deux derniers mots étaient soulignés d'une irritation que je ne comprenais pas vraiment.) Mais s'il me fait attendre encore longtemps, je partirai et m'assurerai qu'il ne la retrouve plus jamais.

Ce n'était pas vrai. Avec mon pouvoir qui l'entravait, elle n'irait nulle part facilement. Mais je ne pris pas la peine de corriger sa présomption. À la place, j'étudiai son profil, curieux de sa supposée amitié avec Quinnlynn. Elle avait l'air de la protéger. Cependant, cela ne garantissait pas la véracité de ses affirmations.

Demande à Kieran s'il sait pour Kyra, dis-je à Cillian. *Et parle-lui du sang.*

— Tu peux attendre Kieran dans mon bureau, m'adressai-je à Kyra.

Je n'attendis qu'elle obtempère, ni que Cillian réponde. J'entrai plutôt dans mon bureau et gagnai ma table de travail vide. Il y avait des armes cachées un peu partout ici, ce qui en faisait un endroit idéal pour retenir Kyra. Principalement parce que je serais en mesure de me défendre.

Bien sûr, cela changerait si elle trouvait l'un de mes jouets cachés. Mais c'était un risque que j'étais prêt à prendre.

Quelques secondes s'écoulèrent, mon loup intérieur dans l'expectative. Cette femelle semblait l'intéresser, pas seulement parce qu'elle était une Oméga. Sa curiosité s'intensifia lorsque son parfum d'agrumes envahit ma tanière et que son regard félin balaya mon espace personnel tandis qu'elle entrait dans mon bureau.

Je tirai mon fauteuil – le seul siège disponible dans la pièce – en guise d'offre implicite pour une paix temporaire. Kyra réfléchit un instant, puis haussa les épaules et s'y installa comme s'il s'agissait de son propre trône.

Les poils de ma nuque se hérissèrent quand elle porta la main à sa poche, et je réactivai mon pouvoir pour me préparer à saisir son poignet. Mais elle ne fit que sortir une fiole de sang – *le sang de Quinn* – et la posa sur mon bureau comme une sorte d'offrande.

Je baissai les yeux dessus avant de croiser de nouveau son regard.

Elle ne dit rien. Je gardai également le silence.

Après quelques minutes, elle pencha la tête, une question s'attardant dans son regard.

Je ne pris pas la peine de lui demander ce qu'elle voulait savoir. Il était probable que je ne lui répondrais pas. Je doutais également que ce soit quelque chose que j'aie envie de savoir.

Ses iris scintillaient d'une magie cachée, son aura pulsait d'une énergie ancienne.

Séduisante, songeai-je en prenant sa mesure une fois de plus.

Si ces vibrations mortelles avaient été présentes chez tout autre Oméga, j'aurais pu être tenté de jouer. J'avais toujours envie d'un peu de bagarre. Mais cet Oméga-là pourrait être un peu trop difficile à gérer pour moi. Je pouvais pratiquement l'entendre comploter ma mort, ce qui expliquerait le léger frémissement de ses lèvres.

Cette femme aimait infliger de la souffrance.

Bien que cela puisse être intrigant à certains égards, je

n'étais pas resté en vie aussi longtemps juste pour être séduit par la perspective d'une mort sensuelle.

Il arrive, m'avertit Cillian en nous rejoignant dans le bureau.

L'odeur de Kieran me chatouilla le nez l'instant d'après, provenant de ma chambre. Étant donné que nous étions de la même taille et de la même stature, je supposai que mon cousin était passé par là pour m'emprunter un pantalon. Il avait dû aller courir avec son loup, sans doute pour évacuer un peu de son agressivité.

Je gagnai la porte de mon bureau, éprouvant soudain le besoin d'évaluer l'état émotionnel de mon cousin. Il ne serait bon pour aucun de nous qu'il aborde agressivement l'Oméga. Elle était une menace inconnue. Une ancienne Oméga aux pouvoirs incalculables.

Une tueuse d'Alphas.

Et je ne voulais vraiment pas la mettre en colère dans ma tanière, tant que je n'étais pas sûr de pouvoir la contenir.

Kieran me rejoignit sur le seuil, ses yeux sombres rencontrant et retenant les miens. La plupart des loups se seraient recroquevillés en réaction, l'envie de se soumettre étant inhérente à sa présence. Mais mon âge et ma puissance rivalisaient avec les siens, tout comme ceux de Cillian, et il m'était presque impossible de détourner le regard.

Cillian et moi avions suivi Kieran parce que nous le voulions, pas parce que nous le devions.

Mon cousin me jeta un regard interrogateur tandis que j'évaluais rapidement son humeur. Il ne posa pas de questions ni exigea que je bouge, il me fixa simplement avec une pointe de curiosité.

C'est bon pour moi, décidai-je en m'écartant de son chemin pour révéler l'Oméga assise à mon bureau.

Il entra dans la pièce avec une grâce fluide qui laissait penser que son loup était encore très proche de la surface. Son attention se porta d'abord sur la fiole, ses narines se dilatant avant qu'il scrute Kyra de la tête aux pieds.

— Où est-elle ? demanda-t-il sans s'embarrasser de politesses.

Heureusement, Kyra semblait partager son impatience.

— Au Sanctuaire, répondit-elle sans hésiter.

Je me rapprochai de Kieran, concentré sur l'Oméga mortelle assise devant nous. Sa mention du *Sanctuaire* suggérait qu'elle disait la vérité sur son amitié avec Quinnlynn, puisque cette dernière en avait également parlé à Kieran. Et il avait partagé les détails avec Cillian et moi : c'était l'endroit où Quinnlynn avait promis d'emmener Kieran en début de semaine. Hélas, elle l'avait trahi et s'était échappée.

— Dis-moi où c'est. Tout de suite.

Le ton de Kieran ne souffrait d'aucune discussion, son statut d'Alpha était clair.

— Je ne peux pas. Tu dois d'abord boire ça. (Elle pointa un ongle aiguisé sur la fiole posée sur le bureau.) Mais je te préviens, je ne suis pas sûre que ça marche.

Kieran fronça les sourcils.

— Que ça marche pour quoi ?

— Pour passer à travers le sort de barrière sur l'île. Il faut que tu sois complètement accouplé, mais j'espère qu'on pourra le tromper en ayant son sang dans ton organisme. (Elle s'écarta du bureau et se leva.) Alors bois. Ensuite, je t'emmènerai auprès d'elle.

Oh, et puis merde. Je fis un pas en avant, posai ma main sur l'épaule de Kieran. Parce que non. Ça n'allait certainement pas se produire.

— Pourquoi j'irais quelque part avec toi ? demanda-t-il. Je sais tout de ton penchant pour les meurtres d'Alphas, Kyra. Et je n'ai pas envie de devenir ta prochaine victime.

Je suppose que ça veut dire qu'il a confirmé que Quinnlynn la connaît ? devinai-je à l'adresse de Cillian.

Il n'a pas été surpris par sa présence, j'ai donc interprété ça comme une familiarité.

Hmm.

Les lèvres de Kyra se retroussèrent en un sourire félin qui s'accordait avec ses yeux.

— Je ne tue que les Alphas qui le méritent, Kieran. As-tu fait quelque chose pour mériter ma colère ?

— Je ne sais pas, répondit Kieran. À ton avis ?

— Tu commences à le faire. (Elle s'approcha de lui, ses mouvements élégants soulignant sa réputation de petite tueuse séduisante.) Ta future compagne est blessée et en chaleurs. Si tu continues à ne pas l'aider, alors oui, tu vas mériter ma colère.

Kieran se contenta de la fixer, mais je savais qu'il ne la sous-estimerait pas. Nous avions tous les trois survécu trop longtemps dans ce monde pour laisser notre ego prendre le pas sur une logique claire et évidente.

— C'est ma meilleure amie, Kieran, reprit Kyra. Et je l'ai laissée hurler dans son nid. Alors si tu ne veux pas venir avec moi, dis-le maintenant. Parce que quelqu'un doit la réconforter, et même si c'est toi qu'elle veut, je ne peux pas la laisser souffrir seule.

Les yeux noirs de Kieran s'étrécirent.

— Elle m'a rejeté de manière assez spectaculaire. Alors pardonne-moi de ne pas te croire quand tu dis qu'elle me *veut*.

— Est-ce qu'il est devenu sourd quand la barrière a repoussé son âme ici ? demanda Kyra nonchalamment, portant son regard sur moi puis sur Cillian. Parce que je jure que j'ai déjà expliqué ça.

— Et si tu réessayais ? suggéra Cillian d'un ton sans émotion.

Elle leva les yeux au ciel, puis les reporta sur Kieran.

— La *barrière* t'a rejeté. Pas Quinnlynn. Et ce sort a failli la tuer aussi.

— Le sort qu'elle a utilisé pour s'éclipser sans moi ?

Ses iris se fendirent d'un regard noir.

— Non, crétin. Le sort de la barrière qui protège l'île.

Je grognai devant son ton et l'insulte qu'elle avait proférée à mon cousin. Il était le futur roi du Secteur Sanglant. Cela exigeait un certain respect.

Kyra m'ignora et poursuivit :

— Il l'a assommée à son arrivée et l'a fait s'écraser contre un bloc de glace, ce qui l'a fait rouler dans l'eau toute proche. Puis elle s'est réveillée et a eu ses chaleurs peu de temps après. Et maintenant, je suis là parce qu'elle a besoin de toi.

— Que protège ce sort de barrière ?

— Le Sanctuaire.

Sans déconner, me dis-je.

— Qu'est-ce que le Sanctuaire ? demanda Kieran, l'impatience soulignant son ton et épaississant son accent irlandais. Dis-moi ce que c'est, et j'envisagerai de t'accompagner.

— Kieran, grondai-je, son acquiescement potentiel n'étant pas acceptable.

Il leva la main pour m'arrêter, ce qui me fit hérisser le poil. *Il ne peut pas envisager ça,* pensai-je à Cillian. *Il sait de quoi Kyra est capable.*

Il est aveuglé par son besoin de retrouver sa compagne.

Il faut donc le réveiller.

En effet, acquiesça Cillian.

— Quinnlynn a dit qu'elle devait me montrer pour que je comprenne, continua Kieran, d'un ton un peu moins sévère mais tout aussi ferme. Je n'ai confiance ni en elle ni en toi pour faire ça, vu tout ce qui s'est passé. Alors dis-moi plutôt ce que c'est.

— Elle ne t'en a jamais parlé ?

Une pointe d'inquiétude s'était glissée dans les traits et le ton de Kyra, qui balaya Kieran d'un regard méfiant.

— De toute évidence, non.

— Mais elle… elle a dit qu'elle voulait s'accoupler avec toi, dit-elle lentement, son expression se transformant en confusion. Je suis ici pour l'aider. C'est ce que je pensais. À moins que… peut-être que ce sont ses chaleurs ?

Kyra recula d'un pas chancelant, sa capacité d'éclipsage s'animant contre mes liens télékinésiques. Par réflexe, j'apparus dans son dos et posai ma main sur sa hanche pour renforcer mon emprise magique sur son être. Elle frissonna, son cœur battant la chamade. Son pouvoir s'enflamma une fois de plus, provoquant l'embrasement du mien en réaction.

Pas si vite, petite tueuse, lui dis-je, conscient qu'elle ne pouvait pas vraiment m'entendre. Mais je fis passer les mots en resserrant subtilement mon étreinte. *Tu t'es introduite dans notre secteur et tu as exigé de rencontrer notre futur roi. Maintenant, tu vas rester ici jusqu'à ce qu'il te dise que tu peux partir.*

Les iris sombres de Kieran rencontrèrent les miens, son regard se fit complice. *Tu l'as attachée,* semblait-il dire.

Oui, confirmai-je alors que Kyra tentait de s'enfuir pour la troisième fois.

Son pouls s'accéléra lorsque ses capacités l'abandonnèrent, l'Oméga montrant les premiers signes d'incertitude face à sa situation.

Donc il est possible de te maîtriser, songeai-je. *Maintenant, tu vas coopérer ? Ou vais-je devoir te présenter certains de mes traits les plus mortels ?*

Kieran pouvait être patient. Mais il ferait tout son possible pour retrouver sa future compagne. Tout comme je ferais tout ce qu'il me demanderait pour l'aider dans sa quête.

Y compris interroger la petite tueuse en face de moi.

Vas-y, parle, essayai-je de lui dire par mon contact. *Ou c'est moi qui vais te faire parler.*

KYRA

Kieran ne sait pas ce qu'est le Sanctuaire…

Ai-je… ?

J'aurais dû apporter plus de couteaux…

Et si… ?

Les pensées tournaient en rond dans ma tête, me donnant le vertige. Les mots s'embrouillaient.

Reprends-toi, Kyra, me dis-je. *Tu ne peux pas te permettre de baisser la garde maintenant.*

Surtout avec Lorcan qui contrôlait ma capacité à m'éclipser. Il ne m'avait pas dit son nom, mais je l'avais déduit de notre interaction. Il n'y avait qu'un seul autre Alpha en Islande qui pouvait posséder autant de pouvoir, et comme j'avais déjà rencontré Cillian, Lorcan était le coupable tout désigné.

Je faillis grogner de frustration, ma louve s'agitant de plus en plus en moi. Dans tous mes préparatifs, je n'avais pas anticipé la capacité d'un Alpha à m'ancrer. C'était certainement nouveau et pas du tout apprécié.

— Parle-nous du Sanctuaire, intima Kieran.

Je déglutis.

— Je… je pensais que tu savais… Elle… elle essayait de t'emmener là-bas. Pourquoi aurait-elle… ?

Est-ce que j'ai mal lu tout ça ? Est-ce que Quinn essayait encore de lui échapper ?

— Ça fait tellement d'années que je ne l'ai pas vue, ajoutai-je dans un murmure. Peut-être que j'ai mal compris ?

Ce qui signifiait que je m'étais mise en danger en venant ici et en faisant connaître ma présence. Car à présent j'étais entourée de trois Alphas mortels. L'un d'eux avait contrecarré d'une manière ou d'une autre ma capacité à m'éclipser à volonté.

Ça ne va pas…

— Elle m'a dit que c'était un endroit que je devais voir. (Le ton neutre à l'accent irlandais de Kieran interrompit mes pensées.) Puis elle a dit qu'elle seule pouvait nous y éclipser, c'est alors que j'ai décidé de lui faire confiance et qu'elle m'a trahi avec son sort de rejet.

— Pourquoi aurait-elle essayé de l'emmener là-bas si elle n'avait pas l'intention de lui dire la vérité ? intervient Cillian en se plaçant à côté de Kieran.

— Ou bien tout ça n'était qu'une ruse, marmonna l'Alpha derrière moi, resserrant une fois de plus sa poigne sur ma hanche.

Il essayait de me dire quelque chose par son contact, mais je n'avais aucune idée de ce que cela pouvait être. *Un avertissement, peut-être ? Une façon de me rappeler qu'il a mis mon pouvoir à terre ? Ou est-ce une demande subtile de commentaire de ma part ? De défendre mon amie ?*

— Ce n'était pas une ruse, répondis-je, m'adressant à Lorcan plus qu'aux autres. Je l'ai sentie essayer d'emmener Kieran avec elle. Puis Fritz l'a trouvée flottant sur ce rivage glacé. Il m'a aidée à la ramener à l'intérieur.

— Fritz ? répéta Kieran. Qui est ce foutu Fritz ?

Merde. Je n'aurais pas dû dire ça.

Mais je ne pouvais pas m'empêcher de répondre. C'était comme si le toucher de Lorcan commandait mes vérités, même celles que je voulais cacher au plus profond de moi.

— Un Protecteur. (Cet aveu sortit en un murmure.) Le Sanctuaire… (Je m'interrompis, portant de nouveau mon attention sur Kieran.) C'est un Sanctuaire pour les Omégas. La magie des MacNamara protège l'île. Et cette magie sert de barrière. Seules les Omégas peuvent passer. Ou leurs compagnons.

Il haussa les sourcils.

— Une île d'Omégas du V-Clan ?

Je secouai la tête.

— Des Omégas de toutes sortes.

Et je venais de les trahir de la pire des façons.

À moins que Quinn ne veuille vraiment que Kieran le sache. Sinon, pourquoi aurait-elle essayé de lui faire franchir la barrière ? Il n'avait pas tenté de l'y contraindre. En fait, son histoire donnait l'impression qu'elle avait voulu lui montrer la vérité comme une astuce pour obtenir sa propre liberté. Mais Quinn ne lui aurait jamais parlé du Sanctuaire dans cette situation. Elle aurait trouvé un autre moyen de lui échapper.

Elle voulait donc qu'il le sache.

C'était la seule explication au fait qu'elle avait essayé de lui faire franchir la barrière. Et j'étais ici maintenant pour l'aider. Pour lui ramener son compagnon. Pour m'assurer que ma meilleure amie survive.

Pourtant, il est là, laissant ses Élites me malmener.

Un sursaut d'agacement me permit de m'ancrer dans le moment présent, en me rappelant ma force. Mon but. Mon *existence*. Je n'étais pas une Oméga qui permettait aux

Alphas de la bousculer. J'avais massacré ceux qui avaient essayé.

Quelque chose dans ce trio m'avait fait oublier ma place. Peut-être que c'était leur puissance combinée – ils étaient trois des Alphas du V-Clan les plus puissants qui soient.

Et ils ne semblent pas me sous-estimer comme le feraient la plupart des Alphas, réalisai-je. *Ils me traitent comme une égale en liant mes pouvoirs et en me forçant à parler.* Pas violemment, juste… avec assurance.

— C'est pour ça qu'un Alpha a assassiné ses parents, murmura Kieran, m'arrachant à mes pensées. Mais en quoi les assassiner apporte-t-il des réponses ? Parce que ça a affaibli la magie de la barrière ?

— Non. La magie a tenu grâce à Quinnlynn.

— Alors à quoi a servi leur meurtre ?

— Il ne les a pas vraiment assassinés, dis-je lentement, réfléchissant à ma réponse avant de développer.

Toutefois, Quinn avait manifestement fait part à Kieran de nos soupçons comme quoi un prince Alpha avait tué ses parents, car tout le monde croyait que le jet avait simplement dysfonctionné et explosé. Seuls quelques privilégiés connaissaient la vérité.

Et ce groupe restreint comprenait désormais Kieran et ses Élites. Cela ne ferait donc pas de mal de fournir une explication plus approfondie.

— Il a placé un enchantement de traçage dans leur jet, et le seul moyen de le déjouer était d'atterrir ailleurs, leur dis-je. Sauf qu'il n'y avait pas d'endroit sûr pour atterrir… pas là où ils étaient. Pas sans en révéler trop. Alors ils… ont choisi de mourir en mer.

— C'est ce que Quinnlynn voulait dire, précisa Kieran. Elle a dit que le coupable avait enchanté l'avion et qu'ils avaient dû le faire s'écraser. Mais elle n'a pas expliqué pourquoi. (Il marqua une pause avant d'ajouter :) C'est pourquoi elle est restée dans le Secteur Bariloche. Pourquoi elle avait besoin de mes pouvoirs de guérison. Pourquoi elle s'est enfuie.

— Elle ne pouvait faire confiance à personne, admis-je. Surtout pas à un Prince Alpha.

Il acquiesça, l'air compréhensif, souligné d'un soupçon de remords.

Bien. Tu devrais te sentir mal d'avoir douté d'elle, pensai-je avant de dire à voix haute :

— Mais elle a essayé de t'emmener au Sanctuaire. Et maintenant, elle a plus que jamais besoin de toi. Non seulement elle est en chaleurs, mais sa guérison est aussi plus lente qu'elle ne devrait l'être, probablement parce que tout son surplus d'énergie lui sert à alimenter le bouclier.

Il continua à m'étudier, ses remords paraissant s'accroître.

Je devais donc me lancer et tout lui dire. Faire en sorte qu'il comprenne. Faire en sorte qu'il soit *d'accord*. Car il ne restait plus beaucoup de temps à Quinn avant qu'elle ne tombe dans les affres de ses chaleurs, et je ne savais pas trop ce qui allait lui arriver à ce moment-là, à elle et au Sanctuaire.

— Je ne sais pas si boire son sang te permettra de franchir la barrière, mais nous devons essayer, l'informai-je d'un ton imprégné d'urgence. Le Sanctuaire a besoin d'elle. Putain, le Sanctuaire a aussi besoin de son Alpha. Je ne l'ai jamais vue aussi faible. C'est comme si elle utilisait toute son énergie vitale pour faire perdurer la magie.

Kieran m'étudia longuement, son expression ne laissant rien paraître. Le moment était venu pour lui de répondre à mes attentes ou de prouver que mes préjugés n'étaient pas fondés.

Qu'est-ce que ça va être, Alpha ? Tu te soucies vraiment de mon amie ? Ou tu es comme tous les autres ?

— On ne laissera pas Kieran aller où que ce soit seul avec toi, intima Cillian, ce qui me fit ciller.

J'avais presque oublié sa présence, bien qu'il se tienne à côté de l'autre homme.

Lorcan profita de ce moment pour me rappeler son existence par un subtil tressaillement de ses doigts sur ma hanche.

Comment ai-je oublié qu'il était là ? Et pourquoi n'ai-je pas encore essayé de le combattre ?

Je *détestais* être touchée par les Alphas. Surtout parce que ma louve intérieure semblait en avoir envie. Même maintenant, elle se lovait en boule et ronronnait en réponse à sa proximité, ce qui était précisément la mauvaise réaction face à un mâle aussi mortel.

Heureusement, mon vampire intérieur était fait de logique.

Car si ces deux Élites ne voulaient pas laisser Kieran aller au Sanctuaire avec moi...

— Alors vous ne pouvez pas m'aider.

Donc j'avais perdu de précieuses minutes ici et il était temps de partir.

Je tentai de me soustraire à l'emprise de Lorcan, mais il la resserra et pressa sa bouche sur mon oreille.

— Il ne dit pas que Kieran ne peut pas y aller, me précisa-t-il à voix basse, sous-tendue d'un avertissement qui allait de pair avec son toucher. Il dit qu'on ne le laissera pas partir *seul* avec toi.

Kieran fixa son cousin bouche bée, une expression que j'aurais partagée si Lorcan m'avait laissée me tourner vers lui.

— L'un de nous vient avec toi, ajouta-t-il à mon oreille.

Cillian acquiesça.

— Oui. L'un d'entre nous se joindra à vous pour assurer la protection de Kieran.

Ces deux-là ne sont pas sérieux.

— Vous ne m'avez pas écoutée ? demandai-je. La barrière n'autorise que les Omégas et leurs compagnons.

— Et tu n'es pas accouplée, rétorqua Cillian du tac au tac. Depuis que tu as tué ton compagnon vampire.

En effet, faillis-je confirmer à haute voix. Mais ensuite… ses mots commencèrent à percoler dans ma tête. Ou plutôt, l'*implication* qui sous-tendait ses déclarations.

Il ne peut pas vouloir dire…

— Accouple-toi à l'un de nous pour qu'on puisse traverser avec toi, déclara-t-il platement, validant la trajectoire de mes pensées. Comme ça, si Kieran ne peut toujours pas passer, l'un de nous pourra lui ramener Quinnlynn.

— Vous croyez que je n'ai pas essayé de l'amener ici ? Parce que faites-moi confiance, je l'ai fait. (Je l'avais tenté la nuit dernière, car unir Quinn à Kieran avait été mon premier réflexe.) Mais la barrière a réagi, et Quinnlynn a hurlé si fort qu'elle a réveillé tout le Sanctuaire.

— Te faire confiance ? demanda Cillian. Je crois…

— Tu ne nous as pas donné une seule raison de te faire confiance, l'interrompit Lorcan. Nous t'avons trouvée rôdant dans les quartiers de Kieran avec un couteau.

Je levai les yeux au ciel. Je n'avais même pas sorti le couteau, il était toujours dans ma foutue botte. *D'ailleurs, c'était…*

— Pour ma protection, grinçai-je entre mes dents. Je ne suis pas là pour faire du mal à qui que ce soit. J'essaie d'aider Quinn.

— Et à part fournir quelques explications fantaisistes — qui peuvent ou non être vraies — tu ne nous as pas donné de bonne raison de te faire confiance, répliqua Lorcan.

Son accent irlandais était bien plus discret que celui de Kieran et de Cillian. Non pas que j'en aie quelque chose à foutre en ce moment, avec ces enfoirés qui remettaient en question chacune de mes paroles.

— Vous me posez donc un ultimatum, traduisis-je avec une irritation grandissante.

— Non, on te donne l'occasion de prouver ta loyauté, rétorqua Cillian.

— En me forçant à m'accoupler avec l'un de vous. (Je lâchai un rire sans joie.) Comme c'est chevaleresque.

— Tu crois qu'on désire prendre une compagne ? De plus, une qui est connue pour avoir tué son dernier partenaire alpha ? demanda Cillian.

Je plissai les yeux. Il ne savait rien de l'Alpha Fare ni de la raison pour laquelle je l'avais tué, et pourtant il donnait l'impression que c'était *moi* la méchante. *Tête de nœud.*

Malheureusement, il n'avait pas fini de parler.

— Nous avons tous deux plus de mille ans, Oméga. Si nous voulions une compagne, nous en aurions déjà pris une. Notre devoir est envers Kieran et Kieran seul. Si ça implique qu'on doive prendre une morveuse dévoyée pour compagne afin de garantir sa sécurité, qu'il en soit ainsi.

— C'est ça la vraie loyauté, ajouta Lorcan. Nous serions prêts à mourir pour lui. Ferais-tu la même chose pour ta soi-disant meilleure amie ?

Je ne pus réprimer le grondement qui montait en moi. *Qu'ils aillent se faire foutre.*

— Vous ne savez rien de moi. *Ni ce que j'ai traversé. Ni ce que je ferais pour aider Quinn.*

— On en sait assez pour ne pas te faire confiance, petite tueuse, reprit Lorcan.

Son ton, ses paroles et sa proximité firent bouillir mon sang. *Marre de ces conneries.*

Je saisis le poignet de Lorcan et plantai mes ongles dans

sa peau. Il siffla en réaction, me relâchant un instant, ce qui me permit de pivoter vers lui.

— Tu ne me fais pas confiance, et pourtant tu veux t'accoupler avec moi ?

— Je ne veux pas du tout m'accoupler avec toi, répliqua-t-il. Mais c'est le meilleur moyen de protéger Kieran. Et ça t'oblige à prouver tes intentions.

— Je ne devrais pas avoir à prouver quoi que ce soit. Quinn a besoin de son promis. Soit il veut la rejoindre, soit il ne veut pas. Fin de la discussion.

— La question n'est pas de savoir si Kieran veut ou non la rejoindre. La question est de savoir si oui ou non tu feras tout ce qu'il faut pour aider ton amie. (Il arqua un sourcil arrogant.) Nous ferions n'importe quoi pour Kieran, y compris nous accoupler avec une tueuse d'Alphas renommée. Jusqu'où iras-tu pour protéger Quinnlynn, Kyra ? Ou ce ne sont que des paroles en l'air ?

Cillian murmura quelque chose derrière moi, que je n'entendis pas à cause de l'afflux de sang dans mes oreilles. Ces Alphas avaient l'audace de remettre en question ma loyauté envers Quinn après avoir risqué ma vie pour venir ici chercher l'aide de Kieran.

— Je n'ai pas le temps pour ça, putain, lançai-je. Mais tu peux croire que je te botterai le cul à mon retour, *Alpha*.

Le dérapage de mon accent anglais – que j'avais perdu depuis des siècles – ne fit que confirmer la colère que m'inspiraient cette situation et ces Alphas arrogants.

Allez vous faire foutre, pensai-je en activant mon pouvoir d'éclipsage.

Lequel tourna court. *Encore.*

— Il y a un problème, Oméga ? s'enquit Lorcan, l'air froid et calculateur.

— Très bien, grognai-je. Tu veux une démonstration de loyauté ? Je vais te montrer ma loyauté.

J'empoignai ses longs cheveux et le tirai vers moi. Puis je plantai mes crocs dans son cou.

— Putain ! s'écria Kieran derrière moi.

Ouais, putain, pensai-je, avec l'intention d'arracher la gorge de Lorcan.

Mais cet enfoiré *gronda*. Un son d'alarme. Une vibration basse de puissance.

Un murmure d'intention entre son loup et ma louve.

Mes jambes s'affaiblirent aussitôt, mes entrailles fondirent rien qu'à ce son. Il me rattrapa alors que mes genoux fléchissaient, ses bras robustes me soulevèrent en l'air tandis que sa bouche se refermait sur ma gorge.

Merde. Merde. Merde.

Ses dents percèrent ma peau, arrachant un gémissement au plus profond de moi.

Mon côté louve ronronna. Mon côté vampire grimaça.

Et je… je devins juste… molle.

— Tu as perdu la tête ? se fâcha Kieran.

— Nous sommes tes Élites, répondit Cillian. Nous devons protéger ta vie.

— Pas aux dépens des vôtres, rétorqua le futur roi du Secteur Sanglant.

— C'est fait, répondit Lorcan.

Sa voix profonde était hypnotique à mes sens. J'en avais la tête qui tournait. L'instant d'avant, je voulais le tuer, et maintenant…

Maintenant, je veux… je veux quelque chose d'entièrement différent.

Ça n'arrivera jamais, petite tueuse, dit-il dans mon esprit en me relâchant.

Je clignai des yeux. *Quoi ?* Je battis des cils, ses traits sévères devenant nets et flous tour à tour. Puis je sentis sa présence dans ma tête. Dans mon cœur. *Dans mon âme.*

Comme lui. Comme l'Alpha Fare.

Mon cœur cessa de battre, mon souffle se bloqua dans ma poitrine.

Nous sommes accouplés. Lorcan et moi sommes accouplés.

C'est ce qui arrive quand une Oméga mord un Alpha et qu'il la mord en retour. La déclaration impassible de Lorcan résonna dans mes pensées alors qu'il jouait dans ma tête.

Arrête, exigeai-je.

Mais il ne cessa pas. Il cherchait quelque chose, explorait les profondeurs de mon esprit tout en laissant le sien ouvert afin que je lui rende la pareille. C'est donc ce que je fis. S'il voulait fouailler mes pensées, je batifolerais dans les siennes.

Mais la première que je trouvai me fit réfléchir. Car elle confirma aussitôt qu'il n'avait pas menti sur le fait qu'il ne voulait pas de compagne. La notion même de lier son âme à une autre lui faisait horreur. Mais il l'avait fait quand même.

Pour Kieran. Son cousin.

Ils étaient aussi proches que des frères, ayant survécu ensemble pendant plus d'un millénaire. Lorcan avait promis sa loyauté à Kieran depuis toujours, et il ferait littéralement n'importe quoi pour garantir sa sécurité. *Y compris s'accoupler à moi.*

Il regrettait profondément d'avoir dû le faire, mais il en assumerait les conséquences comme il se devrait. Je le dévisageai, choquée par cette vérité. Non pas parce qu'elle me contrariait ou me blessait, mais parce qu'elle me paraissait anormale. La plupart des Alphas prenaient des compagnes pour satisfaire leur besoin de rut et de procréation.

Pas Lorcan. Il n'avait aucune envie de faire une telle chose.

Oh, il n'était pas innocent, loin de là. Je captais des aperçus de son passé dans son esprit, des précédentes

Omégas qu'il avait prises dans son lit. Mais aucune d'elles n'avait compté pour lui. Pas dans un sens d'*accouplement*, en tout cas. Il avait couché avec des Omégas par obligation, pour les aider à passer le cap de leurs chaleurs. Tout en prenant toujours une forme de contraception qui empêchait l'apparition d'une progéniture.

Comme c'est… différent, me dis-je. *Un Alpha qui ne veut pas de descendance.*

Lorcan répondit par un grognement dans ma tête. Puis il regarda Kieran par-dessus mon épaule et affirma :

— Elle dit la vérité.

— Sans déconner, marmonnai-je en tâtant la morsure sur ma gorge et en jetant un coup d'œil à Cillian. Au moins, je sais que ton ami était sincère quand il a dit que tu ne voulais pas de compagne.

— Il faut qu'on y aille, dit Lorcan en m'ignorant. Bois le sang. Si ça ne marche pas, je ramènerai Quinnlynn ici.

Les yeux presque noirs de Kieran brillèrent d'un feu d'obsidienne tandis qu'il les dardait sur mon *nouveau compagnon*.

— On n'en a pas fini avec cette discussion.

Il se pencha sur le bureau pour attraper la fiole, ses mouvements ayant un côté mortel.

— Tu me remercieras plus tard, ironisa Lorcan.

Le regard de Kieran s'étrécit encore, et passa de Lorcan à moi. Il serra les dents.

— Ne t'avise pas de nous piéger, Oméga, prévint-il en dévissant le bouchon de la fiole.

Après tout ça, il ne me croit toujours pas ? Eh bien, qu'il aille se faire foutre. Merde à ça. Merde à tout. D'ailleurs, je n'ai même pas peur de lui. Qu'est-ce qu'il pourrait me faire d'autre, même si je les piégeais ?

—Je suis quasi sûre qu'il n'y a pas de pire punition que

tu puisses me donner maintenant, Alpha, lui dis-je entre mes dents serrées.

J'avais déjà été accouplée contre mon gré. Et bien que j'aie provoqué l'accouplement avec Lorcan aujourd'hui, ce n'était certainement pas moi qui l'avais *choisi*.

Lorcan me toisa, les yeux brillants. *M'accoupler n'était pas censé être une punition, Oméga. Et ce n'est pas moi qui t'ai forcée. Tu m'as mordu la première.*

Tu ne m'as peut-être pas forcée, mais tu m'as obligée à prendre un compagnon aujourd'hui, répliquai-je. *C'était ça ou laisser mon amie souffrir. Il n'y avait donc pas d'autre choix. Et par définition, ça implique la force.*

S'il se sentait mal, il ne le montrait pas. Il ne prit pas non plus la peine de répondre. À la place, il regarda Kieran boire la fiole du sang de Quinn, son expression et son esprit ne laissant rien paraître.

D'ailleurs, pourquoi se sentirait-il mal ? Il était un Alpha, et les Alphas prenaient ce qu'ils voulaient. Toujours.

— Conduis-moi à Quinnlynn, ordonna Kieran lorsqu'il eut terminé.

— Nous, rectifia Lorcan en me tendant la main. Conduis-*nous* à Quinnlynn.

— Bien sûr, marmonnai-je. Au moins, j'aurai plus de couteaux là-bas. (Je pris sa main, puis tendis l'autre à Kieran avant d'ajouter à voix haute :) J'espère que ça va faire mal, putain. *Très mal.*

LORCAN

Mon loup s'agitait en moi, impatient de goûter à sa nouvelle compagne.

Il se fichait complètement qu'elle ne soit pas vraiment nôtre. Que rien de tout cela n'ait été voulu ou choisi, mais plutôt *nécessaire*. Il la voulait, tout simplement. Son Oméga. La fougueuse petite tueuse d'Alphas aux yeux furieux et aux courbes séduisantes.

Je repoussai son désir, me concentrai plutôt sur le paysage glacé qui se dessinait autour de moi. Les pensées de Kyra étaient fortes dans mon esprit, sa fureur face à cette situation était palpable.

Putain d'Alphas, pensait-elle. *Connards arrogants.*

Elle n'avait pas tort. Nous *étions* arrogants. En général.

Mais lorsque je l'entendis penser qu'elle n'avait pas le choix, qu'elle avait été *forcée* de s'accoupler, j'eus un instant d'hésitation.

J'avais vu cela comme une décision dévouée, destinée à protéger mon cousin et meilleur ami. Je m'attendais à ce qu'elle ressente la même chose. Cependant, quelques secondes à l'intérieur de son esprit complexe m'avaient appris que ses choix de vie étaient bien plus compliqués que les miens.

Elle était loyale envers Quinnlynn, j'en étais certain. Mais Kyra avait un passé sombre, que je m'efforçais de ne pas explorer, car ce n'était ni mon affaire ni mon problème. Cet arrangement entre nous était strictement professionnel. Un accouplement arrangé avec des récompenses mutuelles. J'aidais mon meilleur ami et elle aidait la sienne. Ni plus ni moins.

— Kyra ? résonna une voix grave dans la brume glacée.

— C'est bon, répondit-elle près de moi. Il est là pour Quinn.

— Et l'autre ? insista le mâle.

Il était dissimulé derrière une sorte de rideau magique. Car tout ce que je voyais autour de nous, c'étaient des eaux glaciales et des calottes glaciaires.

— C'est quelqu'un dont je m'occuperai moi-même, dit-elle sèchement.

Je la fixai, les sourcils arqués. *Et comment comptes-tu t'occuper de moi, petite tueuse ?* songeai-je. *Avec ce couteau dans ta botte ?*

Elle grogna en réponse, sans rien dire d'autre. Cependant, son esprit présentait une myriade de façons dont elle aimerait *s'occuper* de moi, et aucune n'était agréable. Ce qui fit ronronner mon loup, car l'animal qui sommeillait en moi appréciait un bon combat. Surtout quand l'adversaire ressemblait à une magnifique Oméga ayant un penchant pour la violence.

Elle n'est pas à nous, informai-je ma bête intérieure. *Arrête de saliver.*

— Est-ce qu'elle tombe souvent inconsciente lorsqu'elle vient ici ? demanda Kieran, son regard embrassant notre environnement et le voile enchanté devant nous.

— Non, mais sa dernière visite remonte à très longtemps, répondit Kyra avec méfiance. Elle est venue ici après vos fiançailles. Puis elle est partie suivre une piste et n'est jamais vraiment revenue.

Kieran acquiesça.

— L'île a besoin d'elle pour rattraper le temps perdu. Conduis-moi à elle.

Kyra déglutit et fit un pas en avant, concentrée sur ce rideau scintillant.

C'est ça la barrière ? lui demandai-je.

L'île entière est une barrière, rétorqua-t-elle, son esprit élaborant ce que ses mots ne disaient pas.

Il semblait que nous avions déjà traversé le dôme initial qui planait au-dessus de ces terres enchantées, ne laissant devant nous qu'un nuage glacé. Cependant, ce nuage n'était pas vraiment un bouclier. C'était en fait un sort créé par le mâle qui s'était enquis de ma présence.

Fritz, réalisai-je, son nom très présent dans les pensées de Kyra. *Le Protecteur dont elle avait parlé à Kieran.*

Or c'était un Oméga, pas un Alpha. Un Oméga du *V-Clan.*

Et il se tenait juste à l'intérieur de la brume que nous traversâmes, sa stature musclée étant étonnamment robuste pour un Oméga. Il ne faisait pas le poids face à moi ou Kieran, mais je comprenais que sa taille lui avait valu le titre de Protecteur sur l'île.

— On doit marcher, annonça Kyra, focalisée sur Kieran tandis que nous avancions dans la brume. Je crains que le bouclier réagisse si tu t'éclipses.

Kieran hocha la tête. Il la suivait sans peine tandis que je gardais l'allure derrière eux, scrutant le paysage en quête de toute menace potentielle.

La barrière le laissera-t-elle rester sur l'île tant qu'il ne s'éclipse pas ? demandai-je à Kyra. *Ou pourrait-elle encore le rejeter ?*

Elle m'ignora, mais son esprit me fournit la réponse : elle ne savait pas vraiment. Et elle avait des pensées contradictoires à ce sujet. Une partie d'elle voulait que ça marche, tandis qu'une autre partie, plus sombre, aurait aimé voir le sort le mettre en pièces.

Tu ferais mieux d'espérer que ce ne soit pas le cas, lui dis-je.

Tu n'aimes pas la glace ensanglantée ? reprit-elle, son regard de chatte scintillant sous le clair de lune quand elle me lança un coup d'œil par-dessus sa fine épaule.

— Cet enchantement ne ressemble à rien de ce que je connais. Quel âge a-t-il ? demanda Kieran.

Comme Kyra ne répondait pas de suite, je tirai la réponse de ses pensées :

— Il est plus ancien que nous.

Elle me darda un autre regard noir.

— Arrête de fouiner dans ma tête.

— Non. Pas avant d'être sûr que nous sommes en sécurité ici.

— Vous n'êtes pas en sécurité ici, rétorqua-t-elle.

— Justement, répondis-je.

Elle serra la mâchoire et tourna les talons, ses pas étant merveilleusement adroits malgré la terre gelée sous ses bottes.

— Je t'ai dit que c'était bon, Fritz, dit-elle en s'approchant du mur scintillant. Ouvre la porte.

La magie étincelait devant nous, révélant la porte qu'elle venait de mentionner. Sauf qu'il ne s'agissait pas vraiment d'une *porte*, mais plutôt d'une grande entrée faite de feu. *Impressionnant*, me dis-je en admirant la façon dont le feu se reflétait sur la neige qui l'entourait. Elle ne fondait pas, mais scintillait sous la lumière ardente.

Kyra sauta à travers les flammes, ses cheveux bleu nuit nous faisant signe d'avancer dans son sillage.

Je m'éclipsai devant Kieran, une façon silencieuse de

lui dire que j'allais traverser ces flammes en premier. L'esprit de Kyra n'indiquait aucune menace potentielle, mais je ne lui faisais pas confiance pour autant. Car si quelqu'un pouvait cacher des pensées dangereuses à son compagnon, c'était bien elle.

Une cour cristalline apparut lorsque je franchis l'entrée enflammée, m'évoquant certaines parties de l'Islande au cœur de l'hiver.

Vu la distance qui nous séparait du pôle Nord, je soupçonnais qu'il en était ainsi tout au long de l'année. Cet endroit ne serait pas du tout habitable pour des humains. En fait, il ne l'était que pour les surnaturels, à cause des éléments magiques présents dans l'air.

— L'endroit est sûr, signalai-je à Kieran en repérant les sentinelles disséminées sur le territoire.

Sûr n'était peut-être pas le mot exact, mais j'avais une assez bonne idée de ce qui nous attendait. En partie grâce à mon accès à l'esprit de Kyra, mais aussi grâce à ce que mon loup pouvait voir et sentir.

Les plus grandes menaces étaient les archers cachés dans les tours de glace cernant la cour. Toutes leurs armes étaient braquées sur moi.

Pas un problème. Je saisis simplement leurs flèches avec mes fils télékinésiques, m'assurant qu'ils ne pourraient pas les décocher. Les archers ne le sauraient que s'ils essayaient de me tirer dessus, et alors il serait trop tard pour qu'ils réagissent. Parce que je m'éclipserais dans leurs tours et détruirais leurs arcs à mains nues.

Il y avait d'autres archers derrière moi, sur le mur que je venais de franchir. Pas de flammes, cependant. Cet ornement était apparemment réservé à l'entrée principale.

Kieran me rejoignit au moment où un trio d'Omégas entra dans la cour, l'air méfiant.

— C'est bon, répéta Kyra. Je ne suis pas contrainte. Et

c'est le futur roi du Secteur Sanglant que tu as en ligne de mire, Jas ! cria-t-elle à l'une des sentinelles du mur de glace.

Je supposais que c'était celle qui pointait sa flèche sur la tête de Kieran.

Je n'ai pas pris la peine de dire à Kyra que j'avais déjà réglé la question. Si elle était aussi à l'écoute de mes pensées que je l'étais des siennes, elle le savait déjà.

— À quelle distance se trouve Quinnlynn ? s'enquit Kieran.

Kyra désigna un palais de glace étincelant au fond de la cour.

— Elle est en sécurité dans ses appartements là-bas. À environ un quart d'heure de marche d'ici.

— Et si on courait ?

Je serrai les lèvres. Compte tenu de ce que j'avais lu dans l'esprit de Kyra…

— Je ne le recommande pas, lui dis-je. Les Omégas ont une armée, et il semble que nous ne respectons pas leurs protocoles habituels en matière d'accueil. C'est pourquoi nous avons tant d'armes pointées sur nous en ce moment.

Bien sûr, je les avais toutes enveloppées dans des fils invisibles que je contrôlais, mais il valait mieux ne pas tester la force de mes pouvoirs télékinésiques pour le moment. Pas quand les limites de la barrière enchantée étaient inconnues.

— Merci de voler des informations dans mon esprit, *compagnon*, dit Kyra d'un ton sarcastique.

De rien, petite tueuse, lui émis-je.

Elle me darda un autre regard noir, une expression qu'elle devait préférer.

— Marchons vite, suggéra Kieran, ignorant nos commentaires, sans doute parce qu'il se concentrait sur la recherche de sa compagne.

Kyra vint aux côtés de Kieran tandis que je restais de nouveau derrière, portant mon attention à la fois sur les pensées de Kyra et sur ce qui nous entourait.

Armée était peut-être un terme généreux. *Milice* semblait plus approprié. Ils étaient entraînés à utiliser leurs dons naturels contre les intrus. Une tactique intelligente, surtout appliquée à un groupe important. Cependant, en fin de compte, ils étaient tous des Omégas. Un Alpha de mon calibre pourrait anéantir un quart de leur population, voire plus si nécessaire. Heureusement pour le Sanctuaire, il n'existait guère d'Alphas à la hauteur de mes capacités. Mais les Omégas n'étaient pas pour autant en totale sécurité.

Je caressai les arcs et les flèches avec mon pouvoir avant de passer aux autres armes disposées autour de la cour. La plupart d'entre elles étaient vétustes. Peut-être parce que la majorité des Omégas ici étaient des loups et que nous nous battions souvent avec nos dents et nos griffes, pas avec des armes à feu ou d'autres technologies. Mais face à un ennemi plus puissant – comme les Alphas qui avaient l'intention de piller et de s'emparer des Omégas contre leur gré –, il valait mieux employer des armes plus performantes.

Je continuai à scruter la cour tandis que nous passions devant des sculptures de glace ressemblant à des fontaines gelées et d'autres décors scintillants. C'était vraiment un paysage magnifique, dont la nature délicate convenait à ses habitants.

Deux sentinelles menues nous accueillirent à l'entrée, leurs odeurs les désignant comme des métamorphes, mais pas comme des loups du V-Clan.

W-Clan, piochai-je dans l'esprit de Kyra.

Elles inclinèrent légèrement la tête devant elle, indiquant qu'elles la considéraient comme un chef parmi elles. Je confirmai le titre dans ses pensées. Apparemment, elle était leur reine pendant l'absence de Quinn. Mais maintenant que Quinn et Kieran étaient là, Kyra serait leur second, un peu comme Cillian et moi dans le Secteur Sanglant.

Bien que, avec Quinn en chaleurs, je supposais que Kyra était toujours en fonction.

Elle me jeta un coup d'œil quand nous franchîmes les portes, son regard toujours empreint de dédain. Sans doute parce qu'elle m'entendait analyser tout ce qui concernait le Sanctuaire, y compris son rôle ici.

Je ne m'excuserais pas. Elle avait admis que Kieran et moi n'étions pas en sécurité ici, ce que ses pensées continuaient de confirmer tandis qu'elle songeait aux différentes façons dont elle aimerait me tuer.

J'ai seulement accepté de prendre un compagnon, pas d'en garder un, se dit-elle. *Jusqu'à ce que la mort nous sépare et tout le bataclan.*

Mes lèvres tressaillirent lorsqu'elle se détourna pour se concentrer sur Kieran. Ses promesses de mort intriguaient mon loup plus qu'elles ne l'effrayaient. Je ne doutais pas de sa capacité à mener à bien sa mission – elle avait déjà tué des Alphas auparavant, après tout. Mais j'avais bien l'intention de me défendre.

La plupart des Alphas étaient dingues des Omégas et les traitaient comme de petites poupées fragiles. Malheureusement pour Kyra, je n'étais pas comme la plupart des Alphas. Je respectais les Omégas, je les protégeais, j'en avais même chéri quelques-unes par le passé, mais je savais qu'il ne fallait pas sous-estimer leurs intentions.

Prenant la tête à grands pas décidés, Kieran entra dans le palais et gravit une volée de marches sans l'aide de Kyra. Mon nez me dit pourquoi : *l'odeur de Quinnlynn*. Son doux parfum d'Oméga planait dans l'air, suppliant son Alpha de la retrouver, de la nouer, de l'aider à traverser son œstrus.

Je ralentis mon allure pour laisser Kieran s'éloigner, conscient que si je le suivais de trop près, je risquais d'être attaqué. Les Alphas devenaient notoirement agressifs autour des Omégas en chaleur, surtout quand l'Oméga était une compagne désirée. La dernière chose dont j'avais envie était de l'énerver. À chaque pas, je prenais un peu plus de recul. Je demeurais assez proche pour le protéger en cas de besoin, tout en restant assez loin pour ne pas mettre son loup en chasse.

Je n'avais aucune envie de nouer Quinnlynn. Elle était tout à fait à lui. Mais dans les affres d'un rut qui s'annonçait, son loup pourrait oublier notre millénaire d'amitié et sentir tout autre chose.

En haut du grand escalier, nous nous engageâmes dans un couloir orné de cristal le long des murs et du plafond. Il était très élaboré, aux gravures artistiques, et s'accordait avec la délicatesse de la cour extérieure. Les motifs bougeaient et changeaient à mesure que nous avancions, le couloir s'étirant sur des minutes plutôt que sur des secondes.

Cette partie du palais était bien moins peuplée que l'extérieur et l'entrée, ce qui aida mon loup à se calmer davantage. Il s'agissait manifestement des quartiers privés de Quinnlynn, donc je ne serais plus le bienvenu d'ici peu.

Kieran poussa des portes épaisses, et l'odeur de Quinnlynn s'imposa à mes sens. *Elle est proche. Très proche.*

Kyra me jeta un coup d'œil qui me disait *déconne pas.*

Je l'ignorai, me concentrant sur les mouvements de plus en plus rapides de Kieran. Il semblait être assez conscient de lui-même pour ne pas trop se presser, mais il avançait nettement plus vite à présent.

Une autre volée de marches se profila devant nous, et

Kieran les gravit deux par deux. J'attendis qu'il atteigne le sommet pour monter lentement à sa suite. Les cristaux disparurent, ne révélant que des portes que j'imaginais donnant sur des chambres à coucher.

Kieran alla droit vers celle du fond, Kyra à ses trousses, tandis que je m'attardais dans le couloir près du palier. Son ronronnement me parvint en écho alors qu'il disparaissait dans la pièce au bout du couloir, le miaulement de Quinnlynn lui répondant peu après.

L'énergie bourdonnait dans l'air tandis que Kyra s'arrêtait sur le seuil, le dos raide, observant Kieran et Quinnlynn dans la pièce. Je n'osais pas m'approcher davantage, conscient qu'un seul faux pas pouvait déclencher la colère de mon cousin.

— Qu'est-ce que tu fais ? demanda Kyra.

Il lui donne ce dont elle a besoin, lui dis-je.

En faisant quoi ? En la surplombant et en lui imposant son pouvoir ?

Il la soigne, Kyra.

— Kieran, gémit Quinnlynn. Je suis désolée.

— Chut, lui dit-il à voix basse. Je suis là, ma petite.

— Tu me détestes, répondit-elle d'une petite voix triste. C'est un rêve fiévreux.

— Ce n'est pas un rêve.

Son ronronnement s'accentua sur ces mots, son aura de guérison s'intensifia. Je la reconnus parce que je possédais une capacité similaire, mais pas aussi robuste que celle de Kieran.

— Et je ne pourrais jamais te haïr, princesse.

On devrait les laisser maintenant, informai-je Kyra. *Ils ont besoin d'être seuls.*

Kyra ne bougea pas, ses muscles paraissant bloqués, tandis que Quinnlynn se mettait à sangloter.

Je te promets qu'il ne lui fait pas de mal. Je ponctuai mes paroles en effleurant sa colonne vertébrale avec un soupçon de mon essence curative, juste pour qu'elle la sente. *Il lui donne du pouvoir.*

Kyra tressaillit et plissa ses yeux de chatte vers moi. *Ne me touche pas.*

Je soutins simplement son regard à plus de six mètres de distance et arquai un sourcil. Parce qu'évidemment, je ne la touchais pas. J'essayais de me faire comprendre.

Cherche la vérité dans mon esprit.

Je l'ai déjà fait.

Alors pourquoi on est encore là ?

Comme elle ne répondait pas et ne bougeait pas, je secouai la tête et commençai à descendre les escaliers. Je devais trouver une chambre où résider pendant que Kieran et Quinnlynn s'accouplaient. Car je n'allais certainement pas les laisser seuls dans ce pays étranger dans un état aussi vulnérable.

Cependant, je ne pouvais pas non plus rester trop près. Je devais trouver des quartiers d'hôtes suffisamment proches pour les garder sans déranger le loup de Kieran. Demeurer dans les quartiers familiaux serait idéal pour la protection, mais la proximité ne fonctionnerait pas.

Je cherchai dans l'esprit de Kyra à comprendre qui vivait où dans le palais et j'appris que ses appartements se trouvaient dans cette aile, mais qu'on y accédait par un autre escalier qui se trouvait un peu plus loin, au deuxième étage. Je pris cette direction mais la femme en question se planta devant moi, bras croisés sur sa poitrine.

— Absolument pas, putain. Tu l'as escorté jusqu'ici. Tu as vu que je pensais chaque mot que j'ai dit. Maintenant, tu peux retourner au Secteur Sanglant et attendre son appel.

Je haussai de nouveau les sourcils. Apparemment,

c'était le regard que j'avais l'intention de toujours donner à Kyra, tout comme elle me fusillait perpétuellement du sien.

— Je ne laisserai pas Kieran et Quinnlynn sans surveillance.

— Ils sont en sécurité ici.

— Vraiment ? répliquai-je. Grâce à la barrière magique ou grâce à ton armée d'Omégas ?

Encore ce regard, constatai-je alors que ses yeux verts s'enflammaient d'une fureur non dissimulée.

— Qu'est-ce que tu crois qu'il va leur arriver ici, Alpha ?

— Je ne sais pas, admis-je. C'est précisément le problème. Cette île est pleine d'inconnues. Et tu as dit toi-même qu'elle n'était pas sûre pour les Alphas.

— S'il s'accouple avec Quinn, il s'en sortira.

— Et je suis censé te croire sur parole ?

— Je me fiche que tu me fasses confiance ou non. Mais tu ne resteras pas ici.

J'esquissai un sourire, son assurance étant à la fois séduisante et exaspérante.

— Je ne te demande pas la permission, Oméga, lui dis-je doucement. Tu peux soit être accommodante et accepter ma présence ici, soit je peux me trouver un logis. Parce que je me fiche que tu veuilles de moi ou non. Je reste ici.

Des poignards se formèrent pratiquement dans ses yeux alors que je lui renvoyais ses propres mots. Puis son expression fondit en un clin d'œil, son esprit prenant un nouveau train de pensées. Lequel impliquait ma mort imminente.

Je ne pris pas la peine de commenter cette petite piste mortelle. Si elle pensait qu'en restant ici, il lui serait plus facile de me tuer, elle allait avoir un réveil brutal.

— Bien, dit-elle d'une voix à la douceur maladive. Suis-moi.

KYRA

IL VEUT UNE CHAMBRE ? D'accord. Je vais lui donner une chambre. Dans ce putain de cachot.

Je commençai à avancer, mais mes pieds se retrouvèrent soudain ancrés au sol alors que le pouvoir de Lorcan s'enroulait autour de moi en des cordes invisibles.

La télékinésie. Je l'avais comprise peu après mon arrivée au Sanctuaire, lorsqu'il avait rendu toutes nos défenses inutiles. Ses capacités étaient vastes. Imprévisibles. *Menaçantes.*

Et maintenant, il avait fait de moi le sujet de son pouvoir, me tenant en otage dans ma propre maison.

Il se déplaça lentement pour se tenir devant moi, son expression ne laissant rien paraître. Cependant, je captai l'amusement dans ses pensées.

Tu peux essayer de m'enfermer, petite tueuse. Mais je te promets que ça ne me retiendra pas. Sa poigne mentale me serra le ventre, me fit sentir chaque centimètre de son pouvoir sur moi. *On ne peut pas en dire autant de toi, n'est-ce pas ?*

Je serrai les dents. *Tu ne vas pas jouer à ce jeu ici, Alpha. Un seul mot de ma part et une armée d'Omégas te souffleront dans le cou.*

Pour ça, il faudrait que tu puisses parler, répondit-il, arquant son maudit sourcil.

Mes lèvres picotaient, mon cœur battait la chamade. Une sensation qui venait de lui, pas de moi. J'ouvris la bouche pour parler, sauf que… sauf que je ne pouvais pas. Je ne pouvais plus du tout bouger ma mâchoire. *Lorcan…*

Kyra, rétorqua-t-il en inclinant la tête. *Veux-tu me montrer une chambre d'amis appropriée, ou dois-je continuer cette leçon ?*

Un grondement me tarauda la poitrine, mais l'air entre nous restait silencieux. Aucune vibration. Aucun son. Pas un seul fichu tressaillement. Il me contrôlait totalement.

Tout comme l'Alpha Fare.

Mon sang se glaça à cette prise de conscience, des dizaines de souvenirs me frappant avec assez de force pour expulser l'air de mes poumons.

Les crocs de l'Alpha Fare dans mon cou. Ses amis se relayant avec leurs nœuds. Ses remarques moqueuses. Sa contrainte. « Tu vas aimer, je te le promets. Maintenant, écarte ces jolies cuisses et… »

— Kyra. (La voix grave résonna dans mon esprit, troublant mes sens. Parce qu'elle ne sonnait pas juste.) Regarde-moi.

Je clignai des yeux. *Quoi ? Ce n'est pas comme ça qu'on…*

— *Maintenant,* exigea l'homme.

Ma louve gémit en réponse. Mais ma moitié vampire… *siffla.*

Ça n'a aucun sens.

Je cillai encore, surprise par le scintillement soudain des lumières autour de moi. *Les fenêtres. La lune dans le ciel. La glace.*

Pas de grotte noire. Pas d'odeur de sang frais. *Pas en chaleur.*

Ma matrice se serra en réaction, non pas d'envie mais de peur. Et je soupirai quand je ne sentis rien d'anormal.

Pas de douleur. Pas de brûlure résiduelle. Aucune sensation d'agonie.

Parce que tout ça, c'était du passé. C'était arrivé il y avait plus d'un siècle. Dans l'ère préinfection. Juste avant l'épidémie.

Je frissonnai. *Putain, qu'est-ce qui a déclenché ça ?* Ma gorge ressemblait à du papier de verre, mes entrailles étaient glacées d'avoir été paralysées par mes cauchemars.

Sauf que, non... non, ce n'est pas ce qui m'a paralysé.

Mes yeux s'écarquillèrent lorsque j'obéis finalement à l'ordre de *regarder... Lorcan.*

Son nom me traversa l'esprit en un grognement tandis que je détournais mon regard de sa poitrine pour le porter sur son visage. J'avais perdu la vue un instant, trop absorbée par le passé pour voir le présent. Il me fixait de ses yeux noirs insondables, son expression restant indéchiffrable. Mais je perçus un soupçon de regret dans son esprit.

— Ne me prends pas en pitié, lui lançai-je, ma voix n'étant plus qu'un râle.

— Je ne le fais pas.

Ce fut à mon tour de hausser un sourcil, car j'avais capté le mensonge dans son esprit.

— Ne me refais plus jamais ça.

— Je ne fais pas de fausses promesses, répliqua-t-il. Mais je ne te ferai pas de mal sans raison.

— Sans raison, ricanai-je. (Typique d'un Alpha.) Et laisse-moi deviner : refuser ton nœud serait une bonne raison, non ?

— Qu'est-ce qui te fait penser que je t'offrirais mon nœud ? retourna-t-il.

— Nous sommes accouplés. N'est-ce pas ton droit maintenant, *Alpha ?*

Il pencha la tête sur le côté.

— C'est un accouplement de convenance, Kyra. Nous avons fait tous les deux ce qu'il fallait pour protéger nos meilleurs amis.

Un accouplement de convenance, me répétai-je avec un grognement mental. *Est-ce que ça existe au moins ?* Cependant, je supposais que la plupart des Alphas trouveraient plutôt *pratique* d'avoir un accès permanent à une Oméga pour la nouer.

Il émit un son qui laissait penser qu'il avait capté mon analyse. Mais cela n'en était pas moins vrai. Je connaissais les Alphas. Je comprenais leurs désirs. Quelle que soit leur espèce, ils n'avaient tous qu'un seul but en tête : procréer. C'était pourquoi ils prenaient des compagnes Omégas.

Et même si les circonstances étaient différentes aujourd'hui, Lorcan finirait par céder à ses instincts de loup. La question n'était pas de savoir s'il le ferait, mais *quand* il le ferait.

— Écoute, Kyra, tout ce que je veux, c'est une chambre où je puisse séjourner le temps que je protège Kieran et Quinnlynn durant cette période de vulnérabilité, me dit-il d'un ton qui me parut plus fatigué qu'avant. Et si tu es disposée, je ne serais pas contre une visite du Sanctuaire afin de mieux cerner les limites de la sécurité.

J'attendis qu'il en dise plus, mais il n'en fit rien. Il se contenta de me fixer tandis que ses pensées confirmaient que sa seule intention pour rester ici était de protéger Quinn et son cousin.

Cependant, sous-jacent à tout cela, je sentais son loup affamé. Il était peut-être dompté pour le moment, mais je doutais qu'il le reste longtemps. Je devais donc me préparer à l'inévitable. Mais je ne pouvais pas le faire avec Lorcan qui me soufflait dans le cou.

Je suppose que je n'ai pas d'autre choix que de me tenir tranquille. Pour l'instant.

Lorcan soupira et se passa les doigts dans les cheveux.

— On ne se connaît pas, Kyra. On peut faire des suppositions de part et d'autre. Mais plutôt que de faire ces suppositions, essayons de trouver un moyen d'aller de l'avant. Cordialement, de préférence.

Je haussai les épaules.

— Très bien. (Ça n'avait rien de bien. Mais je ne pouvais pas rester là à m'appesantir là-dessus.) Il n'y a pas de chambres disponibles près de mon nid. Tu devras donc dormir à l'étage de Fritz si tu veux rester dans cette aile.

Fritz était le seul à avoir quelques lits vides à proximité, surtout parce qu'il préférait avoir de la place. En fait, Quinn avait aussi quelques lits près de ses quartiers, mais je savais déjà, d'après les pensées de Lorcan, que ces chambres ne lui conviendraient pas.

Autant j'aurais apprécié de regarder Kieran et Lorcan s'entre-déchirer, autant je n'aurais pas aimé qu'ils le fassent *ici*, dans un endroit où il y avait trop d'innocents vulnérables qui pourraient être blessés par des Alphas en train de se battre.

Je tournai les talons et m'engageai dans le couloir, dépassant l'escalier qui menait à mon nid pour gagner le suivant sur la gauche. Lorcan me suivait en silence, ses pas étaient inaudibles, mais je le *sentais* là, rôdant dans mon sillage comme un dangereux prédateur prêt à bondir. Sauf que son esprit était en contradiction avec cette sensation. Il était trop occupé à cataloguer chaque détail du palais pour se concentrer sur moi.

Fritz se tenait au pied de l'escalier, l'air méfiant, lorsque nous y arrivâmes.

— Lorcan a besoin d'une chambre, lui dis-je en guise de salut. Laquelle tu me recommandes ?

Il serra les dents et ses yeux bleus me dirent : *Aucune.*

Je comprenais son hésitation. Toutes les consoles de sécurité étaient à cet étage. Mais Lorcan aurait trouvé cette zone avec ou sans mon aide. Parce qu'il fouaillait mes pensées aussi librement que moi les siennes, ce qui lui permettait de connaître tous les secrets de cette île, à mon grand dam.

Hélas, je ne pouvais rien y faire pour l'instant.

— Il veut aussi visiter le Sanctuaire. Afin de détailler nos pratiques de sécurité.

Je pouvais pratiquement entendre grincer les dents de Fritz.

— J'ai cru comprendre que la magie des MacNamara est ce qui maintient l'unité de l'île, intervint Lorcan en s'appuyant sur le mur du couloir. Mon cousin est en train de guérir cette magie, et il est sur le point de devenir le compagnon officiel de Quinnlynn. En tant qu'Élite, j'ai le droit de connaître la sécurité du territoire dont il va hériter.

— Hériter, répéta Fritz. Ce seul mot me dit que tu ne comprends rien au Sanctuaire. Un Alpha ne peut pas *hériter de* cette terre. Elle appartient aux Omégas.

— Et elle est protégée par le roi et la reine du Secteur Sanglant, répliqua Lorcan avant que je ne puisse émettre un commentaire.

Bien que je n'aie pas grand-chose d'autre à dire. Fritz avait bien résumé la situation.

— En tant qu'Élite de Kieran, je ferai partie du détachement chargé de protéger l'île, poursuivit Lorcan. Par conséquent, je veux être informé de la sécurité du Sanctuaire afin de mieux saisir les faiblesses potentielles qu'il faudrait renforcer à l'avenir.

Fritz et moi ricanâmes en même temps.

— Bien sûr, tu supposes que nous avons des faiblesses, grommelai-je.

— Typiquement Alpha, ajouta Fritz dans sa barbe.

Lorcan garda le silence, sa présence devenant de plus en plus imposante à chaque seconde. Surtout parce que je percevais l'irritation dans ses pensées. Il n'appréciait pas que nous manquions de respect à sa position et à son pouvoir, mais il parvenait miraculeusement à réfréner son envie de nous donner une leçon à tous les deux. J'admirais presque sa maîtrise de soi. *Presque.* Mais je connaissais trop bien ceux de son espèce pour me fier à cette démonstration de retenue.

Une porte s'ouvrit sur notre gauche, ce qui me fit sourciller. Seul Fritz avait les clés des chambres de cet étage, et je savais par expérience qu'il les laissait toutes fermées à clé.

Lorcan fit un pas en avant, mais Fritz s'interposa.

— Pas cette pièce, dit l'Oméga entre ses dents serrées. C'est *mon* nid.

L'Alpha haussa simplement les épaules. Puis une autre porte s'ouvrit.

La compréhension me frappa à la poitrine, et mon cœur manqua plusieurs battements. Lorcan utilisait sa télékinésie non seulement pour ouvrir les portes, mais aussi pour les *déverrouiller.* C'était une déclaration silencieuse à propos de son pouvoir. Ou peut-être devrais-je la traduire comme une menace.

Nous ne pourrions rien lui cacher ici.

La seule défense que nous avions contre lui était la barrière, mais à cause de notre accouplement, il aurait un accès illimité à chaque centimètre carré de notre île. Donc soit on travaillait avec lui, soit il travaillait contre nous. Et en ce moment, il choisissait de travailler contre nous parce que nous avions refusé ses offres de collaboration.

Je jurai en aparté, le détestant pour son existence, et

détestant encore plus le fait que j'avais interprété ses actions grâce à mon lien avec son esprit.

Je me sentais piégée. Liée. *Accouplée. Argh.*

Je pouvais encore sentir les liens rémanents avec le premier Alpha avec qui je m'étais accouplée, et pourtant il était mort. Je ne voulais en aucun cas revivre cela.

Avec un peu de chance, tuer Lorcan rapidement limiterait l'impact résiduel de notre lien. Fare avait été lié à moi pendant des siècles, c'est pourquoi sa présence semblait persister.

Enfin, ça et les cauchemars.

Lorcan disparut, ce qui nous fit bondir, Fritz et moi. Mais j'entendis ses pensées dans l'autre pièce. *Ça va le faire,* disait-il.

Levant les yeux au ciel, je pointai la porte ouverte pour indiquer où il s'était éclipsé.

Fritz me jeta un regard qui devait rivaliser avec mon propre agacement, et gagna l'entrée.

— Ne t'attends pas à ce que je t'apporte des draps ou des serviettes, grommela-t-il à l'intention de l'Alpha.

— Je n'attends rien de vous deux, répondit Lorcan sans ambages.

Son esprit me dit qu'il le pensait à plus d'un titre. Je faillis ricaner à ce mensonge, mais je captai ce qu'il avait l'intention de faire ensuite.

— Attends, intervins-je rapidement pour l'empêcher de se volatiliser à nouveau. Je vais te montrer les alentours pour que tu n'effraies pas les Omégas.

Car je ne pouvais qu'imaginer ce qu'elles ressentiraient si elles découvraient sa silhouette massive errant dans le périmètre. Même si la nouvelle de sa présence ici – et de celle de Kieran – s'était certainement déjà répandue parmi toutes les Omégas de l'île, je ne voulais pas risquer que quiconque se sente mal à l'aise, ou l'attaque et devienne soudain le sujet de ses contraintes télékinésiques.

Lorcan franchit le seuil de la chambre, son putain de sourcil déjà haussé.

Peu importe, pensai-je en tournant de nouveau les talons.

— Suis-moi.

Je ne pris pas la peine d'attendre sa réponse ou son acquiescement. Il avait peut-être l'habitude de donner des ordres chez lui, mais ici, c'était *mon* territoire. S'il voulait quelque chose, il devait respecter mes règles.

Lorcan vint à mes côtés lorsque nous atteignîmes l'étage inférieur, ses mains calées dans son dos avec désinvolture, bougeant avec la grâce d'un prédateur. Ma louve intérieure ronronnait à la vue d'un mâle aussi fort, son assurance étant une drogue dont elle désirait prendre une dose.

Heureusement, je n'étais qu'à moitié louve. Mon côté vampire me permettait de garder les pieds sur terre, me rappelant ce qui se passait lorsqu'un Alpha entrait dans ma tête.

Concentre-toi sur la visite, m'exhortai-je.

— Tous les Omégas nichent dans le palais, expliquai-je d'un ton contraint.

La politesse en présence d'un Alpha ne m'était pas naturelle. Plus maintenant, en tout cas. Jadis, je m'étais prosternée à leurs pieds. J'avais embrassé le sol qu'ils avaient foulé. Je m'étais inclinée chaque fois qu'ils l'avaient exigé. J'avais pris leurs nœuds comme ils l'avaient voulu. J'avais bu à leurs veines. Je leur avais permis de me mordre en retour. Je leur avais offert ma putain d'âme sur un satané plateau.

Je frissonnai à ces souvenirs puissants et malvenus. Et entièrement de la faute de Lorcan. *Putain d'accouplement forcé.*

Était-ce pour nos amis ? Oui. Le referais-je pour sauver

Quinn ? Oui aussi. Mais ça ne voulait pas dire que je devais en être heureuse. D'autant plus qu'il était permanent.

Mes dents grincèrent tandis je commençai à énumérer les détails du palais à Lorcan dans mes pensées, les mots étant plus faciles à formuler ainsi qu'à haute voix. Il était déjà en train de labourer mon esprit, alors autant lui donner quelque chose à écouter.

Tous ces escaliers mènent à des nids d'Omégas, lui dis-je, montrant les divers escaliers du deuxième étage pendant que nous marchions. *Ne les dérange pas, s'il te plaît.*

Ça me hérissait d'entendre ce plaidoyer pitoyable, mais il fallait le dire. C'était littéralement notre sanctuaire. Notre espace de sécurité. Les Alphas n'avaient pas leur place dans le nid d'une Oméga à moins d'y être invités.

Je ne les dérangerai pas, et toi non plus, Kyra.

Je ne pus m'empêcher de grogner. Je savais qu'il ne fallait pas le croire. D'autant plus que je pouvais flairer l'intérêt de son loup. Les Alphas ne pouvaient pas se retenir : ils étaient programmés pour avoir envie des Omégas, tout comme nous étions programmées pour avoir envie d'eux. Au moment de mes premières chaleurs, il serait là, prêt et disposé. Et je l'accepterais parce que mon corps ne pourrait pas dire non.

La salle à manger se trouve au rez-de-chaussée, grinçai-je, ayant besoin d'une distraction. *Il suffit de tourner à droite au bas du grand escalier et de suivre son nez. Les repas sont servis toute la nuit. Les en-cas de la journée sont limités.*

Il ne dit rien, se contenta d'écouter. Sans doute parce que ce n'était pas ce qu'il voulait savoir, mais il me parut approprié de lui faire une visite complète avant d'aller dehors.

Au rez-de-chaussée du palais, il y a également une salle de sport, une piscine intérieure chauffée par la magie et plusieurs autres installations. Il y a aussi de nombreuses cours, dont certaines sont plus tempérées, toujours grâce à la magie.

Je me mis à détailler les serres que nous avions aussi, la variété des végétaux que nous y cultivions, et comment tout cela était possible grâce à une myriade d'enchantements.

Chaque Oméga du Sanctuaire a un travail ou un rôle à jouer. Protection, agriculture, préparation et cuisson des aliments, nettoyage, sage-femme pour nos cycles de chaleurs, et bien d'autres métiers. Beaucoup d'entre nous accomplissent leurs tâches en utilisant leurs traits surnaturels, mais il y en a aussi qui font les choses à l'ancienne.

Toutes les Omégas n'avaient pas de capacités spéciales. Celles du X-Clan, par exemple, n'avaient pas accès à la magie. Comme Lorcan devait déjà savoir tout cela, je ne fournis pas plus de détails.

À la place, je l'emmenai dehors où nous croisâmes un groupe d'Omégas bouche bée. Il les ignora, me suivant consciencieusement pendant que j'expliquais les positions des sentinelles qu'il avait remarquées à notre arrivée.

Je le conduisis ensuite dans le périmètre pour lui montrer les limites du sort de la barrière.

Ni l'un ni l'autre ne parlait à voix haute, tous les détails passant de mon esprit au sien tandis qu'il écoutait et analysait tout ce qui l'entourait. C'était un peu dérangeant de l'entendre décortiquer chaque couche de notre sécurité, quoique cela s'avéra en partie instructif. Chaque élément qu'il notait mentalement comme une faiblesse potentielle, je le classai pour en discuter avec Fritz plus tard.

Nous devions garder une longueur d'avance sur Lorcan. Parce que je ne lui faisais pas confiance. Son esprit pouvait laisser entendre qu'il voulait protéger le Sanctuaire, non lui nuire, mais j'avais appris depuis longtemps que les pensées pouvaient être trompeuses. Surtout quand elles appartenaient à un puissant Alpha.

Lorcan s'arrêta et me regarda, l'air assombri.

— Je crois que j'en ai assez vu et entendu, me dit-il. Je reviendrai.

Sur ces mots sinistres, il disparut à nouveau, me laissant bouche bée devant la place vacante sur la glace. *Où es-tu passé, putain ?* demandai-je en regardant autour de moi.

Il ne répondit pas, m'obligeant à fouiller dans ses pensées pour trouver la réponse.

Secteur Sanglant, réalisai-je en haussant les sourcils. *Ça veut dire que tu ne restes pas ?*

Silence.

Mais ses pensées semblaient faire écho aux derniers mots qu'il m'avait adressés : « Je reviendrai. » Peut-être une raillerie. Je secouai la tête et marmonnai :

— Très bien.

— Carrément *pas* bien, rétorqua Fritz en apparaissant devant moi. (Il devait être en train de nous observer sur les écrans de sécurité, et avait donc été témoin de l'éclipsage de Lorcan.) Il va être un problème, Kyra.

— Sans déconner, grommelai-je. Mais c'est mon problème. Je vais m'en occuper.

Ou plutôt, je m'occuperais de *lui.*

J'avais accepté de l'accoupler et de l'amener ici. Je n'avais pas accepté de rester accouplée à lui. *Jusqu'à ce que la mort nous sépare,* me dis-je.

Si Lorcan m'entendit, il ne répondit pas. Peut-être qu'il avait fait une pause avec mes pensées.

Bien. Je vais utiliser ça à mon avantage.

— Il est temps d'aller jouer avec des couteaux, dis-je à Fritz.

Son expression méfiante fondit en un sourire.

— C'est bien, ma fille. Je vais t'aider à les aiguiser.

— C'est un rendez-vous, murmurai-je en m'éclipsant

dans mon nid pour choisir mes jouets préférés. C'est l'heure d'un nouvel épisode de *Comment tuer un Alpha*.

Fritz apparut à côté de moi avec un petit rire.

— Ton émission préférée.

— Tout à fait, répondis-je. Maintenant, allons préparer un bon scénario.

LORCAN

CETTE PETITE CHIPIE d'Oméga a-t-elle déjà essayé de te tuer ?

Je jetai un coup d'œil au texto de Cillian et répondis par un *non* catégorique.

Ses capacités télépathiques ne s'étendaient pas sur tout le globe, ce qui nous obligeait à utiliser la technologie pour communiquer. J'avais espéré que la même limitation s'appliquerait à ma connexion avec Kyra, mais j'avais bien vite découvert l'autre jour que la distance ne faisait absolument rien pour réduire au silence le lien entre nos esprits.

Du coup je captais chaque foutu mot de ses plans mortels pour moi. Ainsi que tous ses préjugés bien enracinés sur les Alphas.

Je n'avais pas trop fouillé dans ses souvenirs, mais les quelques-uns que j'avais perçus m'avaient fourni une base solide pour expliquer ses partis-pris envers les Alphas.

Toutefois, je n'étais pas un Alpha vampire. Je n'étais pas non plus comme *Fare*.

Les piètres attentes qu'elle avait à mon égard m'avaient

agacé et poussé à retourner dans le Secteur Sanglant pour y trouver une pause bien nécessaire, loin de ses réprimandes mentales. Pourtant, elles m'avaient suivi tout au long du chemin du retour, frappant mon esprit avec chaque notion erronée. Et ces pensées affreuses avaient été présentes lorsque je m'étais de nouveau éclipsé sur l'île. En fait, mon retour lui avait inspiré des commentaires encore plus haineux, car Kyra avait compris que je pouvais aller et venir à ma guise maintenant que j'avais verrouillé mentalement l'emplacement du Sanctuaire.

J'avais donc passé la majeure partie des derniers jours à l'éviter et à me concentrer sur la protection du Sanctuaire.

Les Omégas ne me considéraient peut-être pas comme leur protecteur, mais c'était exactement ce que j'étais devenu dès lors que Kieran avait accepté de s'accoupler avec Quinn. C'est juste que je n'avais pas réalisé que cette tâche existait jusqu'à récemment. Et maintenant que je le savais, je rattrapais le temps perdu.

Ma routine consistait principalement à rôder autour du périmètre, à manger, à prendre des nouvelles de Cillian et à dormir. Cependant, je n'avais guère pratiqué cette dernière activité. Non pas que je craigne ce que Kyra pourrait me faire pendant mon sommeil, mais parce que ses cauchemars ne cessaient de me réveiller. Ils étaient si réels, me disant qu'ils découlaient de ses souvenirs. Chacun me faisait souhaiter que Fare ne soit pas déjà mort pour pouvoir le tuer moi-même.

Je me passai la main sur la figure et contemplai la lune. Cela faisait déjà plusieurs heures que j'étais là dehors, à surveiller les frontières et à m'assurer qu'il n'y avait pas de menaces latentes. La barrière était conçue pour empêcher les intrus d'entrer, et le sort était manifestement puissant. Mais mon loup restait mal à l'aise. Ou peut-être faudrait-il plutôt parler de *méfiance*.

Il y avait quelque chose… qui n'allait pas.

Peut-être était-ce l'énergie étrangère qui me faisait dresser les poils sur ma nuque. Cependant, je n'avais pas survécu aussi longtemps en *acceptant* simplement des explications plausibles. Tant que je n'aurais pas confiance dans le sort du périmètre, je ne pourrais avoir foi en lui.

Je scrutai la plage gelée, observai quelques phoques qui faisaient la sieste le long des rives glaciales. Les animaux prospéraient dans ce nouveau monde, l'absence d'interférence humaine permettant à la plupart de leurs habitats de revenir lentement à la normale. Le chemin à parcourir était encore long, car la destruction de l'environnement mondial avait été catastrophique à cause de l'insouciance générale.

Plusieurs secteurs de l'ère post-infection avaient mis en place des programmes d'aide. D'autres étaient trop pauvres pour s'y atteler.

Je supposais que nous vivions vraiment dans un monde dystopique à présent. Mais les phoques avaient l'air de s'en satisfaire.

Un cri résonna dans mon esprit, me faisant grimacer et jurer à voix haute. *Kyra*, pensai-je, ma capacité d'éclipsage s'enflammant en un instant. Mais mes sens rationnels me ramènent aussitôt à la plage.

Un cauchemar de plus, constatai-je avec une grimace. *Putain de merde.*

Ma réaction innée de courir vers elle commençait vraiment à me perturber. Je n'étais pas habitué à ce besoin impérieux de protéger une *compagne*.

Garder Kieran me venait naturellement après plus d'un millier d'années passées à ses côtés. Aider à prendre soin d'un secteur rempli de loups et d'humains me venait aussi naturellement, car c'était mon devoir en tant qu'Alpha de haut rang.

Mais ce... ce *besoin* de m'assurer que Kyra était en sécurité...

— Putain de merde, grommelai-je en me passant à nouveau la main sur le visage et en me palpant la nuque.

Mon poignet bourdonna à ce moment-là, signalant un nouveau message. Je poussai un autre juron avant de le regarder, sachant bien que c'était une réponse de Cillian.

On dirait qu'elle aime les satisfactions tardives. C'est peut-être ton âme sœur après tout.

Je grognai devant son idiotie, mais je décidai qu'on pouvait jouer à ce jeu à deux. *En parlant d'âmes sœurs, comment va Ivana ?* tapai-je en retour.

Sa réponse me parvint en une poignée de secondes : *Va te faire foutre, Lor.*

Je rejetai le message en esquissant un sourire. Ivana était une Oméga qui voulait à tout prix s'accoupler avec Cillian, mais il la repoussait à chaque fois. Sa loyauté, comme la mienne, allait à Kieran. Ni l'un ni l'autre n'avait le temps ni l'envie de prendre une compagne, ce que j'aimerais vraiment que Kyra comprenne. Or elle semblait penser que j'avais l'intention de lui imposer mon nœud. Comme si j'allais baiser une femme non consentante. Bon sang, je n'étais même pas sûr de pouvoir faire confiance à Kyra pour mon nœud. Elle tenterait probablement de le couper avec l'une de ses lames fantaisistes.

Une image d'elle dansant autour de moi avec des couteaux· envahit mes pensées, m'offrant une pause momentanée. Surtout parce que je l'imaginais faire ça en ne portant rien d'autre qu'une paire de fourreaux sur ses cuisses.

Ouais, ce serait marrant. Dommage que ça ne risque pas d'arriver.

Lâchant un soupir, je repris ma marche vers le palais.

Le message de Cillian m'avait rappelé qu'il était bientôt l'heure du repas.

J'avais l'habitude de prendre un petit déjeuner à minuit, puis d'opérer un autre contrôle de sécurité avant de m'éclipser au Secteur Sanglant pour y faire mon rapport quotidien. Cillian faisait office d'Alpha du secteur en l'absence de Kieran, un rôle qui lui convenait plutôt bien.

La prochaine fois que Cillian me tannerait à propos de Kyra, je ne manquerais pas de mentionner ses grandes qualités de leader. Il détesterait cela presque autant que mes commentaires sur sa compatibilité avec Ivana.

Elle n'était vraiment pas un mauvais choix pour une compagne. Je le lui avais dit plus d'une fois. Ivana était une belle Oméga aux longs cheveux blond pâle, aux yeux bleu glace et avec une assurance qui faisait honte aux autres. Cette assurance était d'ailleurs bien méritée. Kieran comptait souvent sur elle pour des tâches importantes liées au secteur, au grand dam de Cillian. Ou peut-être était-ce à cause de l'agacement de Cillian que Kieran lui confiait ces projets. Voire une combinaison des deux raisons : sa compétence et le fait que cela irritait Cillian.

Je parcourus le chemin de pierre de la cour gelée, franchis les portes et entrai dans le palais. Quelques Omégas s'étaient arrêtées pour m'observer en chemin, mais la plupart des sentinelles sur les tours et les murs n'avaient pas pris la peine de lever leurs armes cette fois-ci.

Je considérais cela comme une victoire.

Les deux premiers jours, les Protecteurs du Sanctuaire avaient pointé leurs flèches et autres instruments sur moi chaque fois qu'ils m'avaient vu. Le troisième jour, certains d'entre eux avaient baissé leur garde. Hier, ils étaient plus nombreux à m'avoir simplement regardé vaquer. Et aujourd'hui, seuls deux membres de la patrouille m'avaient en ligne de mire. L'une d'elles était Jas, une Oméga qui semblait détester les Alphas autant que Kyra.

Mon loup grogna intérieurement à l'odeur du petit déjeuner, toutes mes rôderies autour des frontières ce soir ayant aiguisé ma faim. Je me glissai dans le réfectoire et m'arrêtai près du seuil à la vue de toutes les Omégas qui s'affairaient dans la grande salle à manger. Il semblait que toutes celles qui résidaient au Sanctuaire étaient ici ce soir, ce qui me fit froncer les sourcils.

Depuis mon arrivée, j'avais pris mon petit déjeuner de minuit tous les jours à la même heure, ce qui m'avait permis d'établir une certaine routine. Et il semblait que la cafétéria était de plus en plus bondée à chaque fois que je m'y rendais, un peu comme si toutes les Omégas essayaient délibérément d'aligner leurs horaires sur le mien. Cette notion me paraissait prétentieuse. Cependant, je ne savais pas comment expliquer autrement leur changement évident d'habitudes.

À moins qu'il ne se passe quelque chose d'unique aujourd'hui, me dis-je en rejoignant la file d'attente. *Il y a peut-être une sorte d'événement au programme ?*

Je me retournai pour demander à l'une des Omégas qui m'observait ouvertement depuis une table voisine. Mais au moment où je tentai d'établir un contact visuel, tout le groupe de femmes baissèrent la tête et rougirent intensément.

En soupirant, je me recentrai sur le buffet et j'attrapai une assiette.

Les Omégas étaient notoirement soumises, c'était en partie ce qui rendait Kyra si attirante. Elle n'était pas du genre à s'incliner facilement. Elle forcerait mon loup à la poursuivre. Et il adorerait ça.

Ça n'arrivera jamais, me rappelai-je en empilant un tas de nourriture dans mon assiette. Il y avait surtout des légumes, des céréales et des fruits de mer, ce qui était logique compte tenu de notre situation dans l'Arctique.

D'après mes estimations, nous nous trouvions quelque part entre le Svalbard et le Groenland, sur une île qui n'avait jamais été répertoriée sur aucune carte. L'élevage n'existait pas, car les animaux n'auraient jamais survécu, mais les serres permettaient aux Omégas de récolter des céréales, des fruits et des légumes. Toutefois, ils avaient mangé du porc l'autre soir, ce qui m'indiquait qu'ils avaient un approvisionnement quelque part.

Je pris une tasse de café pour accompagner mon repas et m'installai à ma table habituelle dans un coin, qui m'offrait une vue d'ensemble sur la cafétéria.

Sérieux, à peu près toutes les Omégas du Sanctuaire sont ici en ce moment, sauf mon *Oméga*, songeai-je en scrutant tous les visages. *Même Fritz est là.*

Ses iris bleus brûlaient tandis qu'il me fixait depuis l'autre bout de la salle, son aversion étant palpable. Bien que nous partagions le même étage, nous n'avions pas vraiment parlé. Il essayait de me cacher les consoles de sécurité, mais je m'étais déjà faufilé à l'intérieur et j'avais examiné son impressionnante installation. Il savait clairement ce qu'il faisait.

Si seulement j'arrivais à identifier ce sentiment tenace de fausseté qui grattait sans cesse mon instinct. Tout semblait sûr ici, mais *quelque chose* irritait mon loup. Quelque chose que je devais vraiment définir. Ce n'étaient pas les menaces mentales constantes de Kyra à propos de me tuer, ni l'abondance d'armes que je sentais pointées dans mon dos depuis mon arrivée. Ce n'était pas non plus la haine évidente que certaines Omégas me vouaient.

C'était juste… quelque chose de sombre. Une sorte de présence gênante.

Quoi que ce soit, je le trouverais. Je devais juste continuer à chercher la source.

Mon poignet bourdonna d'un autre message de Cillian, celui-là tout à fait professionnel : *J'ai rassemblé toute la literie et les vêtements portés de Kieran. Ils sont dans un panier dans sa suite.*

Merci, lui répondis-je. *Je passerai le prendre dans une heure.*

La plupart des besoins de Kieran et de Quinn avaient déjà été satisfaits, les sage-femmes Omégas leur ayant fourni des repas, de l'eau et d'autres choses essentielles. Cependant, Quinn allait avoir envie de fortifier son nid avec les affaires de Kieran. C'est ce que faisaient toutes les Omégas pendant leurs chaleurs, surtout celles qui venaient de s'accoupler.

J'aurais pris les affaires plus tôt pour eux si j'avais pu, mais je ne voulais pas risquer d'interrompre les instincts d'accouplement de Kieran. Or, maintenant qu'il avait officiellement mordu Quinn, il serait assez calme, je l'espérais, pour me laisser les déposer devant leur porte. Cela dit, je ne resterais pas longtemps dans les parages. Accouplé ou non, il essaierait probablement de me tuer si je m'approchais trop de lui.

— Hum, marmonna une voix douce près de moi, attirant mon attention sur une petite Oméga aux cheveux clairs et aux grands yeux bleus.

Sans en dire plus, elle posa son plateau sur la table et s'assit à côté de moi.

Je fronçai le nez et mon loup s'imprégna de son odeur unique.

Une Oméga du Z-Clan, réalisai-je avec un sursaut. *Comme c'est... rare.*

La plupart de ses congénères avaient disparu, à cause de la négligence et de la brutalité de leurs chefs de meute.

Les Alphas du Z-Clan traitaient leurs Omégas comme des jouets à mâcher, non comme des trésors.

— Ton esprit est… compliqué, murmura-t-elle après un moment de silence. J'ai du mal à déchiffrer tes intentions. Mais ta nature est de protéger, pas de blesser.

Ah, ça explique pourquoi cette petite louve arctique est toujours en vie, pensai-je. Les métamorphes du Z-Clan étaient réputés pour leur intuition et leur capacité à lire les auras. Et il semblerait que celle-ci ait appris à exploiter cette capacité à des fins de survie.

Je bus une gorgée de mon café en réfléchissant à quoi lui répondre. Mais je décidai finalement que la vérité suffirait.

— Je ne souhaite faire de mal à personne ici, lui confiai-je. C'est un lieu sûr.

Elle inclina légèrement son menton d'elfe, son expression devenant confiante.

— Oui, je te crois.

Hmm, si seulement Kyra était aussi facile à convaincre, me dis-je.

Je jurerais avoir perçu un grognement mental en guise de réponse, mais lorsque j'atteignis l'esprit de Kyra, je découvris qu'elle était en train de se doucher et me rétractai aussitôt. Ce n'était pas ce à quoi j'avais envie de penser en ce moment dans une salle remplie d'Omégas.

— Beaucoup croient qu'elles pourraient t'abattre si tu décidais d'attaquer, mais je leur répète que tu ne nous feras pas de mal, m'informa la louve arctique. Même si je soupçonne que si tu le faisais, on ne pourrait pas faire grand-chose pour t'arrêter.

— C'est vrai. Tu ne pourrais pas m'arrêter, admis-je. (*Pas facilement, en tout cas.*) Mais je vais te confier un secret.

Ses yeux bleus brillèrent et elle se pencha un peu en avant, l'excitation s'affichant sur ses traits innocents.

— Ceux qui ont une force supérieure sont censés nourrir et protéger ceux qui en ont besoin. Les Alphas les plus faibles ne le comprennent pas. Mais je ne suis pas faible. Ni l'Alpha Kieran. Nous comprenons notre devoir envers le Sanctuaire. Nous comprenons notre devoir envers *toi*.

Je gardai ma voix douce, espérant qu'elle saisirait ce que j'essayais de lui dire : *tes Alphas t'ont déçue, mais ça ne veut pas dire que je serai comme eux.*

Elle me dévisagea un long moment, puis baissa de nouveau le menton.

— Tu dis la vérité.

— En effet.

Ces deux mots n'étaient pas nécessaires, sa capacité intuitive lui permettant clairement de déchiffrer la vérité de la fiction. Mais j'éprouvai le besoin de confirmer son évaluation, surtout pour celles qui écoutaient autour de nous. *Ou peut-être pour l'Oméga qui capte mes pensées en ce moment,* ajoutai-je à l'intention de Kyra.

Elle ne me répondit pas et n'accusa pas réception, maintenant le statu quo de ces derniers jours.

La louve arctique sourit.

— Je crois que tu vas me plaire, décida-t-elle à haute voix avant de fourrer un fruit dans la bouche. Tu devrais nous aider à nous entraîner.

Je haussai un sourcil.

— Vous entraîner ?

Elle acquiesça, mais ce fut une autre voix qui précisa :

— Entraînement défensif.

Un plateau atterrit sur la table tandis qu'une autre Oméga s'installait sur une chaise de l'autre côté de moi. Celle-ci avait l'air d'une métamorphe du X-Clan.

— Kyra nous a appris à nous défendre contre les Alphas, expliqua la nouvelle Oméga. C'est un bon professeur, mais elle est petite. Nous avons besoin d'un vrai Alpha pour nous entraîner.

— Je doute qu'il soit prêt pour ça, commenta une troisième Oméga en rejoignant la tablée. (Cette dernière devait être une vampire.) Et Kyra pourrait ne pas apprécier qu'il apprenne nos secrets.

— Mais il est là pour nous protéger, argumenta la louve arctique. Nous apprendre à nous battre est une bonne façon de nous aider.

Il n'y a pas de combat entre un Alpha et une Oméga, pensai-je en fronçant les sourcils à leur conversation.

— La meilleure façon de vous défendre, c'est avec une arme, dis-je à voix haute.

Les Omégas ne gagneraient jamais au corps à corps avec un Alpha.

— Oui, nous avons des épées et des couteaux, me dit la louve arctique.

— Je parle d'armes à longue portée. Comme des fusils.

Toutes les trois me regardèrent en cillant.

— Les fusils… sont des jouets humains, murmura lentement l'Oméga du X-Clan. Pourquoi… ?

— Si tu dois affronter un Alpha, tu as besoin de toute l'aide possible, lui dis-je d'un ton sévère. Les couteaux et les épées ne suffiront pas.

— Ils suffisent pour Kyra, répondit la louve arctique, sourcils froncés.

— Oui, parce que les Alphas que j'ai tués supposaient que ma taille me rendait faible, répliqua Kyra en apparaissant sur une chaise face à moi, l'expression orageuse.

L'Oméga du X-Clan et la vampire s'inclinèrent et s'excusèrent avant de quitter la table précipitamment en rougissant.

Mais la louve arctique ne partit pas aussi vite. À la place, elle regarda Kyra et dit :

— Je veux savoir pourquoi il suggère qu'on se serve de fusils plutôt que de couteaux.

— Parce qu'il ne croit pas qu'une Oméga puisse battre un Alpha sans tricher, déclara Kyra sans ambages.

Mes lèvres tressaillirent. *Les fusils ne trichent pas, petite tueuse.*

— Les couteaux sont efficaces et plus faciles à dissimuler qu'un fusil, reprit-elle. Nous utilisons aussi notre taille à notre avantage, Ashlyn. Les Alphas sous-estiment toujours les Omégas, ce qui cause leur perte à chaque fois. Crois-moi.

Kyra prononça ces deux dernières phrases en soutenant mon regard − elle s'adressait manifestement plus à moi qu'à Ashlyn.

— Hmm, fredonna la louve arctique, ce qui amena Kyra à lui lancer un coup d'œil.

— Tu ne me crois pas ? s'étonna-t-elle.

— Ce n'est pas ce que je crois qui compte ici, Kyra, murmura Ashlyn pensivement en ramassant son plateau. Mais je maintiens ce que j'ai dit. Je pense qu'il serait bénéfique d'avoir un Alpha pour nous aider à nous entraîner.

Les narines de Kyra s'évasèrent à ces mots, elle était clairement troublée par cette idée.

Mais Ashlyn se contenta de sourire, et revint à moi pour me dire :

— J'ai été ravie de discuter avec toi, Alpha Lorcan. J'espère que tu tiendras compte de ce que j'ai dit.

Puis elle inclina la tête en une subtile révérence et quitta la table pour aller s'asseoir ailleurs dans la cafétéria, me laissant seul avec Kyra.

Je pris ma fourchette pour avaler une bouchée de mon

plat – presque froid maintenant – en attendant ce que Kyra pourrait avoir à dire. Car je pouvais entendre son esprit s'enflammer de toutes sortes de phrases. La plupart ressemblaient à des menaces de mort.

— Tu veux choper une Oméga ? demanda-t-elle entre ses dents serrées.

L'accusation qu'elle avait choisie n'était pas du tout celle à quoi je m'attendais. Même si j'avais entendu cette pointe d'agacement dans son esprit, je m'attendais à ce qu'elle l'écrase. Parce que, putain, pourquoi se soucierait-elle que *je chope une Oméga ?*

Néanmoins, il semblait prudent de lui répondre honnêtement.

— Avoir une compagne non désirée est plus que suffisant, Kyra. Je n'ai aucune envie d'en prendre une autre.

Son grognement correspondait à celui que j'avais entendu dans mes pensées un peu plus tôt. Elle semblait préférer ce son. Il exprimait son incrédulité, ce à quoi je commençais à m'habituer. Un peu comme les menaces de mort qui s'éternisaient dans sa conscience.

Elle voulait *vraiment* me poignarder, d'autant plus que j'avais insulté son arme de prédilection. Je faillis lâcher un soupir, fatigué par sa gymnastique mentale.

Cette Oméga aurait bientôt besoin d'une leçon de futilité.

Ses yeux s'étrécirent, suggérant qu'elle écoutait vraiment mon esprit en ce moment.

Très bientôt, pensai-je, espérant qu'elle prenne cela pour l'avertissement que c'était censé être.

J'achevai mon repas pendant qu'elle me poignardait du regard, puis je repris mon café pour en savourer les dernières gorgées. Nous ne parlions pas, nos esprits dansant en tandem grâce à notre connexion.

La haine jaillissait d'elle et je l'acceptais, surtout parce que je comprenais qu'au fond, je n'étais pas la source réelle de sa colère. Un autre Alpha en était responsable. J'étais juste celui sur lequel elle ressentait le besoin de se défouler maintenant. Parce qu'elle considérait notre accouplement comme forcé. Cillian et moi ne lui avions pas laissé le choix. Pas vraiment. Mais peut-être qu'un jour elle comprendrait qu'elle n'était pas la seule à souffrir éternellement de ce lien permanent entre nous.

Je n'avais jamais voulu de partenaire. Je n'en voulais toujours pas. Mais j'acceptais notre destinée parce que c'était pour le bien de l'espèce V-Clan.

Et ce serait également dans l'intérêt du Sanctuaire. Car maintenant, ces Omégas avaient un autre protecteur. Un protecteur capable de les défendre contre les autres Alphas.

Kyra contracta sa mâchoire, manifestement insultée par ma trajectoire mentale.

Dommage. Car c'était la vérité. Si elle ne parvenait pas à l'accepter, peut-être qu'elle n'était pas à la hauteur de son poste.

— Passe une bonne soirée, *compagne*, lui dis-je en me levant pour effectuer une autre ronde de sécurité.

Une fois que j'aurais terminé, je m'éclipserai au Secteur Sanglant pour récupérer les affaires de Kieran. Ensuite, je reviendrais ici et je trouverais comment gérer ma petite Oméga meurtrière.

Car Ashlyn avait raison : ces Omégas avaient besoin d'un entraînement plus efficace.

Et qui de mieux pour leur apprendre à se défendre contre un Alpha que l'un des plus puissants Alphas de l'espèce V-Clan ?

KYRA

Une semaine plus tard

— Il faut que tu voies ça.

Je levai les yeux et trouvai Fritz dans l'embrasure de ma porte, ses mots contenant un fil de mauvais augure que je n'avais vraiment pas envie de tirer. Surtout parce que je m'attendais à ce que Lorcan soit à l'autre bout de ce fil. *Argh.*

J'avais passé la semaine dernière à l'éviter. Enfin, bien plus qu'une semaine. Plutôt dix à douze jours. Depuis son arrivée. Depuis notre accouplement. Depuis *tout.*

Pour ajouter l'insulte à la blessure, je n'arrivais pas à imaginer comment le tuer. Tous les concepts que j'élaborais étaient rapidement réduits à néant par un simple coup d'œil dans ses pensées. Cet enfoiré semblait être perpétuellement prêt pour moi, ce qui me faisait détester d'autant plus ce lien entre nous.

— La Terre à Kyra, dit Fritz. Tu m'as entendu ?

— Malheureusement, marmonnai-je, posant à contrecœur mes pieds au sol.

Je me levai et m'étirai, mes articulations craquant en

signe de protestation à cause de mon entraînement de début de soirée. Apparemment, j'y étais allé un peu fort avec ma course aujourd'hui, mais j'en avais besoin après mon dernier cauchemar.

Ignorant mes crampes aux jambes, j'enfilai un jean et mes bottes préférées, ainsi qu'un pull pour couvrir mon débardeur. Après un bref coup d'œil dans le miroir − *j'ai l'air assez présentable* −, je fis face à l'Oméga à ma porte.

— Où est-ce qu'on va ?

Mon ton était irascible, ce qui me fit grimacer. *Depuis quand je suis d'humeur maussade et malheureuse ?* me demandai-je. *Depuis Lorcan*, répondit cette partie geignarde en moi.

Je faillis lever les yeux au ciel. Cela devenait incontrôlable. Je ne faisais pas d'angoisse. Je voulais juste assassiner le problème. Mais ce *problème* s'avérait difficile à tuer.

Ce qui devint de plus en plus évident quand Fritz me prit la main pour nous éclipser vers la situation que d'après lui je devais voir.

Et oui, ce fil de mauvais augure menait tout droit à Lorcan. Au milieu d'un ring d'entraînement improvisé, en compagnie de trois Omégas. L'une d'elles était une Ashlyn déterminée.

Je plissai les yeux quand les trois Omégas qui encerclaient Lorcan l'attaquèrent toutes en même temps.

— Il leur enseigne la force du nombre, grogna Fritz. L'objectif de la leçon d'aujourd'hui de démontrer que l'attaque en groupe permet d'égaliser les chances.

Je parcourus des yeux la foule rassemblée autour de la démonstration, notant l'intérêt avide de toutes les Omégas. Moins de deux semaines plus tôt, elles avaient toutes détesté Lorcan au premier regard. Aujourd'hui, elles le contemplaient avec ce qu'on pourrait appeler une affection croissante.

Putains de phéromones Alpha.

Ou peut-être était-ce juste les ondes protectrices.

Bon, d'accord, c'est peut-être aussi l'allure authentique de Lorcan et tous ses muscles tendineux qui captivaient l'assemblée. Parce qu'il était torse nu.

Torse nu. Pourquoi a-t-il besoin d'être torse nu ?

Et était-il obligé d'être aussi *doux ?* Car il se retenait visiblement. *À quoi bon apprendre aux Omégas à se défendre si c'est pour leur donner de faux espoirs ?* émis-je.

Bien sûr, il ne répondit pas. Peut-être qu'il ne m'entendait même pas à cause de toute l'attention des Omégas.

Ashlyn lui sauta sur le dos et entoura son cou de ses bras, tandis que les deux autres tentaient de le poignarder avec des couteaux en bois.

Je levai les yeux au ciel. C'était ridicule. Il voulait juste un prétexte pour s'amuser. Ce n'était pas une *leçon* mais une *audition*. Et je le détestais. Je détestais *ça*.

Une attaque en groupe n'était pas toujours possible. Parfois, une Oméga ne pouvait compter que sur elle-même, pas sur une meute. Tout ce qu'il faisait, c'était d'apprendre aux Omégas à flirter.

Par exemple, Ashlyn rit lorsque Lorcan s'éclipsa de sous elle, la faisant tomber au tapis sur les fesses. Ça ne devrait pas être *drôle*. Ça devrait être *sérieux*. Et s'il essayait vraiment de les attaquer ? Est-ce qu'elles lui grimperaient simplement dessus en réponse ?

Je serrai les dents. *Non. Je l'emmerde. Qu'il aille se faire foutre. J'emmerde tout le monde.*

Je m'éclipsai vers les armes d'entraînement et pris deux vraies lames bien tranchantes. Le genre que j'utilisais quand je m'entraînais avec Fritz. Et je revins dans la trajectoire de Lorcan avant que les trois Omégas ne puissent lui sauter dessus à nouveau.

— Si tu veux leur faire une démonstration d'autodéfense, alors faisons-la correctement, lui lançai-je.

Il arqua son maudit sourcil, comme il le faisait toujours en ma présence. Puis il pencha la tête de côté et se mit en position de combat. *Montre-moi ce que tu sais faire, petite tueuse.*

Je grognai, *détestant* la façon dont ces mots doux semblaient caresser ma louve interne. Elle aimait qu'il la considère comme une tueuse. Elle supposait que cela signifiait qu'il nous respectait.

Ce n'était pas le cas. D'où son adjectif *petite* avant *tueuse*.

Je ne te montrerai pas grand-chose, lui émis-je, les dagues virevoltant entre mes doigts. *Sauf si tu triches et que tu utilises ta télékinésie, en tout cas.*

Ce n'est pas tricher que d'utiliser ses capacités, dit-il alors que nous commencions à nous tourner autour.

Oh ? C'est pour ça que tu t'es retenu avec les Omégas, alors ?

Nous avions une leçon préliminaire sur la façon de se défendre en équipe. Je vois maintenant que leur cheffe a plus besoin de cette leçon qu'elles.

— Tu veux dire que je ne sais pas jouer en équipe ? lançai-je à voix haute. Parce que je suis plutôt sûre que personne ici ne serait d'accord avec toi.

Surtout vu que j'avais pris la tête en l'absence de Quinn. Pas parce que je le voulais, mais parce que je le devais. Pour protéger les Omégas de cette île. Pour que notre infrastructure ne s'effondre pas. Pour continuer à *avancer* alors que le monde entier s'était effondré à cause de l'infection.

Le fait qu'il suggère le contraire montrait à quel point il ne me comprenait pas et ne me connaissait pas.

— Je ne doute pas de ta capacité à diriger et à collaborer, Kyra. Et je sais déjà que vos principales défenses découlent du fait que vous vous battez en groupe.

C'est pourquoi je ne comprends pas ton état d'esprit en matière d'autodéfense. Pourquoi te battre seule quand tu n'y es pas obligée ? Pourquoi ne pas appliquer le même état d'esprit pour éliminer un Alpha au combat ?

— Parce qu'on ne sait jamais quand on devra affronter un Alpha seule, grinçai-je.

Il y réfléchit un instant.

— Très juste. Mais vous devriez aussi apprendre à coordonner vos attaques en groupe.

— Que crois-tu que font nos sentinelles ? rétorquai-je.

— C'est un autre type d'effort coordonné, répondit-il. Certaines Omégas ont montré de l'intérêt à s'entraîner avec un Alpha. J'ai suggéré qu'elles apprennent d'abord à m'abattre en équipe. Ensuite, nous pourrons passer à des études plus poussées.

— Tu veux dire un entraînement individuel, ironisai-je. Comme c'est amusant pour toi.

C'était un fait connu que les Alphas pouvaient prendre plus d'une compagne Oméga. Cependant, les Omégas pouvaient rarement avoir plus d'un Alpha, principalement parce que ces bâtards arrogants étaient trop possessifs pour partager. Les Alphas ne pensaient qu'à eux-mêmes. Lorcan ne dérogeait pas à la règle, d'autant plus qu'il se tapait ouvertement des Omégas sous mes yeux.

Il émit un bruit de gorge qui ressemblait beaucoup à de l'impatience. *Je t'ai déjà dit que je n'avais aucun intérêt à prendre une compagne, et encore moins deux,* marmonna-t-il dans mon esprit.

— Tu viens de dire que tu voulais que tout le monde sache comment se défendre seul face à un Alpha, Kyra, ajouta-t-il à voix haute, nous ramenant à la conversation la plus importante du moment.

Il avait raison. C'était ce que je venais de dire.

Pourtant, l'idée qu'il puisse entraîner quelqu'un seul exaspérait ma louve, me poussant à parler sans réfléchir.

Comment en sommes-nous arrivés à ce débat ? me demandai-je, étourdie par la logique circulaire qui tourbillonnait dans mon esprit. *Et faut-il qu'il y ait autant de gens qui nous observent en ce moment ?*

Le leader que j'étais en train de devenir. *Merde.*

— Ma suggestion serait de courir et de profiter de ta petite taille pour te cacher dans un endroit inaccessible à un Alpha, ajouta Lorcan. (Il promena son regard sur l'assistance avant de revenir à moi.) Mais si *tu* penses que tout le monde devrait être capable de combattre un Alpha de front, alors…

Il écarta les mains et murmura mentalement : *À toi de jouer, ma chérie.*

Mon vampire intérieur grogna tandis que ma louve dansait pratiquement à cette perspective. Ce conflit d'intérêts n'arrangeait pas mon étourdissement.

Cet Alpha va me faire perdre la tête. Non, pas seulement lui. Ce lien d'accouplement.

Toutefois, il venait de me donner la permission de l'attaquer. Avec des couteaux. Et vu la facilité avec laquelle il s'en était pris aux autres, il ferait sûrement de même avec moi.

Je pourrais utiliser cela à mon avantage. Créer un point faible. Plonger la dague dans son cou ou son cœur et le mettre hors d'état de nuire assez longtemps pour le tuer.

Oui, oui, siffla mon vampire.

Même si j'étais sûre que Lorcan pouvait entendre mes pensées, il avait l'air de s'ennuyer. Comme s'il ne me croyait pas capable de lui faire du mal.

C'est bien. Laissons-le penser ça.

Je m'éclipsai derrière lui et propulsai ma lame vers sa nuque, mais il disparut dans un souffle, entoura mon abdomen de son bras dans la seconde qui suivit et me souleva facilement du sol.

Les Omégas autour de nous sursautèrent.

Avec un grognement, je m'éclipsai de sa prise, mon don pour la furtivité entrant en jeu tandis que je virevoltais autour de lui en effectuant diverses fausses frappes, toutes destinées à troubler ses sens. Chaque fois que je frappais avec ma lame, je disparaissais avant qu'elle n'ait pu faire une marque. Je voulais le mettre en état d'alerte, submerger ses réflexes, lui faire…

Mon dos heurta le sol, chassant l'air de mes poumons tandis que Lorcan me chevauchait, ses liens télékinésiques étouffant mes tentatives de m'éclipser de son emprise.

Putain ! criai-je mentalement. *Tricheur.*

Tu as engagé tes capacités, alors j'ai engagé les miennes, répondit-il d'un ton égal. *Et si tu penses une seconde que je vais te sous-estimer, c'est que tu n'as pas assez fouiné dans mon esprit.*

Pourquoi voudrais-je fouiner là-dedans ?

Parce que tu es fermement décidée à me tuer, répondit-il. *Cependant, tu n'as pas encore pris en compte le seul avantage que tu as sur moi : ton accès direct à mes pensées.*

Il s'écarta de moi pour se remettre sur pied avec adresse.

Je me demande si tu veux vraiment me tuer ou si tu ne fais que flirter avec moi, ajouta-t-il, ce maudit sourcil remontant à sa position habituelle. *Peut-être que toutes ces menaces ne sont que des préliminaires.*

Tu aimerais bien que ce soit le cas. Je me relevai, soulagée qu'il m'ait déjà libérée de ses pouvoirs.

— La plupart des Alphas n'ont pas de capacités magiques. Ils s'emparent des Omégas par la force brute. Il serait peut-être plus prudent que cette démonstration se concentre sur un combat naturel plutôt que sur une force surnaturelle rare.

Il me dévisagea un instant.

— Selon cette logique, la plupart des Omégas ne possèdent pas non plus de talents uniques.

Je secouai la tête.

— Beaucoup d'entre nous en ont ici. Mais en général, ce ne sont pas les Alphas du V-Clan que nous devons craindre. À moins que tu estimes qu'il y a une raison de penser autrement ?

Hmm, fredonna-t-il. *Bien joué, petite tueuse.*

Je ne répondis pas au compliment, j'attendis plutôt qu'il réponde à voix haute.

— Les vampires Alphas sont enclins à avoir des capacités surnaturelles et ne sont pas connus pour leur gentillesse, répliqua-t-il, une lueur dangereuse dans les yeux.

Coup bas, Alpha.

Peut-être, mais c'est un point valable malgré tout, Oméga.

Je ne suis pas d'accord.

— Seuls les Omégas du V-Clan et les vampires Omégas doivent s'en préoccuper. Les autres Omégas ne les intéressent pas.

— Donc, pour les besoins de cette démonstration, tu veux que j'utilise la force brute et rien d'autre, tandis que tu peux faire appel à tous tes talents.

— Oui, si tu es assez courageux, le raillai-je.

Ses lèvres tressaillirent.

— Ce n'est pas une question de bravoure, Kyra. Un entraînement adéquat est ma principale préoccupation.

— Alors tu penses que nous devons apprendre à nous protéger contre des Alphas comme toi, des Alphas du V-Clan ? insistai-je.

J'étais consciente que je le mettais dans une position injuste, mais je voulais qu'il ne sache plus où se mettre.

Et j'avais *besoin* d'un autre avantage que celui de pouvoir lire dans ses pensées.

— Il existe très peu d'Alphas qui rivalisent avec moi en puissance. L'un de ces Alphas est Kieran, le compagnon *choisi* par Quinnlynn MacNamara. (Son regard parcourut la foule pendant qu'il parlait, s'adressant à notre public plutôt qu'à moi.) Kieran n'utiliserait jamais ses talents pour nuire à une Oméga, et moi non plus.

Puis il tendit les mains, se concentrant de nouveau sur moi.

— Je retiendrai ma magie, Kyra. Mais je n'attaquerai pas en premier. À toi de jouer.

LORCAN

Comment diable ai-je atterri ici ? Au milieu d'un ring d'entraînement, entouré d'Omégas, alors que ma compagne annonce ma fin prématurée du regard ?

Oh, c'était vrai. La petite Oméga du Z-Clan avait interrompu mon balayage du périmètre et m'avait demandé de lui montrer, ainsi qu'à ses amies, quelques mouvements d'autodéfense. Ce qui avait conduit Kyra à se pointer et à jeter une montagne de ressentiment à mes pieds. Un ressentiment que je ne méritais pas, mais que j'accepterais s'il aidait à guérir son âme blessée.

Putain, Cillian ne me laisserait jamais vivre ça, pensai-je alors que Kyra commençait à rôder autour de moi. *S'il était à ma place en ce moment, il enfermerait cette fougueuse Oméga dans une cage pour l'éternité. Et pourtant, je suis là, à me livrer à ce jeu stupide.*

Elle ne voulait pas que j'utilise mes pouvoirs parce qu'elle pensait que cela égaliserait les chances entre nous. Mais non. Mes pouvoirs contribuaient à mon statut d'Alpha, ils ne le définissaient pas.

Kyra s'éclipsa dans mon dos, activant son don de furtivité. D'après ce que son esprit m'avait dit, ce talent était censé atténuer son odeur et la rendre difficile à suivre.

Mais mon loup pouvait encore la sentir : *oranges sanguines épicées*. C'était un arôme qui avait commencé à s'infiltrer dans mes rêves. Nous étions liés maintenant, pour le meilleur et pour le pire. Et cela me rendait incroyablement en phase avec ses mouvements.

Elle m'avait dit de ne pas utiliser mes pouvoirs. Elle n'avait rien dit sur le fait de ne pas profiter de notre connexion. Bien sûr, je ne pouvais pas l'éteindre plus qu'elle.

La douleur me traversa le dos lorsque sa lame frappa ma peau nue, la blessure superficielle faisant ronronner mon loup intérieur. Il avait bien trop aimé ces petits préliminaires.

— Oh, désolée, dit Kyra en apparaissant devant moi. Tu voulais aussi une arme ?

Je lui lançai un regard impassible.

— Tu voulais une démonstration réaliste. Alors non, je ne veux pas d'arme. Les Alphas attaquent les Omégas pour les conquérir et les nouer, pas pour les mutiler ou les tuer par accident.

— Va dire ça aux Omégas du Z-Clan, qui ont presque disparu, marmonna Kyra.

— Les Alphas du Z-Clan sont des maniaques féroces qui s'enorgueillissent de mettre en pièces tous ceux qui leur sont inférieurs en puissance, rétorquai-je. Et ils le font avec leurs *griffes*, Kyra. Pas avec des armes.

Je vis du coin de l'œil Ashlyn grimacer, ce qui me fit m'excuser aussitôt pour le résumé grossier que j'avais fait de son ancienne meute. Je ne connaissais pas son histoire, mais je me doutais qu'elle était horrible. Et je l'avais évoquée sans le moindre remords.

Putain. C'était pour ça que j'évitais les Omégas. Je

n'avais pas la tendresse nécessaire pour gérer ce genre de situation. Je n'en avais pas non plus le désir. Je dirigeais par des moyens de protection, pas en offrant un soutien émotionnel.

Déglutissant, je fis face à Ashlyn, formant des excuses sur mes lèvres.

C'est alors qu'un poignard se planta soudain dans mon flanc.

Je pivotai et saisis le manche pour l'arracher tout en me déplaçant.

Mon pouvoir de guérison s'enflamma, la sensation de brûlure dans mes veines se calma immédiatement. Je n'étais pas aussi puissant que Kieran concernant ce talent familial, mais je l'étais assez pour me guérir sans trop y penser.

Des halètements flottèrent dans l'air en réaction à ma vitesse et à ma blessure instantanément guérie, mais cela n'empêcha pas ma coléreuse compagne d'essayer de me poignarder avec son autre lame. *En plein dans le cœur.*

Je saisis l'arme par le bout pointu et la jetai à terre. La pointe aiguisée se planta dans la glace, provoquant de nouveaux hoquets parmi la foule. Ce n'était pas tous les jours que quelqu'un était assez fort pour briser de la glace avec un couteau, mais c'était une démonstration parfaite de mon pouvoir d'Alpha.

Je n'avais pas besoin de télékinésie ou de guérison miraculeuse pour mettre une Oméga à genoux. Il me suffisait d'exister.

Pourtant, ma compagne refusait de s'incliner. Elle s'était emparée d'un troisième couteau et était maintenant bien décidée à me trancher la gorge.

Je lui saisis le poignet avant qu'elle ne puisse mettre son plan mortel à exécution et la ramenai d'un coup sec contre mon torse.

— Ça suffit, grognai-je à son oreille.

Il ne s'agissait pas d'apprendre aux Omégas à se battre. Il s'agissait de Kyra qui voulait me tuer. Et même si je savais que c'était son intention depuis le début, j'avais espéré en faire une leçon utile. Or il n'y avait pas de raisonnement possible avec Kyra dans cet état.

Elle s'éclipsa derrière moi, son couteau chuchotant le long de ma peau.

Je tourbillonnai avec elle, la saisis par les hanches et nous nous éclipsâmes tous les deux dans son nid. Cette dispute nécessitait de l'intimité, et j'en avais marre de la laisser me manquer de respect devant les autres Omégas.

Elle avait beau détester les Alphas, ce n'était pas pour autant qu'elle pouvait s'en prendre à moi publiquement. D'autant plus que Kieran était sur le point d'hériter de ce territoire, faisant de lui l'Alpha du secteur et de moi son Élite.

Je la clouai sur le lit, mes jambes retenant les siennes, mes paumes pressant ses mains sur le matelas. Elle grogna comme un petit chat sauvage sous moi, la fureur dansant dans ses iris félins.

— *Ça suffit !* répétai-je.

Mais c'était comme si elle ne pouvait pas m'entendre.

Des intentions meurtrières résonnaient dans son esprit tandis qu'elle s'éclipsait de sous moi pour saisir l'une de ses armes cachées.

Je me fixai sur tous les objets pointus de la pièce et les maintins en place. Elle m'avait demandé de ne pas utiliser mon pouvoir pendant la démonstration, mais c'était terminé à présent. Mes capacités télékinésiques étaient officiellement en jeu.

Cependant, je m'abstins de la maîtriser. Je ne voulais pas risquer de la faire exploser à nouveau. À la place, je me contentai de rester debout et de gronder, plus profondément cette fois. Plus puissamment. Un Alpha exigeant la soumission.

Ses genoux se bloquèrent, l'Oméga têtue luttant contre le besoin de s'agenouiller.

Le chaos s'empara de ses pensées, ses souvenirs s'entrechoquant avec le présent alors qu'elle comparait mon grondement à celui d'un autre. Ce qui l'amena à gémir comme un chiot brisé.

Puis elle grogna de nouveau en tentant d'attraper l'un de ses shurikens. Comme le métal ne bougeait pas, elle bondit vers une autre cachette et se retrouva confrontée au même problème.

— Arrête ! exigea-t-elle en pivotant vers moi.

— *Non.*

Je soulignai ce mot de ma puissance, mon grondement était si profond que ses genoux se dérobèrent aussitôt. Je la rattrapai avant qu'elle ne touche le sol et déposai son corps frémissant sur le lit. La peur et la colère semblaient s'affronter en elle.

Je suis faible, murmura-t-elle pour elle-même. *Non. Non, putain. Je ne suis pas faible. Je suis… Il… Ce… Argh !*

— Kyra.

Je restai à côté du lit, prenant soin de ne pas la toucher. Parce que j'entendais la trajectoire de ses pensées, l'attente inquiète de ce qui allait suivre. Elle attendait de moi que je la punisse, et elle avait plusieurs méthodes créatives en tête. La plupart étaient sexuellement violentes. J'aimais peut-être les bagarres comme préliminaires, mais certainement pas les scènes tordues qui germaient dans ses pensées. Je supposais que son ancien compagnon était la source d'inspiration de beaucoup de ces concepts sauvages.

— Kyra, essayai-je encore.

Mais elle se jeta sur moi avec une vigueur renouvelée. Cette fois, je n'eus pas d'autre choix que de la plaquer de nouveau sur le matelas. Je fis suivre le mouvement d'un grondement destiné à forcer la supplication.

Sa louve gémit en réaction, puis Kyra se referma complètement sous moi.

Je soupirai, détestant cela.

— Écoute. Si tu continues à rêver de me tuer, je n'aurai pas d'autre choix que de t'enfermer dans une cage, l'avertis-je.

Je n'étais pas sûr de le penser vraiment, mais songer à la façon dont Cillian gérerait cette situation inspirait mon commentaire.

Elle ne dut pas entendre cette partie dans mon esprit, seulement les mots sortant de ma bouche, parce qu'elle cligna des yeux comme si elle se réveillait. Puis elle siffla. Ou peut-être considérait-elle ce petit sifflement comme un grognement. Quoi qu'il en soit, mon loup répondit de la même façon.

C'était vraiment ridicule.

Je m'éloignai d'elle, ayant besoin d'espace. D'autant plus que je me trouvais au milieu de son foutu nid, ce qui plaisait beaucoup trop à mon loup. Il se fichait qu'elle ait essayé de me tuer de la manière la plus spectaculairement stupide qui soit. Il n'y voyait qu'une tactique de séduction. Et maintenant que nous étions au cœur de son territoire, il voulait se présenter intimement à son Oméga.

Mais ça n'arriverait pas. *Jamais.*

— Je n'ai aucune envie de consommer notre lien d'accouplement, dis-je à Kyra et à ma bête intérieure.

Cette femme ne voulait pas de moi. C'était très clair. Et je ne la prendrais pas, ni aucune autre femme, par la force. Ce n'est pas parce qu'un Alpha peut faire quelque chose qu'il doit le faire ou qu'il y a droit.

— Je ne suis pas resté ici pour nouer une relation avec toi ou pour trouver une autre partenaire potentielle. Je suis ici pour Kieran et Quinnlynn, et parce que cette île est officiellement sous la protection du Secteur Sanglant. C'est tout.

Elle me fixa depuis son nid de draps, son corps menu paraissant encore plus petit ainsi engoncé dans ses couvertures parfumées. Mon loup ronronna à cette vue accueillante.

Je l'ignorai, ainsi que l'odeur alléchante d'oranges sanguines épicées.

— Quand Quinnlynn et Kieran seront prêts à retourner dans le Secteur Sanglant, je les accompagnerai, ajoutai-je. Nos interactions seront minimes à l'avenir.

Elle me regarda bouche bée, une note de surprise voletant dans son esprit. Je ne comprenais pas trop pourquoi. Mes intentions étaient claires depuis le début : je ne voulais pas de compagne, et je ne restais que pour Kieran.

— Et mon cycle de chaleurs ? demanda-t-elle, une question que je n'avais pas anticipée.

Je haussai un sourcil.

— Eh bien, quoi ?

— Tu ne vas pas me proposer de m'aider à le supporter ?

— Tu veux que je te propose de t'aider à le supporter ? répliquai-je, à peu près certain de sa réponse.

— Non.

— Alors non, je ne vais pas t'offrir mon aide. De plus, ça m'obligerait à quitter le Secteur Sanglant pour une longue période, ce que je ne souhaite pas.

Elle s'assit lentement, ses cheveux bleu nuit ébouriffés s'échappant de sa queue de cheval. Mais elle n'eut pas l'air de le remarquer ou de s'en soucier. Son attention était entièrement tournée vers moi.

— Tu le penses vraiment.

— Oui.

Inutile de développer. C'était ce que je lui disais depuis le début, mais cela ne parut résonner en elle que maintenant.

— Oh. Je... (Elle fronça le nez, puis les sourcils.) Mais nous sommes liés.

Je haussai une épaule.

— Ça pourrait être utile à certains égards. Tu pourrais m'alerter rapidement si quelque chose se passe mal dans le Sanctuaire. (Je lui jetai un bref coup d'œil avant d'ajouter :) Ou lors d'une de tes rapines de nos stocks.

Car oui, j'avais cherché dans son esprit comment elle avait réussi à se faufiler dans le Secteur Sanglant sans être repérée. Depuis, j'avais informé Cillian de son penchant à voler les ressources de notre collecte trimestrielle de l'impôt de sang. Il était déjà en train de réaffecter nos réserves pour permettre un envoi mensuel au Sanctuaire.

— J'ai bien l'intention de vous apporter mon soutien, lui dis-je doucement. Cillian aussi.

— À quel prix ? demanda-t-elle avec méfiance.

— Il n'y a pas de prix, Kyra. Le Sanctuaire est sous notre juridiction, et nous protégeons les nôtres.

Elle secoua la tête.

— Nous ne rejoindrons pas le Secteur Sanglant.

— Il ne s'agit pas du Secteur Sanglant. Il s'agit de Kieran. Sa magie curative est partout dans le Sanctuaire en ce moment, son pouvoir se marie à celui de Quinnlynn pour renforcer la barrière. Du coup cet endroit est sous sa protection, et donc sous la mienne.

— Parce que ta loyauté va à Kieran.

— Toujours.

— Je commence à comprendre, acquiesça-t-elle lentement.

— Bien. (Je m'écartai d'un pas de son lit.) Alors nous

avons un accord. Nous resterons à l'écart l'un de l'autre, et tu cesseras tous ces complots meurtriers.

Elle ne répondit pas immédiatement, mais je l'entendis y réfléchir. Elle me captait enfin, ce qui était un sacré soulagement.

— D'accord, murmura-t-elle. Je ne promets pas de ne pas fantasmer sur ta mort. Mais je vais… je vais m'abstenir pour le moment.

Ses pensées me disaient que c'était la meilleure réponse que j'obtiendrais d'elle ce soir. Il fallait donc s'en contenter.

— Parfait. Passe une bonne soirée, Kyra.

Je disparus avant qu'elle ne réponde, surtout parce que son odeur commençait à droguer mes sens. Et je ne voulais vraiment pas l'alarmer avec mon loup affamé.

Il finirait par se calmer. Peut-être.

Hélas, cela n'avait pas d'importance. Il ne se passerait rien avec Kyra. Et dans quelques semaines, je serais parti de toute façon.

KYRA

HMM…

Le bourdonnement dans ma tête me fit froid dans le dos. Je le connaissais bien. Je le craignais. Mais une partie morbide en moi continuait à le désirer.

Je sens… un changement… chuchota la voix grave. *Un autre Alpha, mon amour ? C'est ce dont je t'entends rêver ?*

Mon cœur manqua un battement, la question étant si réelle, si *opportune*, que j'aurais presque pu être convaincue qu'elle venait d'être émise. Mais je savais qu'il n'en était rien. Ce n'était qu'un autre rêve. Un cauchemar. Une nouvelle façon pour le fantôme de Fare de me hanter.

Qui est-ce ? demanda-t-il doucement, ses mots effleurant mon esprit. Je l'imaginais presque en train de caresser mes cheveux de ses longs doigts tout en me parlant sur un ton apaisant.

Mais tout ça n'était que mensonges.

Fare avait seulement fait semblant de s'en soucier. Il ronronnait, roucoulait et m'offrait des mots tendres, juste pour me bercer d'un faux sentiment de sécurité. Puis il brisait mon monde, détruisait mon nid et riait pendant que ses amis me déchiraient devant lui.

Tout ce sang et cette destruction, mon havre de paix démoli.

Tu es mon jouet, disait-il. *Mon précieux et joli petit jouet. Et j'adore casser mes jouets.*

Mon estomac se retourna, sa voix était devenue un élément permanent de mes pensées.

Dis-moi qui il est, hmm ? poursuivit-il. *Dis-moi qui t'a nouée ainsi.*

Je frissonnai, ses sons soyeux rampant dans mon subconscient et tirant sur les cordes de ma santé mentale.

Mes cauchemars s'étaient intensifiés au cours des dernières semaines.

À cause de Lorcan. De notre lien. L'*accouplement de convenance* que j'avais été forcée d'accepter.

— Dis-moi ce que je veux savoir, me dit-il à l'oreille, sa paume enveloppant ma gorge. Ou tu veux que je te baise pour te faire sortir ça ?

Sa peau nue était froide contre mon dos. Fausse. *Réelle.*

Un frisson me parcourut l'échine tandis que de la glace s'insinuait dans mes veines. Je sentais son nœud se presser contre ma croupe, sa menace de violence s'attardant à la surface. Il me forcerait à le prendre. Il me ferait jouir. Inonderait mes entrailles de son essence venimeuse.

Mais une partie rebelle de moi refusa de lui donner le nom. Refusa de parler de Lorcan. Parce que c'était mon secret. *Ma vraie réalité.*

Ce n'est qu'un rêve. Fare n'est pas vraiment là. Il est mort. Je l'ai tué.

Son gloussement contre ma gorge semblait pourtant bien réel. Il était inquiétant. Comme une promesse mortelle. *Une raillerie.*

— J'aime quand tu te bats contre moi, ma chérie, murmura-t-il contre mon pouls, plus à voix haute que dans ma tête. Ça rend les choses tellement plus douces.

Ses crocs mordirent ma peau tendre, faisant jaillir la douleur à travers chaque once de mon être et arrachant un cri de ma gorge. Je sursautai et volai vers le haut dans le lit, ma main sur mon cou.

Pas de sang. Pas de piqûres. Pas de parfum de rose. Je frissonnai quand mon nid apparut. Mon havre de paix. Intact. Qui sentait comme moi.

Non. Pas seulement moi. *Lorcan aussi.*

Il en était ainsi depuis plus d'une semaine, depuis notre dernière conversation. Principalement parce que je n'avais pas changé mes draps. Je… j'aimais l'odeur qu'il leur avait donnée. *Comme des conifères.*

Je déglutis et fermai les yeux alors que mon cauchemar se mêlait à ma réalité.

Fare est mort. C'est Lorcan mon compagnon.

J'empoignai mes draps et les portai à mon nez. Ma louve soupira tandis que j'inhalais, l'odeur persistante de l'Alpha la réconfortant plus que je ne voulais l'admettre.

Lorcan ne m'avait pas jeté le moindre regard au cours des dix derniers jours. Il s'était tenu à l'écart, donnant à l'occasion des conseils d'autodéfense à Ashlyn et aux autres.

Fritz n'était pas fan. Moi non plus, mais pour des raisons totalement différentes.

Ma louve ne voulait pas partager Lorcan. Peu importait qu'il ne soit pas vraiment nôtre, elle ne comprenait pas ce concept de *convenance*. Elle le considérait comme son compagnon. De mon côté, je le voyais comme… eh bien, je ne savais pas. Ce n'était pas mon ennemi. Pas vraiment, en tout cas. Il… il était différent.

La conversation que nous avions eue après l'entraînement me revint à l'esprit, comme souvent au cours de la dernière semaine et demie. Je n'arrivais toujours pas à croire qu'il n'avait pas l'intention de me nouer.

Quel genre d'Alpha ne profite pas des chaleurs de sa compagne ? me demandais-je.

Un bon Alpha, décidai-je.

C'était un oxymore dont j'ignorais l'existence. *De bons Alphas.* Qui savait que cela existait ?

Soupirant, j'étirai mes bras et mes jambes et considérai à nouveau mon environnement. La familiarité de mon nid m'aidait à me calmer dans une certaine mesure, mais ce n'était pas suffisant pour l'instant.

Il faut que j'aille courir, décidai-je. Un après-midi avec ma louve aidait toujours à chasser le contact résiduel de Fare. Sans doute parce qu'il n'avait fait appel qu'à mon côté vampire.

Mon animal intérieur m'avait donné la force dont j'avais besoin pour lui survivre. Sans elle... eh bien, il serait probablement encore en vie aujourd'hui. Et je serais restée à jamais une esclave dans sa tanière. Ou du moins, jusqu'à ce que l'un de ses amis aille trop loin. J'avais toujours été incassable, mes gènes hybrides me rendant difficile à tuer. Et ils avaient aimé me pousser au bord de la mort juste pour me voir guérir.

En déglutissant, je repoussai les pensées du passé dans leur boîte déglinguée et me glissai hors de mon nid. J'étais déjà nue, car j'aimais me prélasser dans mes draps parfumés par Lorcan. Parce que ma louve était obsédée par *son Alpha.*

Lâchant un soupir, je m'éclipsai dans ma grotte de glace préférée sur l'île, puis m'accroupis pour me transformer. Cela faisait quelques semaines que je n'avais pas couru, c'est pourquoi ma louve jaillit pratiquement de moi. Elle secoua sa fourrure, puis alla se rouler sur la glace. Je pouvais contrôler ses mouvements, mais je choisis de n'en rien faire. C'était plus amusant de lui lâcher la bride.

Elle s'affala sur le flanc en pantelant de contentement, puis se releva et ébouriffa de nouveau sa fourrure.

Prête à courir ? lui demandai-je.

Elle répondit par un grognement et s'élança hors de la grotte pour entamer notre randonnée habituelle autour du périmètre.

Sauf que... elle dévia un peu de sa trajectoire lorsqu'une odeur familière vint chatouiller nos sens. Mes yeux s'écarquillèrent. *Attends...*

Trop tard. Dès que l'arôme de conifère de Lorcan s'infiltra dans son museau, elle s'élança vers lui à fond de train. *Merde.*

Qu'est-ce qui ne va pas ? demanda aussitôt Lorcan – ce qui m'indiqua qu'il n'avait pas écouté activement mes pensées. Tant mieux. La dernière chose que je voulais, c'était qu'il soit au courant de l'aggravation de mes cauchemars. Ou du fait que mon côté animal craquait pour lui.

Ma louve te piste, murmurai-je. *Désolée.*

Il ne répondit pas, mais je perçus sa surprise. Puis il apparut au loin dans toute sa gloire de loup. Ou du moins, je supposais que c'était lui, car aucun des autres métamorphes du V-Clan de l'île n'avait cette taille. Enfin, sauf Kieran peut-être. Mais il était toujours occupé avec Quinn.

La forme de loup de Lorcan était plus que *géante.* S'il y avait eu le moindre doute sur son statut d'Alpha, elle le dissipait immédiatement. Il se tenait au sommet d'un bloc de glace, sa fourrure noire scintillant dans la lueur du soleil couchant.

C'était le milieu de l'après-midi, mais à cette époque de l'année, on voyait à peine le soleil ici. Je m'attendais donc à ce que ma louve ait envie de se prélasser dans les rayons du crépuscule. Mais non. Elle était bien plus intéressée par la majestueuse créature qui se tenait devant nous.

Il se tourna vers nous à notre approche. Son pelage soyeux était doux et lisse. J'avais vu d'autres Alphas sous forme de loups en visitant le Secteur Sanglant au fil des décennies, mais je ne m'étais jamais arrêtée pour en admirer un. Ç'aurait été un bon moyen d'être prise en flagrant délit d'intrusion.

Lorcan pencha la tête sur le côté. *Tu t'es levée tôt. Encore un mauvais rêve ?*

Autant pour moi, à propos de son ignorance de mes cauchemars. Mais étant donné qu'il semblait être en phase avec mon esprit, cela ne me surprenait pas. Au moins, il ne semblait pas vouloir en parler.

Ma louve avait besoin de courir, répondis-je. Non pas qu'il mérite une quelconque explication. *Et toi, pourquoi tu es là ?*

Ma question m'embarrassa quelque peu, car je connaissais déjà la réponse. Elle indiquait donc une tentative d'engager la conversation, ce que je ne faisais pas d'habitude. C'était une perte de temps, et je n'aimais pas perdre du temps.

Je contrôle le périmètre.

Pourquoi ? demandai-je, exprimant la question que je me posais depuis des semaines. *Pourquoi contrôler le périmètre ? C'est une barrière protégée. Personne ne peut y entrer à moins d'être une Oméga ou un compagnon d'Oméga. Je l'ai déjà expliqué.*

Je ne voulais pas me montrer si brusque avec lui. Mais cela sortait naturellement.

Au lieu de répondre, il trotta vers moi et rejoignit ma louve passionnée sur un bloc de glace un peu plus proche du niveau de la mer. Elle se colla aussitôt à lui, ce qui me fit grimacer intérieurement.

Désolée. Je tentai de la tirer en arrière, mais elle gronda dans ma tête. *D'habitude, je laisse ma louve mener la danse.*

Il garda le silence mais baissa la tête pour laisser ma louve lui frotter le museau.

Sérieux, arrête, fustigeai-je mon animal. Mais elle s'en fichait. Elle avait envie de cet Alpha depuis des semaines et avait bien l'intention de profiter de la situation.

Je gémis intérieurement lorsqu'elle se frotta contre son flanc pour sentir sa fourrure lisse. Une excuse se forma dans mon esprit, mais se figea quand Lorcan émit un ronronnement bas. Ma louve fondit pratiquement en réaction, pressant son museau contre sa poitrine tandis qu'elle se délectait de ce ronflement hypnotique.

Argh. Si j'avais été sous ma forme humaine, je serais cramoisie à l'heure qu'il est. Heureusement, mon pelage noir ne pouvait pas rougir. Mais à l'intérieur, j'étais plutôt en feu. Pour de nombreuses raisons. Des raisons que je ne voulais pas du tout évaluer.

Veux-tu te joindre à moi pour un balayage du périmètre ? demanda Lorcan, sa voix mentale restant neutre malgré ce ronronnement séduisant qui vibrait dans sa poitrine.

Je me demandai si son loup n'en faisait pas plus que lui. Cela me rassurerait un peu sur la façon dont mon animal essayait maintenant de se coller à sa large silhouette.

Un balayage du périmètre, c'est très bien, lui répondis-je, même si ce n'était pas du tout nécessaire. Mais cela donnerait au moins à ma louve quelque chose de productif à faire.

Sauf qu'elle avait d'autres intentions. Parce qu'elle venait de s'affaler pour exposer son ventre au grand mâle alpha.

Tu ne pourrais pas être encore plus embarrassante ? la grondai-je.

Elle me répondit par un jappement. Non. Elle lança un jappement à *Lorcan*.

Mais cela confirma que oui, elle pouvait être encore plus embarrassante. *Dieux*, gémis-je quand elle remua la queue.

Lorcan émit un bruit qui ressemblait beaucoup à un gloussement dans son esprit. Mais il était un peu rouillé. Alors peut-être que c'était censé être un grognement ? Ou sa version d'un gémissement ?

Pendant ce temps, son loup ronronnait encore plus et se pencha pour mordiller la gorge de ma louve. Un geste de domination qu'il me faudrait combattre. Pourtant, elle faisait la belle, positivement, faisant confiance à sa bête pour ne pas lui faire de mal.

C'est pathétique, murmurai-je à son intention. *Tu vaux tellement mieux que ça.*

Lorcan lécha le museau de ma louve et se redressa. *Courons, petite tueuse.* Il partit au trot, ce qui me fit plisser les yeux à l'intérieur, car ma louve le suivit sans hésiter. Il était peut-être plus maître de son animal que je ne l'avais imaginé.

Pour répondre à ta question, je contrôle le périmètre car quelque chose ne va pas d'après mon loup, et je n'ai pas encore trouvé ce qui le dérange, dit Lorcan en nous menant vers le rivage. *J'ai donc commencé à faire des contrôles à différents moments pour voir si je peux déterminer la cause de la perturbation.*

Ma louve le rattrapa et lui donna un coup d'épaule ludique. Il lui rendit la pareille, ce qui provoqua un trille joyeux chez mon animal.

Je ne peux pas être avec toi, lui signalai-je. Elle répondit par un petit jappement suppliant et accéléra le rythme, désirant vraiment courir.

Lorcan la rejoignit facilement, ses pattes puissantes le désignant comme le plus fort. Mais je soupçonnais que je pourrais le battre au sprint. J'étais rapide. Plus petite aussi. J'avais donc moins de masse à porter, ce qui me rendait plus vive.

Cependant, ma louve n'avait pas envie de faire la course. Elle voulait juste courir, pas galoper.

Je réfléchis à ses paroles tandis que nous atteignions le rivage glacé, mon esprit cherchant dans le sien la *perturbation* qu'il avait perçue. Mais il n'arrivait pas à la définir. Il avait juste l'intuition que quelque chose n'allait pas.

C'est peut-être la magie étrangère ? suggérai-je.

Peut-être, répondit-il. *Mais je sens l'énergie de mon cousin rejoindre celle de Quinnlynn. Malgré tout, quelque chose me turlupine. Une sorte d'intrusion que je n'arrive pas à définir.*

La frustration résonnait dans son esprit, son agacement était palpable. Il n'arrivait pas à en déterminer la cause, et cela l'irritait au plus haut point. J'essayais de sentir ce qu'il percevait tandis que nous suivions le périmètre, ma louve se concentrant enfin sur une tâche pertinente plutôt que sur l'Alpha à ses côtés. Mais rien ne me paraissait anormal au fur et à mesure de notre progression.

Enfin, rien, hormis que c'était différent de courir sur la glace avec quelqu'un d'autre sous la forme d'un loup. D'habitude, je profitais de ces sorties pour passer du temps seule avec ma louve. Mais elle semblait plutôt satisfaite de ce changement. Un peu *trop* contente, même.

Heureusement, il allait bientôt partir. *Les chaleurs de Quinn devraient cesser dans un peu plus d'une semaine,* lui dis-je. *En supposant qu'elle ait un cycle normal, en tout cas.*

La plupart des Omégas du V-Clan n'entraient pas en chaleurs avant les mois d'été, ce qui expliquait en partie pourquoi notre espèce avait tendance à hiberner à cette époque de l'année. En outre, nous n'étions pas très fans de soleil. Semblables à des vampires, mais d'une nature de loups. Le soleil ne faisait de mal à aucune des deux espèces, c'était juste une nuisance que nous avions tendance à éviter.

Il semble que ce soit un cycle normal, répondit Lorcan. *Quinnlynn est enceinte.*

Je sais. J'avais repéré cette odeur familière depuis quelques jours.

J'ai déjà commencé à prendre des dispositions avec Cillian, car on va avoir besoin d'un jet furtif. Son loup ralentit au trot lorsque nous rejoignîmes l'endroit d'où nous étions partis.

Cillian ne pourra pas venir en avion. Et si je devais expliquer pourquoi une fois de plus, je…

Je serai le pilote, me coupa-t-il. *Mais j'aurai besoin de quelqu'un pour me guider. M'éclipser dans le Sanctuaire est une chose, y amener un avion est tout autre chose.*

Tu me demandes de t'aider ?

Oui. Il s'arrêta près de l'endroit où ma louve s'était frottée à lui à peine une heure plus tôt. L'île n'était pas très grande, il était donc facile d'en faire le tour à quatre pattes. *Veux-tu m'accompagner jusqu'au Secteur Sanglant et en revenir ? Pour Quinnlynn ?*

Peut-être qu'on devrait attendre de voir si elle veut y retourner ? suggérai-je.

Mais je savais déjà que c'était le cas. Elle était enceinte maintenant, ce qui signifiait qu'elle ne pouvait pas s'éclipser, et elle était extrêmement vulnérable aux attaques. Kieran la voudrait au cœur de leur royaume pour la protéger, avec Cillian et Lorcan à leurs côtés.

Laisse tomber, repris-je, me sentant soudain très fatiguée. *C'est là qu'elle voudra être.* Inutile d'envisager une autre solution. Malheureusement, cela signifiait que je resterais ici en tant que cheffe du Sanctuaire. Non pas que j'aie autre chose à faire. Mais j'avais l'impression d'occuper ce poste temporaire depuis une éternité, à la limite d'être la leader de l'île sans en être la reine. Ce rôle était réservé à Quinn. Mais elle devrait l'assumer depuis le Secteur Sanglant, ce qui me laisserait le rôle de lieutenant principal en son absence.

Je t'accompagnerai, lui dis-je, tandis que ma louve s'étirait, ses pattes raidies par sa longue course. Elle bâilla, montrant ainsi notre épuisement. J'avais l'impression que cela faisait une éternité que je n'avais pas eu droit à une nuit de repos décente.

Fais-moi savoir quand on partira, ajoutai-je alors que ma louve se tournait vers notre grotte préférée. *Je vais faire une petite sieste.*

C'était l'un de mes plaisirs après une course : me rouler en boule sur la glace. Cela m'apaisait. Peut-être parce que c'était calme. Sûr. *Cela me rappelait mon ancienne cellule.*

Parfois, les reliques du passé pouvaient être salutaires. Surtout quand elles m'offraient un semblant de contrôle pour rester dans la grotte aussi longtemps ou aussi peu que je le souhaitais.

Je suis libre. C'était le cœur de tout cela, un rappel de ce pour quoi je m'étais battue et avais gagné.

Ce fut lorsque j'atteignis l'entrée de la grotte que je réalisai que Lorcan m'avait suivi, son loup étant une force silencieuse derrière moi. Je n'y avais pas vraiment prêté attention. Cependant, ma louve n'avait pas l'air si surprise que ça. En fait, elle semblait… *accueillante.* Elle ne se retourna pas pour lui grogner dessus ou lui dire d'aller se faire foutre avec sa queue. À la place, elle entra dans la grotte et s'allongea à notre place habituelle, face à l'entrée.

Quand Lorcan entra, elle ferma les yeux, ce qui me fit froncer les sourcils en moi-même. *Qu'est-ce que tu fais ?* lui demandai-je. *C'est chez nous, pas chez lui.*

Mais le ronronnement de Lorcan emplit l'air, juste au

moment où son grand corps chaud s'installa à côté du mien. *Détends-toi, Oméga,* murmura-t-il. *Essaie de dormir.*

Avec toi ici ? Non.

Dis ça à ta louve, répondit-il doucement, son ronronnement s'intensifiant.

Une nouvelle poussée de fatigue me laissa sans voix, l'esprit un peu embrumé alors que j'essayais de reprendre le fil de notre conversation. Mais mon animal semblait déjà nous endormir tous les deux.

À cause de ce fichu ronronnement.

Pourtant, c'était plutôt agréable. Bien mieux que... *que mes cauchemars.*

Ma louve bâilla encore, puis se cala encore plus contre le flanc de Lorcan. *Une sieste,* lui dis-je. *Tu as droit à une sieste avec l'Alpha. C'est tout, d'accord ?*

Elle ne répondit pas. Mais je savais qu'elle ne m'obéirait pas. Elle ne le faisait jamais.

Heureusement, il partirait bientôt. Les choses reviendraient à la normale. *Je l'espère.*

LORCAN

Kyra dormait profondément contre moi, son esprit merveilleusement calme.

Elle ne l'admettrait jamais, mais elle en avait besoin. Un sommeil sans cauchemar. Un moment de paix véritable.

Kyra m'avait réveillé par un cri mental à plusieurs reprises au cours des dernières semaines, m'entraînant à chaque fois dans son esprit où j'observais silencieusement son passé. Les premières fois, j'avais essayé de partir, ne voulant pas m'imposer. Mais sa terreur m'avait ramené à elle, mon instinct de protection remontant à la surface. La semaine dernière, j'avais essayé de ronronner – un son que j'émettais rarement, car il n'était généralement destiné qu'aux compagnes – pour l'aider à se calmer. Ç'avait été subtil, mais ç'avait semblé l'aider quelque peu.

Vu l'accueil que m'avait réservé sa louve aujourd'hui, je parierais que son animal interne était tout à fait conscient que j'essayais de les aider à se reposer la nuit.

Mais c'était aussi une question d'intérêt personnel. Parce que j'avais besoin de plus de sommeil. Ce qui était impossible avec la peur de Kyra qui résonnait dans notre lien à chaque fois qu'elle s'endormait.

Sa louve s'étira le long de mon loup, son adorable petit museau s'enfonçant dans ma fourrure pour inspirer profondément. Mon animal gronda en réaction, satisfait qu'elle s'immisce dans son espace. C'était étrange, car il préférait généralement être seul. Mais il semblait plus qu'heureux de faire plaisir à la petite Oméga. Parce qu'il la considérait comme sienne.

C'était une complication du lien que je n'avais pas prévue. Ce qui était naïf de ma part, car bien sûr mon animal se sentait propriétaire de la femelle. Mon loup ne comprenait pas la stratégie consistant à s'accoupler par convenance. Il la considérait comme sienne. Et quelque chose me disait que même sans le lien, il serait toujours très intéressé par elle.

Elle était forte. Une survivante. Une dirigeante. Belle. Rusée. Peut-être un peu dérangeante. Clairement rebelle. Et loyale.

Autant de traits séduisants.

Même son entêtement était désirable. Dans une certaine mesure, en tout cas. Il m'offrait un défi et j'aimais les défis. Bien que je n'envisage pas d'accepter celui-ci.

Pourtant, je ne pouvais pas m'empêcher de ronronner pour sa louve maintenant. Elle avait été lésée par le passé, et une partie de moi voulait réparer les morceaux brisés. C'était une réaction étrange, que je ne comprenais pas vraiment. Mais je restai avec elle dans la grotte de glace, l'apaisant de la seule façon que je connaissais.

Les heures passèrent, et la lune était haute dans le ciel quand elle se mit à bouger.

Je réintégrai ma forme humaine et la pris dans mes bras, puis nous éclipsai jusqu'à ses quartiers pour la déposer délicatement dans son nid avant de rejoindre ma propre chambre.

Quelques minutes plus tard, je l'entendis murmurer : *Merci.*

De rien, répondis-je. *Dis-moi si tu veux courir à nouveau demain.*

Je ne m'attendais pas à ce qu'elle réponde, mais un doux *OK* résonna dans son esprit.

OK, répétai-je avec un petit sourire. Puis je m'éclipsai vers le Secteur Sanglant pour donner des nouvelles à Cillian.

Il y avait toujours quelque chose qui me dérangeait à propos de la patrouille. Nous devions faire des plans visant à fortifier la frontière.

Car même si Kyra n'était ma compagne que de nom, c'était à moi de la protéger. Et je la protégerais.

KYRA

MA LOUVE s'agitait sous ma peau, irritée par le changement de routine de la journée. Ou peut-être était-elle énervée parce qu'elle savait ce que tout cela signifiait vraiment : la fin de nos courses de l'après-midi avec Lorcan.

Car à partir d'aujourd'hui, il ne serait plus dans le Sanctuaire.

Le jet grondait autour de nous tandis que nous traversons la mer du Groenland. C'était ainsi qu'on l'appelait lorsque les humains dirigeaient le monde. Aujourd'hui, elle n'avait plus vraiment de nom, car ces régions étaient censées être inhabitables.

Lorcan était assis en silence à côté de moi, concentré sur les nombreuses commandes et panneaux devant lui. Je lui avais donné les coordonnées une fois dans les airs, lui faisant confiance pour ne les partager avec personne d'autre que Cillian et Kieran. C'était bizarre de fournir des informations aussi sensibles à un Alpha, mais si je ne l'avais pas fait, Quinn l'aurait fait. Elle faisait entièrement confiance à Kieran, et par conséquent, elle faisait également confiance à ses Élites.

Nous n'avions guère eu d'occasions de parler depuis qu'elle était sortie de ses chaleurs, surtout parce qu'elle n'avait commencé à remonter à la surface que quelques jours plus tôt. Toutefois, elle semblait heureuse. Amoureuse, même. Si différente de la Quinn que je connaissais depuis un siècle.

Je n'aurais jamais cru qu'elle prendrait Kieran O'Callaghan comme compagnon, mais au moins elle avait choisi un Alpha puissant. La magie du Sanctuaire était florissante grâce à leur accouplement, et je n'avais jamais vu Quinn en aussi bonne santé.

Parce que Kieran possède un pouvoir de guérison, pensai-je. *Tout comme Lorcan.*

Je n'en savais pas grand-chose, juste les bribes que j'avais captées dans l'esprit de Lorcan. Il pouvait sentir l'énergie de Kieran renforcer la barrière, ce à quoi il pensait souvent pendant nos courses de l'après-midi.

Et je me doutais bien qu'il utilisait cette énergie curative sur mes cauchemars, car ils avaient diminué au cours des dix derniers jours. Ou peut-être était-ce dû à nos siestes d'après-course dans la grotte. Car oui, je n'avais pas pu les empêcher.

Ma louve se sentait différente en présence de Lorcan. *En sécurité.* Et dormir près de lui m'éclaircissait miraculeusement les idées. Je n'avais pas aussi bien dormi depuis plus de cent ans. Cela m'effrayait et me soulageait d'autant plus qu'il ne serait plus dans le Sanctuaire à partir de ce soir.

Je ne pouvais pas me permettre de compter sur lui. Il ne voulait pas de compagne et moi non plus. L'espèce de lien que nous avions développé au cours des dernières semaines était au mieux temporaire. Nous allions travailler ensemble à l'avenir, mais seulement en cas de besoin.

Comme aujourd'hui, sur ce jet. Sauf que nous n'avions pas grand-chose à faire. D'après ce que j'avais compris, cet engin se pilotait plus ou moins tout seul.

Je tambourinai des doigts sur ma cuisse vêtue d'un jean en contemplant les nuages. Cela faisait longtemps que je n'avais pas pris l'avion. L'éclipsage l'avait rendu inutile, en quelque sorte. Je pouvais aller où je voulais dans le monde – dans la limite du raisonnable, bien entendu. Il y avait beaucoup de secteurs que je ne voudrais jamais visiter, comme les divers secteurs vampiriques au Groenland. J'avais grandi avec des loups du V-Clan pour une bonne raison. Les vampires étaient d'une tout autre nature.

Lorcan tendit la main vers quelque chose hors de mon champ de vision, ce qui me fit me tourner vers la lumière clignotante qui avait attiré son attention.

— Oui ? demanda-t-il, rompant le silence.

Je fronçai les sourcils, ne comprenant pas ce qu'il voulait dire, jusqu'à ce que la voix de Cillian se fasse entendre dans les haut-parleurs.

— J'ai besoin que tu opères un balayage.

Lorcan sourcilla.

— Nous l'avons déjà fait.

— Je sais. Il faudrait que tu en fasses un autre.

Lorcan ne dit rien, se contentant de fixer le bouton sur lequel il avait appuyé, dans l'expectative.

— Kieran a appelé. Il pense qu'un Alpha du Secteur Sanglant est responsable de la mort des parents de Quinnlynn, reprit Cillian après un moment. J'ai verrouillé le secteur, mais il faudrait effectuer un autre contrôle, juste pour être sûrs que tu peux atterrir au Sanctuaire en toute sécurité.

Lorcan serra les dents, mais il réussit à répondre d'un ton neutre :

— Je vais le faire.

Il coupa l'appel et me regarda pendant une longue seconde.

Un Alpha du Secteur Sanglant pourrait avoir assassiné les parents de Quinn ? pensai-je, plus pour moi-même que pour Lorcan. *C'est…*

Je ne savais pas trop comment terminer cette phrase. J'avais toujours pensé que c'était un prince Alpha du V-Clan le coupable. Car celui qui avait tué les MacNamara devait être puissant. Et si tous les Alphas conservaient un certain niveau de force, c'étaient les princes Alphas qui possédaient généralement une magie intense.

Merde.

Lorcan actionna une sorte d'interrupteur – son esprit m'informa qu'il activait le pilote automatique.

Sans un mot, nous nous levâmes et nous mîmes à fouiller le jet. La magie avait une odeur distincte que nos sens de loups seraient capables de détecter. Mais si le coupable avait employé une technologie, cela pourrait devenir un peu plus délicat. Lorcan avait l'air de savoir ce qu'il fallait chercher, donc il se chargea de cette tâche pendant que j'utilisais mon flair surnaturel pour repérer des enchantements.

Nous travaillâmes en silence, nos esprits échangeant notre manque de résultats.

Le jet avait été soigneusement inspecté avant notre départ, tant à l'extérieur qu'à l'intérieur. Nous ne pouvions plus vraiment vérifier que la cabine, du moins physiquement. Mais j'essayai d'étendre ma recherche magique à l'extérieur, à travers les parois. Un enchantement pouvait se trouver n'importe où, ressembler à n'importe quoi, ce qui le rendait décidément difficile à détecter.

Je m'approchai de la porte du jet, cherchant un meilleur moyen de vérifier l'ext–

Une puissance déchira l'air, faisant violemment tournoyer le monde. Un juron m'échappa, une secousse me projeta au sol, mais une paire de bras robustes me rattrapa avant que je m'écrase. J'enfonçai ma tête dans le torse de Lorcan tandis que l'énergie sombre nous traversait, sa puissance m'étant familière d'une manière que je ne saurais définir.

Qu'est-ce que c'est ? demandai-je en frissonnant.

Je ne sais pas, avoua-t-il en me serrant contre lui. *Tu le ressens encore ?*

Je hochai la tête, les poils de mes bras tout hérissés. *C'est… c'est comme un bourdonnement de puissance sur ma peau.*

Lorcan ne dit rien, mais je perçus le conflit dans son esprit. Il n'avait ressenti que l'explosion de puissance initiale, rien d'autre. Pourtant, cette énergie effrayante semblait ramper sur moi, se coller à mes sens et m'enrober d'une sorte d'essence invisible.

Puis elle disparut en un éclair, me faisant cligner des yeux. *Qu'est-ce que… ?* Tout cela était-il dans ma tête ? Une réaction bizarre au fait de me sentir si instable ?

Le front plissé, je me penchai en arrière pour fixer Lorcan. Il me tenait toujours blottie contre lui, et son expression était dénuée d'émotion tandis qu'il soutenait mon regard.

C'était bizarre. C'était peu dire, mais je n'avais pas d'autres mots.

Je devrais appeler Cillian, répondit-il, mais au lieu de regagner le cockpit, il me conduisit vers un canapé au milieu de l'avion. Il y avait aussi quelques fauteuils de direction pour le décollage et l'atterrissage. Ainsi qu'une chambre à coucher à l'arrière.

Il m'installa sur le canapé et s'accroupit pour être à mon niveau.

— Ça va ? me demanda-t-il d'une voix rauque.

Il n'avait pratiquement pas parlé à voix haute aujourd'hui.

Je déglutis et acquiesçai.

— Je pense que cette étrange explosion d'énergie m'a juste déstabilisée un moment. (Je fronçai les sourcils.) C'était quoi ?

— Quelque chose lié à la magie du V-Clan, je crois, répondit-il. Ça ne venait pas du jet, c'était autre chose. C'est pourquoi je dois appeler Cillian et vérifier que tout va bien au Secteur Sanglant. (Il replaça une mèche de cheveux derrière mon oreille.) Je le remets sur haut-parleur.

Il s'éloigna, me laissant fixer son dos musclé. Je me surpris soudain à souhaiter qu'il soit torse nu, comme le jour où je l'avais trouvé en train d'entraîner les Omégas.

Pourquoi j'ai voulu qu'il porte des vêtements alors ? Pour que pouvoir les enlever moi-même ?

Une image dansait dans mon esprit. Puis je me rappelai qu'il pouvait m'entendre, et je chassai vite fait tout cela de ma tête. Mais pas avant d'avoir entendu l'amusement persistant dans ses propres pensées.

Argh, c'est une bonne chose qu'il parte.

Lorcan disparut pendant que je tentais de retrouver mon estime et ma santé mentale.

Cillian ne répond pas, m'informa-t-il, son ton stoïque ne révélant pas l'inquiétude que j'entendais résonner dans son esprit.

Je me forçai à me lever, irritée de m'être laissée dorloter. Ce n'avait été qu'une énergie résiduelle. J'allais bien. Je n'avais pas besoin de m'évanouir dans les bras du grand Alpha.

Lorcan me rejoignit à l'entrée du cockpit, ses yeux sombres étant bizarrement hypnotiques.

C'est normal de laisser quelqu'un d'autre s'occuper de toi de temps en temps, murmura-t-il, sa paume sur ma joue. *Ça ne te rend pas faible, Kyra. Ça te rend assez forte pour connaître tes limites.*

Je levai les yeux au ciel.

— C'était une explosion mineure. J'ai connu bien pire.

— Je sais. (Son pouce effleura ma mâchoire quand il retira sa main.) Ce que j'ai dit était un avis général : c'est normal de demander de l'aide, qu'elle soit grande ou petite. J'espère que tu t'en souviendras après mon départ.

Je... je ne savais pas quoi répondre à cela.

Il était dangereux de faire confiance à Lorcan, mais une petite partie de moi voulait tenter le coup. Et cela me donnait envie de m'éclipser dans mon nid et de creuser un trou dans mes couvertures.

Il se détourna de moi quand un voyant clignota de nouveau sur la console. Ses mouvements me parurent un peu cassants lorsqu'il appuya sur le bouton.

— Qu'est-ce qui se passe ? demanda-t-il, son ton d'Alpha me faisant frissonner.

— Un Alpha du Secteur Sanglant vient d'essayer de tuer Quinnlynn avec le même sort que celui qui a servi à tuer sa mère.

La voix de Cillian avait un accent qui me tordit l'estomac. Et les mots qu'il prononçait n'arrangeaient pas les choses.

— Elle va bien ? demandai-je, prête à m'éclipser au Sanctuaire pour la retrouver.

— Elle est un peu secouée, mais ça va, répondit Cillian d'un ton un peu moins dur. Ses bijoux ont explosé lorsqu'ils ont traversé la barrière.

Mes yeux s'écarquillèrent.

— Les diamants de la famille MacNamara ?

— Oui. Qu'est-ce que tu sais à leur sujet ?

Le ton de Cillian était plus inquisiteur qu'accusateur. Ce qui était logique. C'était évident que je n'essaierais pas de faire du mal à ma meilleure amie. Et même s'il pensait le contraire, Lorcan pourrait fouiller mon esprit pour déterminer ma loyauté envers Quinn et la famille MacNamara.

— Sa mère les portait toujours. Il y a des boucles d'oreilles et un collier en forme de croissant. Je ne me souviens pas si Quinn les avait quand elle est arrivée ou non. Je crois que oui ?

— En effet, confirma Cillian. Kieran pense que c'est en partie ce qui la vidait de son énergie avant qu'il arrive.

— C'est pour ça que j'ai eu l'impression que la barrière l'affaiblissait, soufflai-je, me rappelant ce pressentiment que j'avais perçu avant de me rendre au Secteur Sanglant le mois dernier. J'avais pensé que c'était parce qu'elle n'était pas revenue depuis un moment, ou que c'était lié à ses chaleurs, mais elle semblait plus faible que d'habitude.

— Pourquoi tu ne l'as pas mentionné ? demanda Lorcan, une pointe d'agacement se glissant dans ses pensées.

— Parce qu'elle va bien depuis que Kieran l'a accouplée, répondis-je, sourcils froncés. Je ne croyais pas que c'était important.

Son maudit sourcil se leva, une expression que je n'avais guère revue chez lui au cours des deux dernières semaines. Peut-être parce qu'il était davantage sous sa forme de loup que sous sa forme humaine. Mais je n'avais guère envie de la revoir maintenant.

— Pas même après que je t'ai fait part de mes inquiétudes au sujet de la barrière ? insista-t-il.

— Honnêtement, je n'y ai pas pensé. J'étais trop occupée à essayer de comprendre ce que tu ressentais.

Je ne pus retenir la note exaspérée dans ma voix. Ce n'était pas comme si j'avais omis cette information volontairement. Que croyait-il, que je désirais que Quinn soit blessée ?

Me reproche-t-il de ne pas avoir mentionné ce que je pensais être un soupçon insignifiant ? Un soupçon que j'avais complètement oublié parce que ma vie avait été bouleversée au cours du dernier mois par un lien d'accouplement forcé ?

Il grogna tout bas dans sa poitrine, ayant clairement entendu cette question.

Cillian se racla la gorge.

— Kieran soupçonne qu'il y avait un charme de localisation sur les diamants, quelque chose qui pourrait fournir des coordonnées à l'Alpha qui a jeté le sort. Plusieurs Alphas ont tenté de s'éclipser juste après l'explosion ; je vais tous les arrêter pour les interroger.

— Bien, opina Lorcan, son grondement soulignant ce seul mot.

— Est-ce que ça veut dire que le sort a fonctionné ? demandai-je, ressentant soudain l'envie de m'éclipser dans le Sanctuaire pour vérifier la barrière par moi-même.

— En supposant que nous ayons raison, peut-être. Notre autre hypothèse de travail est que le bijou était destiné à tuer Quinn et à faire tomber la barrière avec sa mort, expliqua Cillian. Ça peut être une combinaison de tout cela. Mais Kieran a déclenché l'explosion en le jetant loin du Sanctuaire, vers la mer. L'île est donc en sécurité.

Je déglutis, pas sûre d'y croire.

— On doit finir de fouiller le jet, murmurai-je. S'assurer que tout va bien avant d'atterrir.

Lorcan hocha brièvement la tête.

— On te rappellera si on trouve quelque chose, Cillian.

— Moi de même, répondit-il.

Il coupa et Lorcan me jeta un regard, puis me contourna pour reprendre sa recherche. Mais cette fois, notre silence n'était pas aussi confortable qu'auparavant.

Nous passâmes une heure à flairer et chercher, sans rien trouver.

Pendant ce temps, je me demandais si les diamants des MacNamara étaient liés d'une manière ou d'une autre à la mort des parents de Quinn. Avaient-ils senti l'enchantement sur le collier ou les boucles d'oreilles ? Le père de Quinn aurait pu les faire s'éclipser du jet, mais il n'aurait pas pu revenir dans le jet de la même façon. Et sa mère n'était pas pilote.

Est-ce ainsi qu'ils sont morts ? me demandai-je. *Alors pourquoi ont-ils enchanté le collier pour trouver Quinn ?*

Le croissant de lune était arrivé dans les quartiers de Quinn avant que la nouvelle de la mort de ses parents lui parvienne. Le collier contenait un message caché de sa mère lui disant que leur mort n'était pas un accident mais un assassinat. Elle avait dit à Quinn de trouver leur meurtrier et de ne faire confiance à aucun prince Alpha. Depuis, Quinn n'avait pas cessé de chercher le coupable.

S'ils savaient que le collier était saboté, pourquoi s'en servir pour envoyer un message à Quinn ? Il y avait quelque chose qui ne collait pas.

— Le jet est sûr.

Les paroles de Lorcan n'étaient pas adressées à moi, mais à Cillian.

—Je le ferai savoir à Kieran, répondit-il.

Je n'avais pas réalisé que Lorcan avait passé un appel, trop perdue dans mes pensées pour entendre les siennes.

Au lieu de faire des commentaires, je pris place à côté

de lui dans le cockpit et je regardai par le pare-brise pendant qu'il reprenait le pilotage de l'avion.

Nous atterrîmes trente minutes plus tard, l'avion furtif planant au-dessus de la glace dans une étonnante démonstration de technologie futuriste. Les loups du V-Clan étaient réputés pour leur technologie de pointe. Cette beauté ne faisait que renforcer ce point de vue.

Un escalier apparu à la porte, nous permettant de descendre sur le rivage à l'extérieur de la barrière. Fritz nous accueillit de la même manière qu'à notre arrivée un mois plus tôt, l'air tout aussi méfiant.

— Où est Quinn ? demandai-je.

— Dans le palais, répondit-il.

J'acquiesçai, puis m'éclipsai dans le couloir devant sa suite et frappai à la porte. Kieran vint ouvrir, le regard scrutateur.

— Lorcan est dans l'avion ?

— Oui.

Il baissa le menton.

— Je vous laisse un moment, toutes les deux.

Il disparut en un clin d'œil, me laissant avec ma meilleure amie. Elle me dévisagea, puis jeta ses bras autour de mon cou.

— Je vais bien, certifia-t-elle. Je vais bien grâce à toi.

— Dis ça à Lorcan, marmonnai-je. (Puis je lui racontai notre voyage en jet jusqu'ici.) Alors oui, il croit que j'ai dissimulé des informations. Après tout ce qu'on a vécu, pourquoi diable j'aurais fait ça ?

Quinn fit la moue.

— Il est juste protecteur. C'est ce que font les Élites de Kieran.

— Je ne t'envie vraiment pas, lui dis-je.

Elle eut un sourire un peu triste.

— Tu ne vas pas essayer de faire en sorte que ça marche avec lui, n'est-ce pas ?

— Aucun de nous ne veut de partenaire, Quinn. Comme l'a dit Lorcan, ce n'est qu'un accouplement de convenance. (Je haussai les épaules.) Peut-être que ça sera utile plus tard.

C'était ce qu'il avait laissé entendre, en tout cas. Si le Sanctuaire avait besoin de quelque chose, je pourrais le prévenir rapidement, ce qui serait une bonne chose en cas de problème.

— Au début j'ai aussi considéré mon accouplement avec Kieran comme une *convenance*, remarqua-t-elle. Tu vois où ça nous a menés.

Elle posa une main sur son ventre et sur le bébé qui y poussait.

— Je suis très heureuse pour toi, Quinn, souris-je. Mais on sait toutes les deux que ce n'est pas mon avenir. Je vais devoir me contenter d'être une super tante pour ton futur petit.

C'était une phrase que j'aurais prononcée en riant un mois plus tôt, car l'idée d'avoir des petits ne m'avait jamais attirée. Pourtant, on aurait dit qu'il y avait une pointe de nostalgie dans ma voix alors que je prononçais ces mots maintenant, une nostalgie à laquelle je ne m'attendais pas.

La plupart des Omégas s'épanouissaient dans la procréation, aspiraient à la maternité et à l'éducation d'un enfant. Pour ma part, je n'avais jamais eu ce désir auparavant. J'avais supposé que c'était le résultat de la baise de Fare et ses amis.

Cependant, une petite partie de moi se demandait à quoi ressemblerait un enfant avec Lorcan. L'image me traversa l'esprit de façon inattendue − et indésirable −, me figeant un instant. Puis je clignai des yeux en secouant légèrement la tête.

Ça n'arrivera jamais.

— On verra bien, répondit Quinn — une réponse en phase avec mes pensées.

On ne verrait rien du tout, mais c'était un débat pour une autre fois. Pour l'instant, je devais dire au revoir à ma meilleure amie.

— Appelle-moi si tu as besoin de quoi que ce soit, lui dis-je. Et tiens-moi au courant des recherches pour trouver le salaud d'Alpha qui est derrière tout ça.

— Je n'y manquerai pas, promit-elle en me serrant de nouveau dans ses bras.

Je l'accompagnai à travers le palais et dans les jardins jusqu'à l'endroit où Kieran attendait avec Lorcan. Nous nous étions dirigées vers eux sans trop y penser, leurs auras ressemblant à des lunes brillantes pour nos louves intérieures.

Sauf que ce n'était pas du tout le cas pour moi. Lorcan n'était pas à moi. Et il était temps que mon animal accepte ce fait.

Kieran prit aussitôt Quinn dans ses bras et posa ses lèvres sur sa tempe avant de lui murmurer quelque chose à l'oreille. J'aurais pu essayer de capter les mots si j'avais voulu, mais ce n'était pas le cas. Leur démonstration ouverte d'affection me suffisait. Si l'on s'était demandé si Quinn avait ou non choisi Kieran, la réponse était claire à présent.

Elle était aux anges pour son Alpha. Et il avait l'air de ressentir la même chose pour son Oméga.

À quoi ça ressemble ? me demandai-je, une touche de mélancolie effleurant ma voix intérieure. Une mélancolie que j'écrasai aussitôt, refusant d'y songer davantage.

Je préférais être seule. En charge de mon propre destin. *Sans attaches.*

Mon regard se porta sur Lorcan, qui avait l'air ennuyé.

Il ne faisait aucun doute qu'il ressentait la même chose que moi.

Après un signe de tête compréhensif, je me tournai vers Quinn.

— Bon vol. Préviens-moi quand tu seras arrivée.

— Je le ferai, promit-elle. Je t'aime, K.

— Je t'aime aussi, Q.

Nous nous étreignîmes de nouveau.

Puis je les vis tous les trois franchir l'enceinte de la cour et se diriger vers le jet qui les attendait.

Lorcan ne pas dit un mot, ne pensa rien vers moi. Il ne me regarda même pas, ni ne me dit au revoir. Il disparut simplement, son devoir envers Kieran étant intact, comme il l'avait promis.

Ma louve gémit intérieurement, consciente qu'il s'en allait.

On va s'en sortir, lui murmurai-je. *On a survécu à bien pire…*

KYRA

Ma louve se morfondait.

J'essayais de la convaincre d'aller courir, mais tout ce qu'elle voulait, c'était se rouler en boule dans notre grotte de glace et bouder.

C'est pathétique, lui dis-je. *Nous n'avons pas envie d'Alphas, nous les tuons.*

Elle soupira. Elle n'avait pas vraiment compris ce que je disais, seulement ce que je ressentais. La dynamique des métamorphes était unique en ce sens que nous ne pouvions communiquer que des émotions et des besoins de base avec nos animaux, rien de plus. Par conséquent, ma louve ne comprenait pas certains concepts, comme le fait que Lorcan n'était pas vraiment à nous, ou que je ne voulais pas de cet accouplement. Pour elle, nous étions désormais liés à un Alpha, et elle voulait jouer avec lui.

Si tu veux juste bouder, alors…

Kyra, intervint Lorcan, ce qui fit lever la tête de ma louve avec intérêt.

Désolée, je ne voulais pas t'embêter avec ça. Mon animal est du genre obstiné.

Il ne répondit pas tout de suite, comme s'il ne savait pas trop quoi dire.

J'essaierai d'atténuer les émissions mentales, ajoutai-je. *Je sais que vous êtes tous occupés à interroger les Alphas.* Quinn m'avait envoyé un message quand ils avaient atterri dans le Secteur Sanglant, et je savais d'après les pensées éparses de Lorcan que lui et les autres étaient allés dans les cachots pour interroger certains coupables potentiels.

Ce n'est pas… ce n'est pas pour ça que je te contacte, dit-il lentement. *Je voudrais que tu m'aides à vérifier quelque chose.*

Oh. Ma louve se redressa, ses oreilles et son nez frémissant comme si elle cherchait l'odeur de son Alpha. *Qu'est-ce que tu veux ?*

Myon dit que le collier de Kiana MacNamara était muni d'un traceur pour sa sécurité, et il pense que le charme a mal fonctionné car il a été conçu pour elle et non pour Quinnlynn.

Euh, d'accord… Je n'y croyais guère, et d'après le son de la voix de Lorcan, il n'avait pas l'air d'y croire non plus.

Il dit aussi que les MacNamara n'ont pas vraiment été tués, qu'ils ont ajouté un autre charme au collier pour envoyer cet avertissement à Quinnlynn. Ils l'ont fait pour l'empêcher de prendre un compagnon trop tôt.

Qui sont ces « ils » ?

Les Élites de Seamus MacNamara, répondit Lorcan. *Apparemment, Fritz en fait partie.*

Fritz ? répétai-je en me levant.

Oui. Et d'après Myon, l'histoire inventée sur les parents de Quinnlynn était l'idée de Fritz.

Je repris ma forme humaine et m'éclipsai vers mon nid pour m'habiller. *C'est une sacrée accusation.*

Je suis d'accord.

Fritz est Protecteur au Sanctuaire depuis avant ma naissance, lui dis-je en enfilant un jean et un pull. *Il était proche de Seamus, mais il n'était pas un Élite, car les Élites n'ont jamais été autorisés sur l'île. Jusqu'à toi, en tout cas.*

Il dit maintenant qu'il a la boîte noire, qui peut prouver que l'avion a explosé à cause d'une panne de moteur, ajouta Lorcan. *Tout ça me paraît bien commode.*

Trop commode, convins-je, n'aimant pas ce terme malgré sa pertinence dans la conversation. *Je vais chercher Fritz.*

Merci.

Je m'éclipsai à l'étage de Fritz et frappai à sa porte close. Il avait toujours privilégié l'intimité, et je respectais cela. Mais pour l'heure, je voulais des réponses. Je frappai donc de nouveau jusqu'à ce qu'il réponde. Lorsqu'il ouvrit la porte, ses cheveux blonds étaient ébouriffés par le sommeil ses yeux bleus un peu troubles.

— Putain, Kyra. Je faisais un très beau rêve. Il y a intérêt à ce que ce soit important.

— Es-tu l'un des Élites de Seamus ? lui lançai-je.

Son regard s'éclaircit aussitôt, confirmant ma question sans avoir besoin d'y répondre. Je plongeai donc dans le vif du sujet :

— As-tu enchanté le collier de diamants pour transmettre un faux message de Kiana à sa fille ? Sur le fait qu'un Alpha les avait tuées ?

Il grimaça.

— Myon a parlé, hein ?

— Ça veut dire que c'est vrai ? Tout ça n'a été qu'un mensonge royalement foireux ?

— Une nécessité, corrigea-t-il doucement. Il nous fallait un moyen de donner à Quinn le temps de trouver le bon compagnon.

— En l'envoyant dans une dangereuse chasse autour du monde à la recherche d'un tueur qui n'existe même pas, putain ? Pendant une pandémie mondiale ?

— L'infection n'existait pas quand on a élaboré le plan,

argua-t-il. Ça a compliqué les choses. Et à ce moment-là, elle se cachait déjà.

— C'est foutrement incroyable.

Cela semblait également invraisemblable. Trop élaboré. Trop *bizarre*.

Il a confirmé l'histoire, envoyai-je à Lorcan. *Mais il y a quelque chose qui cloche.*

— Pourquoi vous n'avez pas fait confiance à Quinn pour faire ses propres choix ? Elle ne se serait pas précipitée dans la première relation venue. Tu le sais bien.

— Les princes Alpha étaient tous concentrés sur l'accouplement de Quinn pour le pouvoir. Elle ne pouvait faire confiance à aucun d'eux.

— Et encore une fois, vous ne lui faisiez pas confiance pour prendre cette décision par elle-même ? Alors vous lui avez concocté un mystère à résoudre à la place ? (Ce n'était pas le Fritz que je connaissais, tout entier tourné vers l'autonomisation des Omégas.) C'est quoi ces conneries misogynes ?

Il eut la bonne grâce de tressaillir.

— Kyra…

Je levai la main.

— Ouais, non. On ne va pas avoir cette discussion maintenant. Je vais laisser Quinn s'occuper de toi à la place. Enceinte ou pas, elle peut toujours te botter le cul.

OK, peut-être pas vraiment. Fritz avait une bonne longueur d'avance sur chacune de nous, et c'était un expert en armes. Il était aussi très ancien.

Mais Quinn aurait la colère de son côté. Comme il se doit. Parce que wow. *Wow.*

Fritz voulut dire autre chose, mais je m'éclipsai dans mon nid et fermai ma porte à clé. *C'est de la folie. Qu'est-ce qu'il a bien pu penser ?*

Laisser cette ruse perdurer pendant plus d'un siècle ?

Bon sang, la créer, pour commencer ? Ce n'était pas Fritz. C'était… comme si quelqu'un d'autre avait pris le contrôle de Fritz et lui avait donné cette idée ridicule. Une idée qui n'avait aucun sens.

Ce n'est pas possible. C'est trop simple et ça ne correspond pas au personnage. De plus, Fritz ne peut pas enchanter les objets. Quoique peut-être que si. Peut-être que je ne le connais pas du tout. Je veux dire, ce n'est pas comme si nous n'avions pas passé le siècle dernier ensemble.

Myon a dit que Fritz lui avait dit de créer l'enchantement, donc c'est Myon qui avait la capacité, pas Fritz, murmura Lorcan.

Ce n'était pas tant à lui que je parlais qu'à moi-même, mais son intervention ne me dérangea pas. Il pourrait peut-être donner un sens à tout cela.

Ça ne rend toujours pas la chose plus crédible pour moi. Fritz est la dernière personne à laquelle je puisse penser qui retirerait à une Oméga le droit de choisir. Pourtant, c'est exactement ce qu'il a fait.

Lorcan ne répondit pas cette fois, mais je l'entendis réfléchir à tout ce que Myon venait de révéler à Kieran, ainsi qu'à tout ce qu'il avait capté dans mon esprit pendant ma brève conversation avec Fritz.

C'est trop facile, dis-je au bout d'un moment. *Trop… artificiel ?*

Comme l'aveu immédiat de Fritz.

Il n'avait même pas essayé de se justifier. Pas vraiment, en tout cas. Il avait juste admis ce qu'il avait fait, avait donné une demi-excuse comme quoi il devait protéger Quinn des princes Alphas assoiffés de pouvoir, et n'avait pas semblé s'excuser.

En fait, ce n'était pas vrai. Il y avait un soupçon de culpabilité dans ses tressaillements et ses traits, mais ses paroles… ne correspondaient pas à ses actes.

Je me passai les doigts dans les cheveux et fronçai les sourcils en voyant mon reflet dans le miroir.

J'ai vraiment besoin d'une douche. Mes mèches bleu nuit étaient toutes emmêlées suite à ma transformation et à ma bousculade pour parler à Fritz. *Non, d'un bain,* décidai-je devant la grande baignoire de ma salle de bains. *Avec des jets.* J'ouvris le robinet et j'attendis que l'eau chaude coule. La magie permettait beaucoup de choses sur l'île, dont une chaleur constante. L'utilisation d'enchantements permettait également de respecter l'environnement. Tout le monde y gagnait.

Je pris des sels de bain parfumés aux conifères, un article récent que j'avais acquis lors d'un échange avec une Oméga. Ma louve m'approuva, même si je reconnaissais que c'était un signe de faiblesse d'avoir choisi ce parfum spécifique.

Peu importe. J'avais le droit d'aimer cet arôme particulier. Peu importait qu'il corresponde à l'odeur naturelle de Lorcan.

La vapeur se répandit autour de moi tandis que la baignoire commençait à se remplir. J'y versai une quantité prudente de sels, ne voulant pas épuiser ma réserve trop vite. Ce genre de plaisir était difficile à trouver maintenant que le monde des humains était parti en vrille.

Il y a une chose que je ne comprends pas. La voix de Lorcan dans ma tête me figea.

À propos de… ? m'enquis-je, craignant qu'il me demande de justifier mes préférences en matière de sels de bain ou quelque chose d'autre en rapport avec mon activité actuelle. Voire faire des commentaires sur ma louve qui se morfondait et comme il lui manquait alors qu'il n'était parti que depuis quelques heures.

Myon dit que l'enchantement de localisation a dû mal fonctionner, qu'il a attaqué Quinnlynn parce qu'il n'était pas destiné à elle. Il pense que c'est pour ça qu'il a explosé. Mais s'il a ajouté ce charme de message, est-ce qu'il n'aurait pas aussi reconfiguré l'enchantement pour qu'il accepte Quinnlynn ?

Je fronçai les sourcils, les yeux baissés sur l'eau qui montait. *Je suis d'accord. Pourquoi ajouter un sort sans corriger l'autre ? À moins qu'il ne l'ait pas remarqué ?*

Ça me paraît trop imprudent.

Tout comme tout ça semble trop artificiel ? rétorquai-je.

Oui. Comme tu l'as dit, c'est trop facile.

Alors on rate quelque chose, acquiesçai-je.

Oui. La question est de savoir quoi ?

Tu en as parlé à Kieran ?

Non, pas encore.

Et à Cillian ?

C'est un télépathe. Il est au courant de mes doutes.

Mes lèvres se plissèrent légèrement. *Donc il peut... nous entendre ?*

Non. Notre lien est juste pour nous.

Le fait qu'il ait répondu si rapidement m'indiqua qu'il avait déjà posé la question à Cillian. Cette réponse me soulagea, bizarrement. Je n'aimais pas l'idée que quelqu'un d'autre soit au courant de nos discussions. C'était... les nôtres. Privées. *Intimes.*

Je vais creuser un peu, ajouta Lorcan. *Voir si je ne peux pas découvrir ce qui se passe vraiment. Ou trouver la preuve qu'il dit la vérité.*

Et la boîte noire ? demandai-je, me souvenant de ce qu'il avait dit tout à l'heure à propos de Myon qui l'avait en sa possession.

Cillian va l'examiner. Et bien qu'elle puisse révéler que leur avion s'est effectivement écrasé à cause d'une panne de moteur, mon intuition me titille.

Comme pour la barrière, relevai-je.

Comme pour la barrière, confirma-t-il.

Est-ce que ça déclenchait encore ton intuition quand tu es parti ?

Oui.

Oh. Cela… me dérangeait un brin. Il savait que quelque chose n'allait pas, mais il était parti quand même. Parce que sa loyauté allait à Kieran, pas au Sanctuaire. Et certainement pas à moi.

Kyra.

Je coupai l'eau qui s'approchait du bord. *Je vais prendre un bain. Tu devrais quitter ma tête maintenant,* lui dis-je en ôtant mon pull.

Ça ressemble plus à une invitation à rester, murmura-t-il en retour. Ses mots légèrement aguicheurs me surprirent. Mes doigts s'arrêtèrent sur le bouton de mon jean, ma louve remontant à la surface avec un intérêt renouvelé.

Profite bien de ton bain, compagne, ajouta-t-il d'une voix douce. *Je te recontacte si j'apprends quelque chose de plus. Fais de même, s'il te plaît.*

Je hochai la tête, la gorge nouée. Non pas qu'il puisse me voir. *OK,* réussis-je finalement à lui envoyer. Hélas, son silence m'apprit qu'il était déjà parti. Ou peut-être qu'il se cachait simplement. Nous ne pouvions pas vraiment couper notre lien, mais nous pouvions nous en soustraire.

J'enlevai mon pantalon et me glissai dans la baignoire, ruminant tout ce qui s'était passé avec Fritz et Quinn. Il faudrait que j'essaie de reparler à Fritz plus tard, peut-être avec les idées plus claires, voir si je pourrais lire entre les lignes de ses réponses.

Je ne les acceptais pas. Surtout parce que cela impliquerait que je l'avais mal jugé pendant plus d'un siècle. Depuis le jour où nous nous étions rencontrés. Il était l'un de mes meilleurs amis. Tout comme Quinn. Mais lui faire croire que ses parents avaient été assassinés, juste pour l'empêcher de prendre un compagnon ? C'était… inexcusable.

Et Fritz également, me dis-je encore.

Je coulai sous l'eau, déchirée par une envie de crier.

Ç'avait été une longue journée. Disons plutôt un putain de long mois.

Une longue vie bordélique, pensai-je sans ambages en secouant la tête, faisant gicler de l'eau partout.

Lorsque j'émergeai enfin pour respirer, je sentis le parfum de conifères dans mes narines, un arôme qui me détendit aussitôt.

Du moins jusqu'à ce qu'une légère bouffée de sang vienne troubler mes sens.

De sang ancien. *Comme du fer rouillé.* Je fronçai le nez. *C'est étrange.*

J'avais peut-être oublié du sang quelque part. Sauf que je pourrais jurer qu'il était accompagné d'une odeur distincte de roses fanées.

Je tressaillis lorsque de vieux souvenirs menacèrent d'engloutir mon esprit. *Des roses noires desséchées, mortes sur mon oreiller. Éclaboussées de sang.* Son *sang.*

J'eus un haut-le-cœur, l'odeur était si forte que je crus qu'elle était réelle. Mais ce n'était pas possible.

Il est mort, me dis-je. *Il est mort, putain.*

Il fallait vraiment que j'arrête de laisser son souvenir me hanter.

Je me penchai au plus près de l'eau sans boire la tasse et pris une grande inspiration apaisante. *Conifères. Sécurité. Chaleur.*

Mes paupières se fermèrent, une sensation de calme m'envahit tandis que je me remémorais le ronronnement distinct de Lorcan. Je l'avais entendu chaque fois que nous étions entrés dans la grotte de glace, un ronronnement que je n'oublierais jamais. C'était si fort dans mon esprit, presque comme s'il ronronnait pour moi encore maintenant.

Mon Alpha, semblait dire ma louve. *Mon protecteur.*

Je la laissai penser ce qu'elle voulait, sans prendre la peine de la corriger cette fois. Parce que je préférais de loin cette obsession innocente à la noirceur de mon passé.

Les conifères au lieu de roses mortes.

Des ronronnements au lieu de sang.

Un protecteur Alpha au lieu d'un agresseur Alpha.

Je m'allongeai dans la baignoire et ouvris finalement les jets. Puis je laissai les sels chasser la puanteur persistante de fleurs en décomposition.

Demain, je reparlerai à Fritz. Et demain, j'irai encore courir. Seule. Sans passer de temps dans la grotte.

Ma louve et moi devions oublier ces dernières semaines. Et la seule façon d'y parvenir serait d'aller de l'avant. Le passé ne pouvait pas être mon présent, quels que soient les efforts qu'il déployait.

Je suis vivante. Je suis libre. Et aucun Alpha ne me possédera plus jamais. Pas même un bon Alpha potentiel.

LORCAN

— C'est trop facile, marmonnai-je les mots que Kyra avait prononcés l'autre jour. On rate quelque chose.

Cillian était à côté de moi, en smoking, parcourant la foule du regard dans la salle de bal. C'était la soirée du couronnement dans le Secteur Sanglant, célébrant Kieran et Quinnlynn comme roi et reine de toute l'espèce V-Clan.

Ils venaient de terminer d'accueillir les princes Alphas des différents secteurs du V-Clan. Et maintenant, ils partaient célébrer leur lien, laissant tous les autres faire la fête dans leur sillage.

Je m'étais éclipsé près de Cillian après qu'il avait réussi à chasser Ivana en lui demandant de trouver un autre partenaire de danse. Elle avait obéi pour l'instant, mais je m'attendais à ce qu'elle revienne.

Kyra aurait-elle voulu danser si elle était là ? me demandai-je. Puis je souris intérieurement en réalisant qu'elle aurait préféré me donner un coup de pied dans les couilles plutôt que de valser sur la piste dans une robe élégante. Sa forme de danse était le combat. Je doutais fort qu'elle puisse jamais apprécier les routines de salle de bal ou les pas sophistiqués.

Cela me convenait parfaitement. Moi aussi je préférais de loin le combat.

Mais elle n'était pas là pour s'entraîner. Et ne voudrait jamais l'être. Pourtant, je ne pouvais pas m'empêcher de l'imaginer ici. J'en blâmais mon loup. Nos courses de l'après-midi lui manquaient.

Foutu lien d'accouplement, me dis-je en me frottant la nuque. Ça m'embrouillait la tête. Tout comme mon manque de sommeil. Les cauchemars de Kyra avaient empiré, et je me réveillais souvent en entendant ses cris mentaux. Je ronronnais dans son esprit juste assez longtemps pour l'en sortir, puis me retirais et l'écoutais analyser ses rêves.

Elle m'accusait, moi et notre lien *forcé*. Elle croyait que c'était la cause de l'aggravation de ses cauchemars. D'après ce que j'avais compris, sa version de l'Alpha Fare exigeait qu'elle parle de son nouveau compagnon. Pourtant, fidèle à elle-même, elle refusait à chaque fois. Les cauchemars avaient évolué en séances de torture, que son esprit semblait tirer de son passé pour les mêler au présent.

— As-tu entendu un seul mot de ce que j'ai dit ? demanda soudain Cillian, me faisant sursauter.

Non, je n'avais pas réalisé qu'il parlait. Bon sang, j'avais même oublié qu'il était là.

— Cette Oméga te prend la tête, reprit Cillian d'un air entendu. Tu devrais peut-être laisser ton loup la nouer, voir si ça t'aiderait à te débarrasser de cette distraction.

Je ricanai. On pouvait jouer à ce jeu à deux.

— Es-tu en train de te projeter, Cillian ? Est-ce que ton loup aussi a envie d'une certaine *distraction ?*

Car j'avais bien vu comment il regardait Ivana avant que je le rejoigne. Ce n'était pas du dégoût, bien au contraire. C'était pourquoi il l'avait convaincue d'aller danser avec un autre Alpha. Il ne voulait pas avoir envie d'elle. Mais c'était le cas. Et il détestait ça.

J'avais toujours trouvé ça amusant auparavant, sans vraiment comprendre pourquoi il ne l'avait pas tout simplement nouée puis évacuée de son organisme. Mais maintenant, je comprenais : une ou deux fois n'auraient pas suffi. Au contraire, cela n'aurait fait qu'accentuer le désir. Et empirer la distraction.

— Je n'ai pas *envie* d'Ivana ou de n'importe qui d'autre, répondit-il d'un ton catégorique. C'est juste difficile d'ignorer une Oméga aussi déterminée, même si elle ne joue pas au même niveau.

Je ricanai. Cillian voulait dire qu'Ivana était trop bien pour lui, qu'elle devrait trouver un compagnon plus digne de son affection. Surtout parce qu'il était d'abord marié à son job et n'avait pas l'intention de changer.

Je ressentais la même chose. Ou plutôt... j'en avais l'habitude. Ma dévotion envers Kieran et le Secteur Sanglant avait toujours été absolue. Elle l'était encore. Mais ces derniers temps, je m'inquiétais davantage pour Kyra et le Sanctuaire.

Sont-ils en sécurité ? Cette étrange perturbation s'est-elle encore manifestée ? Devrais-je être là-bas plutôt qu'ici ?

— Elle doit vraiment se mettre à chercher un compagnon plus approprié, quelqu'un qui se fichera de son penchant malavisé à dire aux Alphas ce qu'ils doivent faire.

J'esquissai un sourire.

— Je crois qu'elle aime t'irriter.

— Oui, et c'est justement le problème. Il faut qu'elle trouve quelqu'un de mieux adapté à ses enfantillages. Quelqu'un qui saura apprécier ses qualités peu recommandables, comme son audace et son assurance mal placée.

Je le dévisageai. *Qui essaies-tu de convaincre ? Moi ou toi ?* demandai-je en passant en mode mental pour économiser ma voix.

Va te faire foutre, râla-t-il.

— Je veux dire, ce n'est pas moi qui me cramponne à une Oméga, mon pote. Il se trouve que j'en ai une qui est agaçante et insistante. *Toi* tu en as une qui capte toute ton attention. Ce sont des situations très différentes.

— Si tu le dis, répondis-je.

Mais mon esprit revint aussitôt à Kyra, juste pour m'assurer qu'elle allait bien.

« *Tu m'as donné des informations sur Kieran, sachant que je le recommanderais à Quinn,* disait-elle. *C'est de la trahison, Fritz.* »

Je ne voyais pas le mâle oméga dans ses pensées, mais je captais l'analyse par Kyra de son expression faciale. *Oméga espiègle* était la description qu'elle avait choisie.

La voix de Fritz résonna dans son esprit, leur conversation s'enchaînant comme si j'étais à leurs côtés.

« *Certains appelleraient ça une entremise appropriée,* lui dit-il.

« *Ah ouais ?* répliqua-t-elle. *Et cette histoire de meurtre à la con que tu as concoctée ? T'appelles ça comment ?*

Cela parut toucher un point sensible, du moins ce fut ce qu'elle déduisit en voyant sa mâchoire se serrer.

Il semblait qu'elle essayait d'analyser à la fois ses manières et ses paroles, juste pour voir s'ils correspondaient. Surtout parce qu'elle était toujours convaincue qu'il y avait quelque chose d'étrange dans son comportement. Elle était persuadée qu'il n'aurait jamais fait ce qu'il avait fait à Quinn ; ses décisions n'avaient aucun sens pour elle.

« *Une épreuve nécessaire* », fut sa réponse succincte.

« *Une épreuve pour quoi ?* » demanda-t-elle.

Il se passe les doigts dans les cheveux, nota-t-elle. *Un signe de nervosité. Ou d'exaspération.*

« *On sait tous les deux que les Alphas peuvent être mauvais, Kyra. J'essayais de l'éloigner des jeux d'accouplement en la rendant méfiante à leur égard.* »

« *Tout en la poussant vers Kieran* », remarqua-t-elle.

« *Parce que je savais qu'il était bon pour elle.* »

« *Et tous les autres étaient mauvais pour elle ?* »

« *Certains, oui* », nuança-t-il, et Kyra se demanda ce cette réponse évasive lui cachait. « *Mais Kieran était fait pour être à elle. Ils sont parfaits ensemble.* »

« *D'accord, Monsieur l'entremetteur* », railla-t-elle, guère impressionnée par ses finesses.

« *Lorcan et toi, vous vous entendez bien aussi* », ajouta-t-il, ce qui lui valut l'un de ses fameux regards.

« *Tu cherches à me convaincre de te tuer ? Parce que je dois te dire, Fritz, que je suis déjà à moitié convaincue. Ne me pousse pas plus loin, sinon je risque de te planter une lame dans le cœur.* »

Apparemment, cela le fit sourire. « *Flirt.* »

Une impression de nostalgie s'insinua dans ses pensées, son admiration pour l'Oméga mâle étant palpable. Pourtant, elle s'écria à voix haute : « *Barre-toi de ma chambre, Fritz.* »

Mais il ne partit pas immédiatement. La tension parut s'apaiser entre eux, et l'épuisement de Kyra devint d'autant plus tangible.

« *Tu crois qu'elle me pardonnera un jour ?* » lui demanda Fritz doucement. Sa question lui serra le cœur.

« *Honnêtement ? Je ne sais pas* », répondit Kyra. Elle avait brièvement parlé à Quinn avant le couronnement de ce soir. Quinn ne blâmait pas Kyra pour ce qui s'était passé, mais ma compagne se sentait tout de même coupable.

J'aurais dû voir des signes de la vérité, l'entendais-je se dire sans cesse. *Une sorte de tendance à penser que rien de tout ça n'est réel. En supposant que ce soit vrai, de toute façon.*

Sa frustration inquiétait mon loup, ce qui lui donnait

encore plus envie de s'éclipser vers elle et lui offrir son soutien sous forme de ronronnement. Mais aucun de nous ne pouvait permettre à nos loups d'approfondir leur lien. Sinon, nous risquions de faire quelque chose d'encore plus irréversible que ce que nous avions déjà fait.

« Je ne peux pas vraiment le lui reprocher, dit Fritz à Kyra. Mais je l'ai fait pour la protéger. »

« Parfois, on n'a pas besoin que les autres nous protègent, Fritz. On doit apprendre à se protéger soi-même. »

Sa réponse résonna dans mon esprit, ses mots étaient ceux d'une guerrière qui avait survécu à bien des souffrances dans la vie et qui avait pourtant trouvé le moyen de continuer à avancer.

Bien que son esprit me révèle qu'elle pensait que cette déclaration aurait pu venir de Quinnlynn, je n'étais pas d'accord. Ce sentiment était celui de Kyra.

« Je commence à réaliser à quel point c'est vrai », admit Fritz avant de disparaître.

Kyra lâcha un soupir lourd et triste.

Mon loup s'agitait en moi, exigeant que nous allions la voir. Mais je nous retins dans le Secteur Sanglant, forçant mes pieds à rester sur le sol de la salle de bal tandis que je regardais tous nos invités fêter le nouveau roi et la nouvelle reine.

Quinnlynn avait demandé à Kyra de venir, mais Kyra ne l'avait pas trop senti. Elle avait répondu que le Sanctuaire avait besoin d'elle. Ç'avait été un prétexte pour m'éviter. Et aussi un moyen d'échapper à sa culpabilité à propos de tout ce qui était arrivé à Quinnlynn.

Kyra était fermement décidée à arranger les choses en faisant toute la lumière sur les secrets de Fritz. Mais jusqu'à présent, elle n'avait pas réussi à déchiffrer ses motivations.

Je n'avais guère eu de chance avec Myon non plus. Le fait que Cillian l'ait cru n'avait pas arrangé les choses. Il pouvait ressentir la vérité de ses pensées, ce qui rendait difficile la recherche d'un point de départ. Tout ne s'accordait pas.

Et pourtant… c'était trop facile, comme Kyra l'avait dit, et comme je l'avais dit à Cillian.

Je lui jetai un coup d'œil, prêt à relancer la conversation, mais son regard s'attardait sur une femme aux cheveux blancs près des portes. *Ivana.*

Elle avait la tête basse, une soumission qui ne lui ressemblait pas.

Certes, elle était une Oméga, mais elle avait l'habitude d'affronter le monde en croisant le regard de tout un chacun sans la moindre timidité. C'était cette audace qui lui permettait d'approcher constamment Cillian. La plupart des Omégas gloussaient et rougissaient en sa présence. Mais pas Ivana. Elle le fixait toujours droit dans les yeux lorsqu'elle faisait ses demandes.

Ses épaules se voûtèrent un peu, puis se redressèrent quand elle prit une inspiration fortifiante.

Est-ce qu'un Alpha l'a effrayée ? demandai-je. *Avec qui tu l'as envoyée danser ?*

Personne en particulier. Je lui ai juste dit de trouver quelqu'un d'autre, car je ne suis pas là pour faire la fête. Je travaille.

Tu penses que quelqu'un l'a rejetée ?

Si c'est le cas, je le tue.

Je lui lançai un regard. *En fait, c'est toi qui l'as rejetée. Tu la rejettes tout le temps. Tu vas te punir toi-même ?*

C'est différent et tu le sais.

Mais elle, est-ce qu'elle le sait ? lui demandai-je.

Il soupira, suivant du regard chaque mouvement d'Ivana. Puis il fronça les sourcils lorsqu'elle s'éclipsa hors de la pièce. *Je reviens.*

Je fis la moue lorsqu'il disparut. Et lui qui m'accusait

d'être distrait. Je l'étais, bien sûr, car ma distraction était couchée dans son lit et redoutait les cauchemars à venir.

Kyra ? chuchotai-je.

Quoi ? répliqua-t-elle, son ton mental clairement agacé.

Je savais ce qu'elle faisait. Cela ressemblait à la façon dont je l'avais entendue réagir face à Fritz un peu plus tôt. Kyra n'aimait pas compter sur les autres. Elle ne voulait compter que sur elle-même, et c'est pourquoi je savais qu'elle ne me laisserait pas l'apaiser en ce moment, même si elle en avait besoin.

J'ai senti un malaise.

Je vais bien, mentit-elle.

D'accord. Bonne nuit.

Je ne tentai pas de la pousser, car cela n'aurait servi à rien, ni à l'un ni à l'autre. Kyra avait survécu en prenant soin d'elle-même sans jamais compter sur personne.

C'est pourquoi je réfrénai le désir de mon loup d'aller la voir. Si elle voulait se débrouiller seule, je n'allais pas la forcer à accepter mon réconfort.

Elle m'appellerait si elle avait besoin de moi. À ce moment-là, j'irais la voir.

Aucun doute là-dessus.

KYRA

Tu me donneras son nom, me souffla une voix soyeuse. *Et bientôt.*

Je serrais les dents, refusant de céder à ce cauchemar, refusant de *lui* céder.

Mais chaque occurrence semblait de plus en plus réelle. Comme maintenant, la présence glaciale à mes côtés semblait bien trop permanente. Bien trop *présente*.

Et quoi que je fasse, il ne voulait pas partir.

Il n'y avait pas de ronronnement dans ma tête. Pas d'Alpha du V-Clan en train de contrôler ou de s'attarder dans mon esprit. Juste moi, mes pensées et *Fare*.

Il gloussa, un son sinistre et cruel qui me rappela des centaines de nuits passées seule dans l'obscurité. Recroquevillée. À trembler. *Pleurer.*

Je ne suis plus cette Oméga, me jurai-je. *Je suis plus forte maintenant. Je suis libre.*

Vraiment ? murmura Fare dans mon esprit. *Parce que je pense que tu as toujours été à moi. Que tu es toujours à moi. Pas à lui. Qui qu'il soit.*

Je déglutis, les yeux plissés. *Réveille-toi*, m'enjoignis-je.

Oui, réveille-toi, me dit Fare. *Je t'en prie. J'aimerais que tu me salues comme il se doit. Ça fait si longtemps…*

Je cherchai ma lampe, désirant à tout prix m'extraire de l'obscurité, m'arracher à ce cauchemar. Mais tout ce que je trouvai, ce fut un objet dur et froid près de moi.

Incroyablement grand. Robuste. Masculin.

Un vampire Alpha. Fare.

Ce n'est pas réel. C'est un rêve. Je vais bientôt me réveiller.

Mais l'air tourbillonnait autour de moi, le Sanctuaire était une présence tangible.

C'est mon esprit qui me joue des tours, me dis-je. *Tout va bien. Il n'y a personne ici.*

Sauf que ma main touchait toujours cet objet froid, immobile, qui avait l'air foutrement réel. Tout comme les doigts de Fare qui écartaient mes cheveux de mon visage. Et ses lèvres qu'il pressait contre mon oreille en un baiser faussement tendre.

Les poils de mes bras se hérissèrent en réaction à sa proximité, à sa familiarité, à sa *présence. Pas réelle. Pas réelle. Pas réelle.*

— Bonjour, ma chérie, salua-t-il d'une voix soyeuse, dépourvue du granuleux typique de mes cauchemars. Je crois qu'il est temps pour toi de rentrer à la maison, hein ?

J'écarquillai les yeux, la pièce autour de moi s'éclaira de couleurs vives.

Mon nid, soufflai-je, posant la main sur ma chemise trempée de sueur. *Merci, putain.*

Sauf que sur mon oreiller, juste à côté de ma tête, gisait une fleur noire fanée.

À côté, un mot tracé avec du sang : *Jouons….*

Je me redressai d'un bond. L'odeur du sang flottait dans l'air, plus forte que jamais, et des pétales d'encre jonchaient le sol.

Non. Mon cœur manqua plusieurs battements. *Non, non,*

non. Ce n'était pas possible. Ce… je… je devais encore être en train de rêver. Un autre cauchemar tordu mêlant mon passé à la réalité.

— J'avais presque oublié à quel point ta peur peut être appétissante, ma chérie. (Les mots dansaient sinistrement dans ma chambre, chuchotés dans mes oreilles, leur source demeurant cachée.) La marche de rêve n'est pas assez satisfaisante.

Fare se matérialisa devant moi, ses yeux rouges scintillant comme un feu infernal.

— Non, haletai-je. Ce n'est pas réel.

Sa bouche cruelle se tordit en un sourire – le genre de sourire qui pourrait facilement séduire une victime innocente pour la nuit. Mais je connaissais ce sourire. Je *le* connaissais. Et bien qu'il ait un beau visage, il était positivement laid à l'intérieur. Le mal incarné.

Mort.

— Ce n'est pas possible, me dis-je plus qu'à lui. Je t'ai tué.

C'est juste un rêve super effrayant et horriblement réaliste.

— Je t'ai toujours considérée comme un animal intelligent, murmura-t-il. Mais il n'est pas très judicieux de rouvrir de vieilles blessures si peu de temps après avoir rencontré un amant. (Il s'approcha d'un pas de mon lit.) Cela pourrait susciter des sentiments de colère. Le besoin de se venger. Le désir de *rendre la pareille.*

Il leva la main vers mon visage pour passer un doigt froid sur ma pommette, ce qui me fit claquer des dents de façon désagréable.

— J'aimerais beaucoup mieux fêter ces retrouvailles, roucoula-t-il. Après tout, j'ai travaillé si dur pour y parvenir. Toutes ces années allongé, à attendre. C'est un jeu si complexe à jouer, qui a pris bien plus de temps que je l'avais prévu. Mais tu te rattraperas, n'est-ce pas ?

Il déplaça sa main vers mon cou, ses doigts me rappelant un serpent lorsqu'ils s'enroulèrent lentement autour de ma gorge et la serrèrent.

J'étais figée. Immobile. Perdue dans le temps. *Ce n'est pas réel*, me disais-je. Sauf que cela ressemblait plus à un appel à l'espoir qu'à une déclaration d'assurance.

— Oh, de qui je me moque ? Bien sûr que tu te rattraperas. (Sa poigne se resserra encore plus, me coupant le souffle.) C'est ça ou perdre la tête, ce qui serait un tel gâchis.

Il me relâcha pour passer ses doigts dans mes cheveux d'un geste de nouveau doux. Mais je ressentais encore la brûlure contre ma gorge. Et ça me faisait plus mal que n'importe quel rêve que j'avais fait, me disant... confirmant... *Oh, Dieux... c'est réel...*

— Tu es trop belle pour être tuée, dit-il. Trop délicieuse pour être vidée. (Ses orbes rubis dansèrent sur moi.) Mmmh, par où commencer ? Une morsure dans le cou, c'est trop romantique. La chatte serait trop intime. (Son regard revint au mien.) Nous sommes un peu pressés par le temps.

Il tira sur ma chemise avec ses ongles acérés. Elle parut s'ouvrir sur commande, mon corps était encore raide de terreur. Non, c'était plus que cela. J'étais terrifiée, oui, mais je n'avais même pas songé à bouger. À m'éclipser. À courir. À me *battre*.

Il m'a obligée à obéir, réalisai-je, l'horreur de ma situation s'aggravant à chaque seconde.

Dans mes cauchemars, je m'étais toujours défendue parce que je le pouvais. Parce que j'avais un semblant de contrôle. Mais maintenant... maintenant, non.

Parce qu'il était ici. Dans le sanctuaire. *Dans mon nid.*

— Ta poitrine serait parfaite, murmura-t-il, ses pupilles dilatées par la faim. Juste une rapide...

Une alarme retentit dans l'air, le son instillant à la fois de l'effroi et de l'adrénaline dans mes veines. *Les Omégas savent qu'il est ici.* Quelqu'un avait dû le sentir. Maintenant, il alertait les autres, qui se regroupaient pour se battre.

Je n'avais aucune idée de la façon dont Fare avait réussi à entrer ici, et encore moins *à survivre*, mais peut-être…

Des cris perçaient l'air, faisant se dresser tous les poils de mes bras.

Parce que des grognements affamés suivirent ces cris.

Mes yeux s'écarquillèrent tandis que la bouche de Fare se tordit en un nouveau rictus.

Il n'est pas le seul Alpha ici, réalisai-je. *Mais ce… ce n'est pas… ce n'est pas possible.*

— Je leur ai dit d'attendre trente minutes. J'aurais dû me douter qu'ils n'obéiraient pas, dit-il en soupirant. Je suppose que la morsure de nos retrouvailles devra attendre. (Il tendit la main.) C'est l'heure de rentrer à la maison, mon petit.

Maison. Groenland. Dans le nid de Fare.

J'essayai de secouer la tête, de refuser, mais à la place, je regardai mon bras bouger comme s'il était attaché à une ficelle.

Non ! m'écriai-je. *Ne fais pas ça !*

Les yeux de l'Alpha Fare brillèrent de triomphe.

— Tout le monde va être ravi de te voir, mon amour. Il va falloir organiser une fête. Tu peux fournir le dessert.

La glace me traversa le cœur, faisant grogner ma louve en moi. Elle avait tourné en rond sans fin, désespérée. Mais l'entendre parler de ses *amis* et de ce qu'il avait prévu… cela lui fit quelque chose. Elle se leva pour protester.

Elle n'était plus une créature docile apprivoisée par ma moitié vampire. Elle avait des griffes, et n'avait pas peur de les utiliser. Sauf qu'elle n'exigea pas que je me transforme.

Elle exigea que je *hurle*. Pas à haute voix, mais dans mon esprit.

À son compagnon. À l'autre Alpha lié à mon âme. À *Lorcan*.

Fare me saisit la main alors que le son obsédant sortait de mon esprit, ma louve hurlant à tue-tête alors que mon nid commençait à disparaître autour de nous.

Au moment où le monde passait de la lumière à l'obscurité, je perçus un grondement au fond de mon âme, qui ressemblait beaucoup à Lorcan prononçant : *Kyra*…

LORCAN

Un hurlement perçant me tira de mon sommeil et me fit bondir dans le lit.

Mon loup gronda, furieux et agité. Il ne me fallut que quelques secondes pour comprendre pourquoi.

Kyra… Le hurlement venait de *Kyra.*

Je roulai sur mon matelas et fis les cent pas dans ma tanière, passant mes doigts dans mes cheveux.

Est-ce qu'elle fait un autre cauchemar ? me demandai-je, mon esprit se connectant aussitôt au sien. Sauf que… sauf qu'il n'y avait rien. Pas de son. Aucune sensation. Rien de rien.

Je fronçai les sourcils. *Est-ce qu'elle dort profondément ?* Non, ce n'était pas possible. Kyra n'avait jamais dormi en silence.

Quelque chose ne va pas. Quelque chose ne va vraiment pas.

Cillian ! criai-je dans la seconde qui suivit. *Il y a un problème au Sanctuaire. Va chercher Kieran et dis-lui de me retrouver là-bas. Tout de suite.*

148

Je n'attendis pas qu'il confirme, mon loup exigeant que je m'éclipse.

Le nid de Kyra se matérialisa autour de moi, la puanteur de sa terreur étouffant immédiatement mes sens.

Kyra ! criai-je par l'intermédiaire de notre lien, fronçant nez pour essayer de retrouver son odeur. Mais ce fut un fort relent de roses pourries qui me frappa en premier.

Des pétales noirs étaient éparpillés sur le sol et une rose fanée sur son oreiller. J'attrapai le papier qui l'accompagnait et lus le mot maculé de sang en plissant les yeux : *Jouons…*

— C'est quoi ce bordel ?

Je flairai la note. *Vampire Alpha.*

Je me hérissai quand des cris percèrent ma confusion. *Des hurlements d'Oméga.* Suivis des grognements d'un Alpha.

Je m'éclipsai dans le couloir hors du nid de Kyra. Son odeur persistait ici, mais elle était trop faible pour être récente. *Où es-tu ?* demandai-je, mon loup m'entraînant à sa recherche. Mais tout ce que je percevais, c'était la violence qui éclatait dans le Sanctuaire.

Tu te bas contre des Alphas ? demandai-je à Kyra.

Son esprit resta silencieux. Inaccessible. *Disparu.* Pourtant, je la sentais encore à travers notre lien, ce lien entre les âmes qui me promettait qu'elle était en vie.

Je te retrouverai, me jurai-je en avançant à grands pas.

Les arômes distincts du sang, de la peur et de l'agression d'Alphas emplissaient l'air, provoquant chez ma bête intérieure un grondement de rage.

D'une manière ou d'une autre, la barrière avait cédé. Je pouvais sentir au moins cinq Alphas à proximité. Non, six. *Plutôt sept*, pensai-je en m'approchant de l'escalier de Fritz.

Je m'éclipsai dans le vestibule pour découvrir un Alpha

vampire en plein rut, les crocs plantés dans le cou d'un Oméga inconscient qu'il pilonnait par derrière.

Ma magie s'enflamma et j'enroulai une corde télékinésique autour du cou du vampire, que je *serrai*. Il poussa un rugissement étranglé, qui s'éteignit lorsque je lui arrachai la tête sans même le toucher. J'utilisai ensuite une autre corde pour l'écarter de Fritz et m'élançai pour rattraper l'Oméga vidé de son sang avant qu'il ne s'effondre à terre.

Putain de merde. Il était à peine vivant, le corps couvert d'ecchymoses, des os brisés, dégageant une puanteur de vampire affamé. Je le pris dans mes bras et le ramenai dans son nid pour le coucher dans son lit, qui me parut intact. Il avait été épinglé sur un bureau dans l'autre pièce, près des moniteurs de sécurité.

Mon pouvoir de guérison se déclencha et je déversai en lui autant de mon essence que possible, tandis que le chaos continuait à secouer le Sanctuaire. Mais c'était la compétence de Kieran, pas la mienne.

Fermant les yeux, je me concentrai sur les trois Alphas les plus proches de moi et tentai de les tenir en laisse par télékinésie. Ils ne résistèrent même pas, trop perdus dans leur frénésie pour remarquer que je leur serrais la corde au cou. Je tirai dessus, les tenant en otage, et ce ne fut qu'à ce moment-là que je les sentis réagir. Des grondements farouches s'ensuivirent, se répercutant dans le Sanctuaire avec une intention menaçante.

En guise de réponse, je resserrai mon emprise, puis m'attaquai aux trois autres Alphas. Ils furent plus difficiles à contrôler, surtout parce que je mettais mes talents à rude épreuve.

Un Alpha contre six. Ce n'était pas un combat équitable. Pour eux, en tout cas.

Diviser mon attention entre deux capacités me coûtait

bien des efforts, ce qui faisait perler la sueur sur mon front. Mais je devais donner aux Omégas une chance de se battre, un moyen de maîtriser ces salauds avant qu'ils ne détruisent le Sanctuaire.

Car je ressentais leurs intentions de rut. Leur désir de piller. Leur besoin de baiser chaque Oméga jusqu'à ce qu'ils soient rassasiés. Ce n'étaient pas des vampires Alphas apprivoisés. Ils étaient affamés. Furieux. *Sauvages.*

La plupart des vampires pouvaient être cruels, mais ceux-ci étaient à un autre niveau, leurs auras présentant un net soupçon de folie.

D'où viennent-ils, bordel ? Comment ont-ils pu franchir la barrière ?

Un rugissement déchira la nuit. Mon loup se leva et le remarqua. *Kieran.*

Je lui répondis par un autre hurlement, lui indiquant où je me trouvais. Bien qu'il n'en ait pas besoin. Il me trouverait instinctivement. Mais d'abord, il avait une île pleine d'intrus à massacrer.

Je le sentis abattre le premier en une poignée de secondes, mon emprise invisible se brisant au moment où l'Alpha s'écroulait. Deux autres volèrent en éclats l'instant d'après, Kieran éliminant prestement les vampires.

Ils étaient trop partis dans leur rut, trop distraits par les doux parfums d'Omégas, trop *fous* de luxure pour représenter une quelconque menace. S'il n'y avait eu qu'une seule Oméga à dévorer, ils se seraient regroupés pour défendre leur proie et marquer leur territoire. Mais il y avait trop de choix ici pour qu'ils ne jettent leur dévolu que sur une seule source. Ils étaient submergés par leur soif, ce qui permit à Kieran de prendre le dessus. Bien sûr, le fait que je les avais tous attachés l'aida pas mal.

Il n'y aurait pas de pitié. Seulement la mort.

Et le doux parfum qu'elle apporta à mes narines me fit

grimacer en réaction. *Victoire*. Sauf que le sang répandu d'Omégas nargua mes sens à l'inspiration suivante, m'indiquant que plusieurs avaient été blessées.

Y compris l'Oméga encore inconscient entre mes mains. Il respirait un peu mieux, mais était loin d'être assez rétabli pour se réveiller.

Fritz avait dû être pris au dépourvu. Il excellait dans l'art d'enchanter les armes, et il en avait beaucoup cachées autour de son nid et de son lieu de travail. Je les sentais même maintenant. Pourtant, aucune ne paraissait avoir servi, ce qui suggère qu'il avait été maîtrisé avant même d'avoir pu se battre.

Mon poignet bourdonna, et l'écran s'alluma sur le nom de Cillian.

— Répondre, dis-je à ma montre.

L'écran afficha le visage de Cillian, l'air furieux. Kieran le rejoignit en un clin d'œil, l'appel nous connectant tous les trois.

— Six vampires Alphas, résuma Kieran, dont le ton correspondait à l'expression de Cillian.

— Sept, corrigeai-je. J'en ai tué un juste avant ton arrivée.

— Comment ont-ils fait pour passer la barrière ? s'enquit Cillian. Est-elle détruite ?

— Non, répondit Kieran. (Il se détourna vers quelque chose à côté de lui.) Chut, tu es en sécurité, ma petite, ajouta-t-il d'un ton plus doux, avec un léger ronronnement.

C'était l'une des rares situations où un Alpha pouvait ronronner pour une Oméga qui n'était pas sa compagne.

— Combien de blessés ? demandai-je d'un ton bourru. Parce que j'ai un Oméga – *Fritz* – en mauvais état ici. Il a besoin de beaucoup de pouvoir de guérison.

— Je peux m'occuper des autres.

Kieran gardait une voix douce, mais je distinguais la fureur brûler dans son regard.

— Il est juste là, dit soudain Cillian.

C'est alors que le visage de Quinnlynn apparut à côté de lui sur l'écran.

— Où est Kyra ? demanda-t-elle d'une voix apeurée. Et est-ce que tu viens de dire que Fritz est blessé ?

Ma mâchoire se crispa.

— Je ne sais pas où est Kyra. Elle est… (Je ne savais pas trop comment terminer cette phrase. *Sans réaction ? Coupée mentalement de moi ? Occupée ?*) Tu l'as vue, Kieran ?

— Non, répondit-il, son attention toujours détournée de l'écran. Mais je demanderai aux Omégas où elle se trouve.

Il semblait s'être agenouillé, l'écran montrant un bain de sang derrière lui. J'espérais très fort que ce soit surtout du sang de vampire, mais je soupçonnais que c'était aussi celui d'au moins une Oméga.

— Fritz ? s'étrangla Quinnlynn, me rappelant qu'elle avait aussi posé des questions à son sujet. Est-ce qu'il… ?

— Il va s'en sortir, lui dis-je en grimaçant tandis qu'il puisait davantage dans mon énergie pour se soigner.

C'est *pour Kyra que je m'inquiète,* ajoutai-je en mon for intérieur. *Où es-tu, petite tueuse ? Et pourquoi ton nid était-il couvert de roses mortes ?* Elle pensait souvent à cette odeur dans ses rêves, son esprit l'associant à l'Alpha Fare.

Mais il est mort, pensai-je en fronçant les sourcils. *Elle l'a tué. À moins que…*

J'abaissai mes lèvres encore plus.

Et si elle pensait seulement qu'il était mort ? Les vampires étaient réputés difficiles à tuer. Leur trancher la tête était un moyen d'y parvenir, mais les plus anciens, les plus puissants, pouvaient se régénérer.

— Kyra a-t-elle brûlé les restes de l'Alpha Fare ?

demandai-je, coupant court à la question que venait de poser Cillian.

Tout le monde me fixa.

— Quinnlynn, est-ce que Kyra a brûlé les restes de l'Alpha Fare après l'avoir tué ? répétai-je, précisant un peu plus ma question.

—Je… (Elle cligna des yeux.) Je ne sais pas. Je sais juste qu'elle l'a décapité.

Merde. Je n'avais jamais pensé à demander, car j'avais supposé qu'elle était sûre qu'il était mort. Mais à présent, ses cauchemars prenaient une nouvelle signification.

Et s'il ce n'étaient pas simplement des reliques de son passé ? Et si le vampire avait fait une marche de rêve ? C'était un trait rare, mais les aptitudes des vampires variaient d'une lignée à l'autre. Certains pouvaient se téléporter, d'autres non. Certains pouvaient contraindre leurs victimes, d'autres non.

Et certains pouvaient marcher en rêve.

— *Putain*, marmonnai-je en ramassant Fritz. Il faut que je vérifie les flux de sécurité.

Car si j'avais raison, alors Kyra n'était plus du tout au Sanctuaire. Elle avait été enlevée. Ce qui expliquerait pourquoi je ne pouvais plus l'entendre maintenant. Parce qu'un ancien vampire bloquait notre capacité à communiquer.

Un ancien vampire que Kyra avait cru mort.

Un ancien vampire qui était certainement avide de se venger.

Un ancien vampire qui m'a pris ma compagne Oméga…

KYRA

— Écarte les jambes, Oméga.

La voix grave m'obligea à obtempérer, et mes jambes s'ouvrirent contre ma volonté. Tout comme je m'étais déshabillée lorsqu'il me l'avait commandé. Et grimpé dans ce lit sur son ordre. *M'étais allongée* parce qu'il avait murmuré les mots.

Tout ce que j'avais fait depuis mon arrivée ici l'avait été sous la contrainte. Je n'avais pas le choix. Pas de libre arbitre. Pas la possibilité de me défendre.

Il avait tellement étouffé mes sens que je n'arrivais presque plus à appréhender ce qui m'entourait. Je savais que j'étais dans une chambre, et qu'il y faisait sombre.

Et je savais que nous n'étions pas au Groenland, où vivent la plupart des vampires. Il faisait trop chaud ici pour être au Groenland. Trop humide. Trop *salé*.

Alors, où m'a-t-il emmenée ? me demandai-je.

Mais cette pensée fut aussitôt remplacée par : *J'aime cet endroit*.

Non, je déteste *être ici*, me fustigeai-je. *Je n'ai aucune envie d'être ici !*

Tu adores cet endroit, roucoula une partie de moi. Cette

155

partie de moi qui avait été *obligée* de bien se tenir. D'*aimer* ce que Fare avait prévu.

Ma louve en moi hurlait de protestation. Or, à l'extérieur, je demeurais stoïque.

J'avais cru un jour que le talent télékinésique de Lorcan était similaire au penchant de Fare pour la contrainte. J'avais eu tort. *Totalement* tort. Avec Lorcan, je pouvais au moins tenter de lutter contre son emprise invisible. C'était un combat vain, son pouvoir était absolu. Mais je pouvais au moins *sentir* ma propre résistance.

Je réalisais à présent à quel point ce sentiment était vital pour ma santé mentale. Savoir que je pouvais tenter de me défendre me motivait à faire au moins un effort pour m'échapper. Alors que la contrainte de Fare étouffait entièrement ma lutte. Il me donnait *envie d'*obéir. De faire tout ce qu'il demandait, jouer le rôle de son parfait animal de compagnie.

Il fredonna en signe d'appréciation, posant son regard pensif sur ma chair intime.

— Ça fait tellement longtemps que je n'arrive pas à décider où je veux te mordre. (Il tapota son menton d'un long doigt, ses yeux rouges scintillants d'intérêt.) Je veux dire, partout, évidemment. Mais c'est une première, après avoir passé tant de temps sans goûter. J'ai envie que ce soit parfait, tu comprends ?

Je ne comprenais pas. Je ne *voulais* pas comprendre.

Fare était un psychopathe. Un monstre. *Et tout à fait vivant.*

Le seul bon côté était son incapacité à lire dans mes pensées. Il ne pouvait qu'entendre mes paroles, et ce uniquement lorsqu'il activait notre lien d'accouplement. Un lien que je croyais *mort*. Mais qui était bien vivant. Il l'avait simplement activé pendant mes rêves, au moment où j'étais au plus faible. Jamais pendant mon éveil. Sinon, j'aurais pu le sentir, en partant du principe que je croyais qu'il me parlait vraiment. J'aurais certainement pensé que c'était juste mon esprit qui me tourmentait avec mon passé.

Je frissonnai lorsque Fare s'agenouilla sur le lit, sa présence n'étant pas du tout la bienvenue. Mais je ne pouvais même pas le prononcer à voix haute. Je ne pouvais pas crier. Je ne pouvais pas lui dire d'aller se faire foutre. Je ne pouvais exprimer aucune de mes pensées ni aucun de mes sentiments à cause de cette putain de contrainte.

S'il me disait d'apprécier sa morsure, je le ferais. Et c'était ce que je détestais le plus.

— Tu m'as vraiment manqué, ma chérie, murmura-t-il. Tu ne te laisses jamais abattre, et c'est ce que j'admire. (Ses yeux rubis étincelaient tandis qu'il me contemplait.) Je suis tellement content que Seamus ait laissé ce cher Fritz nettoyer mes restes ce jour-là. Sinon, nous ne serions probablement pas ici, en ce moment, comme ça.

Ma peau brûlait sous ses yeux qui parcouraient ma nudité une fois de plus, sa faim étant palpable. Mais c'étaient ses mots qui me retenaient captive à présent.

Est-il en train de dire que Fritz l'a aidé à revivre ? (Je fronçai mentalement les sourcils.) *Ce n'est pas possible.*

Fritz n'aurait *jamais* aidé Fare. Il détestait les vampires. C'était pourquoi Seamus lui avait demandé de venir avec lui pour l'aider à nettoyer le nid de vampires de Fare.

Avant l'Infection, un informateur Alpha avait œuvré avec Seamus à démanteler une opération de vampires au Groenland. Cet informateur et la volonté de Seamus à écraser le nid de vampires étaient les deux raisons pour lesquelles j'avais réussi à tuer Fare.

L'informateur m'avait donné le couteau. Puis Seamus était intervenu pour nettoyer le nid. Et Fritz m'avait emmenée au Sanctuaire.

C'était comme ça qu'on s'était rencontrés. Et que j'avais rencontré Quinn. Nous étions tous les trois aussitôt devenus amis.

Alors pourquoi Fare laisse-t-il entendre que Fritz l'a aidé ?

— J'avais oublié à quel point tes yeux sont émouvants, reprit Fare en s'agenouillant au pied du lit. Peu importe la profondeur de ma contrainte, tes vrais sentiments brillent dans tes iris verts.

J'espérais vraiment que c'était vrai. En ce cas, il pouvait voir ma haine.

— Tellement confus et effrayés, poursuivit-il. Très en colère aussi. Je suppose que je le serais aussi si je découvrais que mon meilleur ami m'a menti pendant plus de cent ans. (Il marqua une pause, l'air pensif.) En fait, non. Je trouverais ça amusant. Surtout dans ton cas. Ce n'est pas comme s'il avait eu le choix. (Ses doigts froids se posèrent sur ma cheville et commencèrent à tracer un chemin vers le haut.) En fait, c'est Seamus que tu devrais blâmer. Il n'aurait jamais dû laisser le petit Fritzy tout seul.

Son froid toucher atteignit mon mollet, hérissant ma peau de chair de poule. *C'est si froid. Comme de la glace.*

— Son esprit était facile à atteindre. (Il retroussa de nouveau ses lèvres.) Si faible et si malléable. Avec Seamus, je n'avais aucune chance grâce à ta petite trahison. Mais le petit Fritzy ? Oh, il était si facile à contraindre, même frappé d'incapacité. Ç'a été le début d'une belle amitié, vraiment.

Fare soupira, l'air mélancolique. Mais ce n'était pas réel. Aucune de ses émotions ne l'était. Fare ne ressentait rien d'autre que du plaisir dans la vie. Et généralement, il se procurait ce plaisir aux dépens des autres.

— Il doit être mort à présent. (Il haussa les épaules.) Maintenant que tu es revenue, je n'ai plus besoin de lui. (Ses yeux rouges croisèrent de nouveau les miens.) Tu vois, je me suis débarrassé de toutes mes distractions pour toi. Considère cela comme un grand geste de dévotion envers *nous*.

Mon estomac se retourna. *Fritz... est mort ?*

Non, Fare avait dit que Fritz *devait* être mort. Donc il pouvait être encore en vie.

— Je veux te donner toute mon attention, ma chérie. Tout ce que je suis. (Sa paume caressa ma cuisse.) Nous avons tellement de choses à rattraper.

Mon cœur s'arrêta de battre.

— Maintenant, où vais-je te mordre ? réfléchit-il. Décisions, décisions.

Ma louve gronda en moi, n'ayant aucune envie de sentir ses dents dans notre peau. Mais ma vampire... ma vampire gémissait à moitié. Elle avait envie de la morsure de son Alpha. Son venin. Ce qu'il nous ferait ressentir.

Parce qu'il m'a obligée à le vouloir. À le désirer. Et ça marchait.

Mais pas pour ma bête intérieure. Elle refusait. C'était à un autre Alpha qu'elle se soumettait, pas à cet être sauvage qui se tenait devant nous.

Ma louve était liée à ma santé mentale, elle me ramenait les pieds sur terre alors que j'aurais pu me noyer. Cela provoquait un conflit en moi. Plus confuse que jamais. *Furieuse.*

J'avais la tête qui tournait, ma lutte interne me faisait délirer, et j'étais bouleversée par ce que Fare venait de révéler : il était en vie parce que Fritz n'avait jamais brûlé ses restes. *Il l'avait contraint.*

C'est ainsi que Fare m'a trouvée ? Depuis combien de temps ça dure ?

Si Fare avait accès à Fritz, pourquoi est-il venu me chercher seulement maintenant ? Pourquoi pas plus tôt ?

Quelque chose ne collait pas. Peut-être que son

emprise sur Fritz avait été défectueuse ? Qu'elle n'avait pas été aussi forte qu'il l'avait voulu ?

Comme ce que je ressens aujourd'hui ?

Parce que si mon côté vampire était un chaos d'obéissance, mon côté louve était trop énervé pour se soumettre.

— Fascinant, murmura Fare, dont la caresse s'arrêta près de l'apex entre mes cuisses. Tu luttes contre ma contrainte.

Il pencha la tête de côté, retroussant ses lèvres une fois de plus.

— Oh, ça ajoute une nouvelle saveur à nos retrouvailles, ma chérie. J'adore ça. C'est gentil de ta part de pimenter les choses.

Il claqua la chair sensible entre mes cuisses, ce qui me fait glapir en réaction.

Il me brûlait, putain. Et ce n'était rien comparé à ce que je savais qu'il me réservait. Ce qu'il me fit bien comprendre en glissant hors du lit :

— Une morsure ne suffira pas. Il nous faut de quoi accélérer les choses.

Il disparut de ma vue sans se téléporter, juste en s'éloignant d'où je gisais, figée sur le matelas. Car il m'avait dit de ne pas bouger.

Mais peut-être que je peux briser cette emprise, songeai-je.

Il avait dit qu'il me sentait lutter contre sa contrainte. Peut-être n'étais-je pas aussi impuissante que je l'avais cru ?

— Ah, nous y voilà.

La pointe d'excitation dans sa voix me glaça les veines. Je connaissais trop bien ce ton. Je le craignais. Je le *haïssais*.

Car la douleur suivait toujours.

— Ça devrait permettre de faire avancer les choses de manière très satisfaisante, reprit-il en s'asseyant près de moi sur le lit. Tu vois, ma chérie ? Je me suis préparé pour toi.

Il saisit mon menton avec deux doigts et releva mon visage vers lui.

J'eus le souffle coupé.

Une seringue.

Il allait me droguer avec du venin de vampire. Cela me provoquerait un genre de chaleurs, peut-être même un véritable œstrus.

Je tentai de hausser les sourcils, formant une supplique dans mes pensées. Mais cela ne fit qu'accentuer son sourire.

Il *aimait* me torturer. Et ce serait le plus grand des tourments.

— Ça devrait nous aider à commencer la fête, dit-il en enfonçant l'aiguille dans mon bras. Et si cela ne fait pas rapidement effet, j'ai quelques doses supplémentaires pour aider à faire monter la sauce.

La chaleur brûla mes veines tandis que le venin envahissait mon système sanguin. Or ma bouche ne me permettait pas de crier. Il m'avait obligée à rester silencieuse. À prendre ce qu'il me donnait et à l'*accepter*.

Ma louve interne grogna, puis gémit quand le sérum fit effet quasi instantanément.

Putain de merde. Ça fait mal. Ça transformait ma peau en feu liquide. Ça créait un brasier dans mon abdomen. Ça faisait sauter mon cœur.

Oh, Dieux... Je n'avais pas ressenti cela... depuis... depuis... des lustres. Des années. Plus d'un siècle. Je ne savais plus trop. Mais c'était... c'était...

Je fermai les yeux, seul mouvement que je pouvais contrôler.

Je ne peux pas. Je ne peux pas... c'est... je ne veux pas de ça...

Kyra... gronda une voix grave dans ma tête. *Où es-tu, bordel ?*

Je tentai de répondre. Tentai de m'accrocher à cette voix.

Mais une nouvelle voix prit le dessus, sinistre, froide et *réaliste* :

— Bienvenue à la maison, ma chérie, dit-il, ses lèvres sur mon oreille. Jouons.

LORCAN

KIERAN ME REJOIGNIT dans la salle de sécurité de Fritz, Jas sur ses talons. Elle jouait l'infirmière auprès de son médecin depuis trois heures, pendant que j'essayais de récupérer les flux de sécurité dans la tanière de Fritz.

Malheureusement, toutes les vidéos s'étaient arrêtées trente minutes avant l'attaque. Il n'en restait qu'une. Et c'était précisément pour cela que j'avais envoyé un message à Kieran, lui disant de me retrouver ici. Car il devait voir ça.

Il baissa ses yeux sombres sur Fritz gisant dans un coin de la pièce, et arqua un sourcil interrogateur. L'Oméga inconscient était allongé dans un lit de fortune, son corps en grande partie guéri. Mais son esprit était une tout autre affaire. Kieran devrait l'aider dans cette tâche.

Mais d'abord, je devais lui montrer le fichier que j'avais trouvé dans l'ordinateur de Fritz. Car Fritz avait su parfaitement ce qui allait se passer, cette vidéo le prouvait.

Au lieu de commenter, j'appuyai simplement sur le bouton *Play*.

« Si vous regardez ça, c'est que le moment est venu. Et

je suis probablement mort. » Fritz grimaçait à l'écran. « Je ne peux pas… » Il soupira. « Je… J'espère que ça va marcher. Et qu'il… » L'Oméga s'interrompit et secoua la tête, l'air d'éprouver une douleur physique. « Je suis désolé, chuchota-t-il. Sachez juste que… j'ai essayé. »

Kieran croisa les bras, affichant un masque d'indifférence. Cependant, je connaissais bien mon cousin : il était en train de planifier mentalement le meurtre de Fritz. Car tout cela ressemblait à un aveu de culpabilité. Et c'était bien le cas, mais pas de la manière dont on s'y serait attendu.

« Lancement des protocoles d'urgence », annonça une voix synthétique. Kieran me lança un coup d'œil.

Continue à regarder, lui dis-je avec une grimace. *Fais-moi confiance.*

L'image vira au noir, puis trois écrans apparurent. L'un montrait le nid de Fritz, le deuxième le vestibule, et le troisième de la salle de sécurité avec Fritz debout près du bureau.

Kieran dévia son regard sur un coin de la pièce où une caméra était cachée sur une étagère garnie d'équipements techniques.

Fritz restait étrangement immobile, les traits sans expression.

Une minute s'écoula. Aucun mouvement. Aucune parole. Aucun son. J'avais cru tout d'abord que c'était un gel d'image, mais ses épaules bougèrent légèrement lorsqu'il respira.

Kieran fronça les sourcils et se pencha pour étudier les traits vides de Fritz.

— Il dort.

Ce n'était pas une question, mais j'acquiesçai néanmoins, car j'étais arrivé à la même conclusion la première fois que j'avais regardé la vidéo.

Une trentaine de secondes s'écoulèrent encore avant que Fritz se raidisse, les yeux écarquillés par ce qui ne pouvait être que de la terreur.

« Hello, mon petit Fritzy, salua d'une voix onctueuse un vampire Alpha qui apparut à côté de l'Oméga. Ça fait un bail. »

Fritz ne dit rien. Ne *fit* rien. Mais ses yeux traduisaient parfaitement ses émotions. L'horreur se fondit en fureur, qui se transforma en terreur.

« Ah, notre jeu a été amusant, n'est-ce pas ? » Le vampire Alpha effleura la joue de Fritz du dos de ses longs doigts. « Hélas, ta punition touche à sa fin. »

— Punition ? répéta Kieran.

Je ne répondis pas. La vidéo le ferait sous peu.

« Toutefois, je dois dire que je m'attendais à une résolution beaucoup plus rapide. Si j'avais su que le collier mettrait autant de temps à arriver dans ce petit havre d'Omégas, j'aurais choisi une autre voie. » Le vampire Alpha marqua une pause et leva les yeux. « En fait, non. J'aurais pris exactement le même chemin, car ça m'a laissé beaucoup de temps pour vous torturer, toi et mon cher animal. »

Ses lèvres se retroussèrent, son ton et son expression faisant grogner mon loup. Surtout parce que nous savions tous les deux ce qu'il allait dire et que chaque visionnage avait provoqué en nous un tourment différent.

« La gentille fille croit que je suis mort, que tous ses rêves ne sont qu'un lien persistant à son ancien compagnon. » Il gloussa, faisant se dresser les poils sur ma nuque. « Bien sûr, tu connais la vérité depuis le début, n'est-ce pas ? » Il tapota le nez de l'Oméga. « Pauvre petit Fritzy, tu *oublies* toujours nos discussions jusqu'à ce que tu rêves de moi. »

Mes dents s'entrechoquèrent.

Un marcheur de rêve.

Comme je l'avais soupçonné, sauf que je m'en étais rendu compte bien trop tard.

« On n'a guère de temps avant que mes amis ne franchissent la barrière. J'ai demandé trente minutes d'avance, mais une île pleine d'Omégas non revendiquées est un attrait auquel je doute qu'ils puissent résister longtemps. »

Il posa sa paume sur la joue de Fritz, son expression étant à la limite de la bienveillance. Mais c'était le masque astucieux d'un psychopathe flagrant.

« Ta punition pour avoir tenté de te débarrasser de mes restes pour Kyra est presque terminée, conclut-il. Je te demande seulement d'aider à divertir mes amis lorsqu'ils arriveront. L'Alpha Dave est amateur de raretés. Quand je lui ai parlé de mon petit mâle Oméga, ses yeux se sont illuminés de joie. Fais-lui passer un bon moment de ma part, d'accord ? »

Il porta la main à la nuque de Fritz. Puis il tira brutalement l'Oméga en avant et lui planta ses crocs dans la gorge.

La bouche de Fritz s'ouvrit sur un cri silencieux, l'influence contraignante du vampire sur lui étant évidente à la façon dont l'Oméga tremblait et criait sans bruit.

— Putain, marmonna Kieran – le même juron que celui que j'avais prononcé au même moment lors de mon premier visionnage.

Cela dura plusieurs minutes avant que Fare ne pousse Fritz sur le bureau.

« Profite bien de Dave, petit Fritz. Ce sera sans doute ta dernière baise. »

Il gagna la porte, puis s'arrêta pour jeter un coup d'œil derrière lui.

« Oh, tes souvenirs sont libres maintenant. Profites-en. »

Si le mal avait un sourire, c'était celui que Fare arborait en voyant se dérober les jambes de Fritz.

Je mis la vidéo en pause et me tournai vers Kieran.

— Les Alphas sont arrivés environ quinze minutes après. Tu sais ce qui s'est passé ensuite, je pense.

Mon cousin contracta sa mâchoire et ses pommettes parurent d'autant plus saillantes.

— Donc Fritz a travaillé pour Fare contre sa volonté depuis… plus d'un siècle ?

— Peut-être même plus longtemps. (Je secouai la tête.) Difficile de dire quand cet enchantement a été placé sur le collier. Avant la mort de Kiana et Seamus ? Juste après ?

— Quoi qu'il en soit, Fare a joué sur le long terme. Je suppose que tu as déjà prévenu Cillian ?

J'acquiesçai.

— Il a de nouveau placé Myon en garde à vue pour l'interroger parce que je lui ai dit que Fare avait parlé du collier. Et on sait déjà que Myon était impliqué dans l'enchantement.

La question était de savoir s'il avait collaboré avec Fare de gré ou de force ?

Mon intuition me disait que c'était la seconde hypothèse, que si Myon travaillait avec Fare, c'était parce que le vampire Alpha l'avait forcé à obéir. Tout comme il l'avait fait avec Fritz.

J'avais bien deviné que quelque chose n'allait pas. Mon loup l'avait senti, et moi aussi.

— Comment ont-ils franchi la barrière ? demanda Jas d'une voix dépourvue d'émotion malgré la gravité de la situation.

Elle était clairement une guerrière. Tout comme Kyra.

Tu vas survivre à ça, pensai-je à l'intention de ma compagne. *Tu survivras, et je te retrouverai pour te voir tuer ce salaud une bonne fois pour toutes.*

Je déglutis et me concentrai sur la question de Jas.

— Je ne suis pas encore allé examiner la barrière. Mais Cillian soupçonne que l'explosion du collier a créé une sorte de porte dérobée qui leur a permis de se téléporter ici.

— Elle a dû aussi diffuser l'emplacement de l'île, marmonna Kieran.

Je hochai la tête.

— C'est comme ça que Fare a pu retrouver Kyra après tout ce temps. La barrière lui aura permis de se faire passer pour son compagnon. Mais il est allé un cran plus loin en amenant quelques amis.

— Donc le collier a dû être doublement enchanté.

— Exact. Mais est-ce que Myon est au courant ?

J'avais posé la même question à Cillian deux heures plus tôt. Bien que Myon ait mentionné le charme de localisation, il n'avait pas parlé de créer un point d'entrée dans la barrière.

— C'est ce que Cillian essaie de déterminer en ce moment, je suppose.

Kieran l'exprima comme une déclaration, non comme une question. J'inclinai le menton en guise de confirmation.

— Pour l'instant, notre meilleure estimation est que les vampires sont arrivés par avion furtif et ont attendu le signal pour se téléporter à l'intérieur, résumai-je.

C'était une supposition, vu que la plupart des vampires ne pouvaient pas se téléporter sur de longues distances. Certains ne pouvaient même pas se téléporter du tout.

— Ça me paraît probable. (Kieran marqua une pause

et son regard s'aiguisa.) Une idée d'où Fare a emmené Kyra ?

Je secouai la tête.

— Son esprit est muet. Mais… (Je m'interrompis et grimaçai.) Mais je peux sentir sa douleur.

Ce que ce salaud lui faisait subir suffisait à provoquer des glapissements de terreur à sa louve. Mais ils étaient sporadiques. Cependant, la souffrance qui ondulait à travers notre lien était constante.

— Alors on doit réveiller Fritz et lui soutirer tout ce qu'il sait. (Kieran s'approcha de l'Oméga.) On doit aussi préparer un plan de défense. La barrière a été compromise, et il faudra du temps à Quinnlynn et moi pour la réparer. D'autant plus qu'on ignore ce qui déconne.

— Tu ne ressens pas la brèche ?

— Non. (Ce simple mot recelait une montagne de frustration.) La magie me semble correcte.

Je fronçai les sourcils. Car j'éprouvais encore cette impression de fausseté, ce soupçon que quelque chose n'était pas à sa place. Peut-être était-ce la puanteur résiduelle du vampire Alpha qui flottait dans les couloirs. Ou le fait que Fare avait un satané lien psychique avec Fritz. Mais je me doutais que c'était plus que cela.

— Seuls les Omégas et leurs compagnons peuvent franchir la barrière.

Kyra aurait carrément levé les yeux au ciel en m'entendant répéter cet état de fait. Mais en cet instant, c'était important. Car cela me donna une idée que je n'avais pas envisagée jusqu'à présent. Une question que j'aurais certainement dû poser lors de ma première visite, mais que j'avais omise parce que j'étais trop distrait par ma nouvelle compagne.

Je me tournai vers Jas.

— Comment les Omégas sont-elles approuvées ?

Elle me dévisagea.

— Qu'est-ce que tu veux dire ?

— Est-ce que vous vérifiez les antécédents des Omégas avant de les accueillir ? Ou donnez-vous simplement accès au Sanctuaire à toutes celles qui peuvent passer ?

Kieran s'était agenouillé à côté de Fritz, mais il leva les yeux avec intérêt. Son expression me dit que lui non plus n'y avait pas pensé et que cela le contrariait également.

— Eh bien, oui. Nous sommes un havre de paix pour toutes les Omégas. Nous leur offrons un foyer à toutes.

— Mais est-ce que vous vérifiez si elles sont accouplées ? insistai-je.

Elle fronça les sourcils.

— Seuls les Omégas non accouplées ou celles fuyant leur compagnon viennent ici. Elles sont amenées ici dans le cadre d'opérations destinées à sauver les Omégas dans le besoin. Et nous ne révélons jamais l'emplacement de l'île aux étrangers.

— Comment vous vérifiez ça ? s'enquit Kieran. Ou est-ce que vous croyez tout le monde sur parole ?

Jas déglutit, un soupçon de malaise fissurant son air stoïque.

— Nous n'avons jamais eu de raison d'interroger qui que ce soit. Les Omégas veillent les unes sur les autres.

En règle générale, j'étais d'accord. Mais il y avait toujours des exceptions, des individus qui ne respectaient pas les règles. C'était pourquoi des contrôles de sécurité avaient été mis en place. La confiance devait se gagner, pas être accordée gratuitement.

— On doit intégrer Quinnlynn à cette discussion, décida Kieran. Mais d'abord… (Il posa la main sur le front de Fritz et grimaça.) Je vois pourquoi vous n'avez pas fini de le guérir.

— Ce n'est pas faute d'avoir essayé, avouai-je.

Kieran grommela.

— Ça va prendre un moment. Appelle Cillian. Dis-lui que je veux qu'il organise une réunion pour demain avec les princes Alphas du Secteur Sanglant. On doit avoir une discussion très sérieuse sur l'avenir du Sanctuaire.

KYRA

Quel jour sommes-nous ?

Où suis-je ?

Qui suis-je ?

Un paquet de nerfs. Chaude. Froide. Seule. *Mouillée.*
C'était un enfer ici. Moisi. Humide. *Mauvais.*

Ma louve gémissait dans ma tête. Puis elle gronda
quand une nouvelle décharge de feu liquide se propagea
dans mes veines.

Un rire cruel s'ensuivit. Puis des mots. Quelque chose à
propos du fait qu'il était presque temps.

Je me tordis de douleur. Suppliai pour un soulagement.
Gémis pour un réconfort.

Kyra, gronda une voix grave dans mes pensées. *Dis-moi
où tu es.*

Ma louve m'enjoignait de répondre, mais mon esprit
n'arrivait pas à rassembler les mots. Car je n'avais aucune
idée de l'endroit où je me trouvais. Un endroit tiède. Une
île, peut-être. Mais pas la bonne île. Ce n'était pas chez
moi. C'était l'enfer.

Lutte, disait cette voix masculine. *Combats sa contrainte et
parle-moi.*

Ma bête gémit en réponse. Elle désirait ardemment obéir à cet ordre. Mais c'était mon côté vampire qui commandait pour l'instant.

Je me mis en boule tandis que les flammes envahissaient mon corps.

J'avais *besoin*. Ce dont j'avais besoin, je n'aurais su dire. Tout ce que je savais, c'est que je me sentais vide. Seule. Souffrante.

Mais cette voix continuait à chuchoter dans mes pensées.

Je viens te chercher, promit-il. *N'abandonne pas la lutte maintenant.*

Je fermai les yeux et imaginai un Alpha aux yeux noirs perçants. À la mâchoire carrée. Aux épais cheveux noirs. Au sourcil perpétuellement arqué. Une faim cachée dans son regard.

Je serrai les cuisses. S'il avait été là, il m'aurait donné ce dont j'avais besoin. Ce que je désirais. Ce dont je brûlais d'*envie*.

Mais il n'était pas là.

À la place, quelque chose de froid toucha ma peau. Quelque chose d'indésirable.

— Je le sens dans ton esprit, souffla cette présence indésirable à mon oreille. Dis-moi qui il est, et je te donnerai ce que tu veux.

Non, grogna ma louve, m'arrachant à mon état délirant pour un horrible instant.

Un paysage humide de verdure et de rochers se forma autour de moi, la pièce dans laquelle je me trouvais se révéla soudain.

Je suis dans une grotte, réalisai-je. *Dans une forêt. Pas ma grotte préférée. Pas de glace. Trop chaude. Trop humide.*

Bien, Kyra. Que peux-tu me dire d'autre ? demanda cette voix masculine.

— Qui est-il ? exigea l'autre, qui planta ses crocs dans ma gorge l'instant suivant. *Dis-moi qui il est.*

Ma louve fit claquer ses mâchoires en moi, refusant de lui donner ce qu'il voulait. *Non,* répétait-elle. *Va te faire foutre.*

Kyra…

Mon animal se calma, *cette* voix-là lui plaisait. *Compagnon,* pensa-t-elle. *Alpha.*

Oui, répondit-il. *Je suis là, petite tueuse. Aide-moi à te trouver.*

J'essayai de m'accrocher à cette voix, de lutter contre l'autre près de mon oreille. Mais une nouvelle morsure me rendit muette.

Ton esprit t'appartient, dit cette voix apaisante. *Appuie-toi sur ta louve. Elle te guidera.*

Son ronronnement suivit, ronflant dans mon esprit et soulageant momentanément mes veines brûlantes.

Lorcan, soufflai-je.

Je suis là. Dis-moi comment te trouver.

Je ne suis pas au Groenland. Je suis quelque part aux tropiques. Dans une grotte. Je sens l'océan. C'était d'où venaient le sel et l'humidité. *Je pense que c'est une île.* Je n'aurais su dire pourquoi. C'était juste mon instinct. Sans doute à cause de toute cette eau.

Peux-tu t'éclipser ? demanda-t-il.

Mais l'autre présence me coupa la parole avant que je ne puisse répondre, plantant ses incisives dans ma poitrine. Davantage de venin s'écoula dans mes veines. Chaleur et folie.

Il exigeait que je lui donne un nom. Une identité. Un moyen de découvrir l'*intrus* dans ma tête. Sauf que ce n'était pas un intrus. C'était le compagnon de ma louve. Mon véritable Alpha. Celui à qui j'avais appris à faire confiance en très peu de temps. Celui qui ne m'avait jamais forcée. N'avait jamais profité de moi. Ne m'avait jamais *droguée.*

— Qui est-il ? insista Fare.

Mon esprit s'éclaircit un instant malgré le feu qui se répandait en moi.

Pourquoi Fritz ne t'a rien dit ? me demandai-je. *S'il était ta source, celui qui t'a aidé à me retrouver, alors pourquoi ne t'a-t-il pas fourni cette information ?*

Quelque chose ne collait pas.

Fritz avait-il lutté contre la contrainte de Fare ? Comme je le faisais maintenant ?

Jadis, j'avais lutté contre l'emprise de Fare sur moi, mon corps et mon âme étant dépendants de sa morsure. Mais j'avais trouvé un moyen de me concentrer assez longtemps pour le poignarder. J'avais trouvé cette concentration dans ma louve, car elle n'avait jamais été liée à lui, ne s'était jamais accouplée avec lui, ne l'avait jamais *désiré*.

Et maintenant, elle en désirait un autre. Un meilleur Alpha. *Lorcan.*

Fare grogna et sa morsure devint féroce, tandis qu'une aiguille me transperçait le bras.

— *Tu vas me dire ce que je veux savoir*, gronda-t-il, dans une colère inhabituelle.

En général, il se livrait à des jeux. Riait de mes tourments. Me narguait avec affection avant de me jeter en pâture à ses amis affamés.

Cette fureur était nouvelle, de nature presque territoriale.

Normalement, les Alphas n'aiment pas partager. Mais il m'avait toujours donnée aux vampires de son nid. Il avait même suggéré qu'il y aurait une fête de bienvenue pour raviver ce bon vieux temps.

Or maintenant, il avait l'air carrément féroce à l'idée de me partager avec un autre compagnon.

Je m'accrochai à cette constatation tandis qu'un

hurlement me déchirait la gorge. Il me noyait dans son venin. Forçait mes instincts de vampire à s'épanouir et à prendre le dessus.

Il voulait que je sois en chaleurs. Que je me perde dans mon *besoin*. Que je devienne un jouet sans cervelle qu'il pourrait manipuler pour le plaisir et le sang.

Plus il s'insinuait dans mes veines, plus mes pensées s'embrouillaient.

Mais ce ronronnement ne me quittait pas. Il bourdonnait au fond de mon esprit. Un rappel constant que je n'étais pas seule. Que j'étais plus qu'une vampire.

Je suis en partie louve.

Et les loups... ont des griffes.

LORCAN

DEUX JOURS, quatorze heures et vingt-sept minutes.

Voilà depuis combien de temps Kyra avait disparu. Depuis combien de temps un Alpha maniaque l'avait en sa possession.

Je faisais les cent pas dans son nid, une caméra me suivant dans mes déplacements.

Kieran et Quinnlynn en étaient à leur deuxième jour de réunion avec tous les princes Alphas. Ils avaient passé la majeure partie de la première journée à poser des questions sur la sécurité du secteur, au prétexte que Kieran avait été victime d'une intrusion sur son territoire.

Il n'avait pas menti. Il ne leur avait simplement pas dit quelle partie de son territoire avait été compromise.

Après plusieurs heures de discussion, Quinnlynn s'était raclé la gorge, sa décision étant clairement prise. Kieran lui avait laissé le choix, disant qu'il respecterait ses souhaits sur la façon de procéder, quelle que soit sa décision.

Il y avait suffisamment d'Alphas accouplés dans le Secteur Sanglant pour que Kieran en réattribue quelques-uns au Sanctuaire afin de les protéger. Mais il avait souligné que le pool de candidats serait plus large s'ils invitaient les princes Alphas à envoyer leurs propres candidats.

En fin de matinée, Quinnlynn les avait tous informés que le problème de sécurité évoqué par Kieran ne concernait pas le Secteur Sanglant mais le Sanctuaire. Puis elle avait expliqué ce que protégeait la magie de sa famille depuis près d'un millénaire. Ce sujet avait été le dernier à être abordé avant de se disperser pour un après-midi de repos.

À présent que les princes Alphas avaient eu le temps d'assimiler l'information, ils étaient tous assis autour d'une table de conférence dans le Secteur Sanglant, à débattre de la marche à suivre.

— Au moins, nous comprenons maintenant pourquoi vous nous avez interrogés toute la soirée sur la sécurité de notre secteur, avait déclaré l'Alpha Cael à la fin de la réunion de la veille. Il est bon de savoir que nous avons gagné votre approbation.

— Il ne s'agissait pas de mon approbation, avait répondu Kieran sans ambages. Je voulais savoir si vous pouviez être utiles à notre situation. Et ma compagne devait décider si elle pouvait ou non vous confier à tous le secret séculaire de sa famille.

Bien que je n'aie pas été là en personne, je pouvais dire que cette décision n'avait pas été facile à prendre pour Quinnlynn. Elle avait présenté les informations de manière calme et concise, mais ses yeux sombres avaient contenu une pointe d'inquiétude. Le Sanctuaire lui appartenait et elle avait du mal à partager cette responsabilité. Mais Kieran l'aiderait. Ce n'était pas qu'elle soit incapable de le faire seule, mais plutôt qu'elle ne soit pas l'unique gardienne.

Sa mère avait eu son père. Elle, elle avait Kieran, moi, Cillian. Et une salle pleine de princes Alphas.

— Dites-nous ce dont vous avez besoin, s'enquit le prince Lykos, entrant directement dans le vif du sujet de la réunion d'aujourd'hui. (Ses cheveux blancs et ses yeux argentés reflétaient le nom de son secteur, le Secteur des Glaciers.) Vous avez tout notre soutien.

Les princes Cael et Tadhg opinèrent. Les trois autres princes Alphas présents à la table se contentèrent de dévisager Quinnlynn, dans l'expectative. Ils n'acquiesçaient pas, mais le fait qu'ils lui accordaient toute leur attention me disait précisément ce que je voulais savoir : ils s'en remettaient à la reine Oméga pour prendre des décisions concernant le Sanctuaire. Ce qui était exactement ce qu'il fallait.

Kieran lui accorda également toute son attention, inclinant légèrement le menton en signe d'encouragement. *Dis-leur ce dont tu as besoin,* semblait-il dire.

Je savais déjà ce qu'elle avait l'intention d'annoncer, car nous en avions discuté tous les trois, avec Cillian, hier soir.

Les règles de la barrière étaient claires : les Omégas et leurs compagnons pouvaient passer. Personne d'autre. C'était pourquoi j'étais resté au Sanctuaire : j'étais accouplé à une habitante de l'île. Peu importait que Kyra soit absente ; elle avait un nid ici, un havre de paix. Et c'était suffisant pour que la magie me laisse passer.

Cependant, comme l'enchantement était encore instable, j'avais choisi de demeurer ici en tant que gardien de l'île pendant que Kieran s'occupait de Quinnlynn et des princes Alphas.

À présent, ils allaient élaborer notre plan, qui s'articulait autour de la relocalisation de certains binômes Alpha-Oméga. Bien entendu, ce serait une démarche volontaire. Et les couples devraient être évalués avant de se voir offrir un foyer dans le Sanctuaire. Mais l'idée était d'y installer au moins une douzaine de couples, les Alphas ayant pour seul rôle de protéger les Omégas dans l'enceinte de la barrière.

Quinnlynn en traça les grandes lignes, puis attendit les commentaires des princes Alphas.

— Qui sera l'Alpha du Sanctuaire ? demanda le prince Cael après avoir digéré l'information.

Cillian avait posé la même question quand nous avions discuté de ce plan en groupe.

— Techniquement, Kieran, répondit Quinnlynn.

Mais tout comme Cillian, le prince Cael secoua la tête.

— Il vous faut un Alpha de secteur qui puisse diriger les autres. C'est une simple question de dynamique de meute. Sinon, les Alphas sur place finiront par se disputer leurs rôles. Avoir un responsable permettra d'aplanir les difficultés et d'établir une hiérarchie claire pour les décisions à prendre.

— Je suis d'accord, opina l'Alpha Tadhg d'une voix basse et bourrue. (C'était le plus grand de la tablée, sa taille imposante étant surmontée d'un crâne chauve et d'yeux verts intelligents.) Et il faut que ce soit quelqu'un qui puisse tenir les autres en respect. Sinon, sa position sera défiée.

— Pour l'instant, Lorcan agira en tant qu'Alpha de secteur, déclara Kieran.

Cette annonce faillit me faire grimacer. Heureusement, je savais déjà que je devais m'y attendre. Nous avions eu cette discussion lorsque j'avais choisi de rester Protecteur du Sanctuaire.

Cela pourrait être temporaire. Ou pas. Cela restait à voir.

Le fait est que j'avais un devoir envers Kieran et que cette île relevait de ses responsabilités. Étant le seul de ses Élites à pouvoir franchir la frontière, j'avais le devoir d'être ici pour protéger les habitants du Sanctuaire.

Je m'adossai contre le mur des quartiers de Kyra et

fixai l'écran, conscient que tous les princes Alphas avaient tourné leur attention vers mon image projetée dans la pièce.

— Tu acceptes cette responsabilité ? demanda l'Alpha Cael.

Je haussai une épaule.

— Je suis accouplé à la commandante en second du Sanctuaire. C'est une étape logique.

On ne leur avait pas encore dit que ladite commandante en second avait disparu. On aborderait ce sujet plus tard.

— Il est aussi plus qu'assez puissant pour dompter une poignée d'Alphas, ajouta Kieran. Je pense que nous sommes tous d'accord là-dessus.

Personne à la table ne tenta d'argumenter. Ils se contentèrent de hocher la tête.

J'étais assez puissant pour être l'un d'entre eux. Cillian également. La seule raison pour laquelle nous n'avions pas de *Prince* attaché à nos titres était que nous n'avions pas de secteurs propres à gérer.

— Vous avez donc besoin de couples Alpha-Oméga, résuma le prince Cael, ramenant la discussion à la demande initiale. Je suppose que ces candidatures doivent être expédiées directement à Lorcan pour examen ? Ou devons-nous les envoyer à vous deux ?

— Vous pouvez les envoyer à Quinnlynn. Elle les étudiera d'abord, puis transmettra ses approbations à moi et mes Élites pour examen, répondit Kieran.

Le prince Cael acquiesça de nouveau, puis passa ses doigts dans ses cheveux bruns.

— Maintenant, allons-nous aborder la faille de sécurité qui a provoqué ce besoin ?

Cillian se racla la gorge. Il était assis à la gauche de Kieran, et Quinnlynn à sa droite.

— Pour comprendre ça, vous aurez besoin d'un peu d'histoire.

Kieran inclina la tête, donnant à Cillian la permission de continuer. Comme il avait passé les derniers jours à fouiller dans les pensées de Myon et de Fritz pour rassembler les pièces du puzzle, il était logique que ce soit lui qui raconte.

— Comme la reine Quinnlynn l'a déjà expliqué, le Sanctuaire offre un refuge à celles qui en ont besoin, résuma Cillian. Ce qu'elle n'a pas encore mentionné, c'est qu'avant la mort de Seamus, ses Élites et lui ont ciblé des clans ou des nids d'Alphas connus pour abriter des Omégas réfractaires. Ils ont tué ces Alphas et invité les Omégas à se rétablir dans le Sanctuaire.

Tous ces détails avaient été fournis par Myon et Fritz. Cependant, Quinnlynn en avait ajouté quelques-uns de son cru. Bien qu'elle n'ait pas connu toute l'étendue de leurs missions, elle s'était liée d'amitié avec plusieurs Omégas venues au Sanctuaire à la suite des expéditions de son père. Kyra était l'une d'elles.

— Comme vous pouvez l'imaginer, ces opérations ont suscité quelques ennemis, poursuivit Cillian. L'un d'eux était l'Alpha Fare.

Quelques princes échangèrent des regards, connaissant manifestement l'infâme vampire.

— Il semble que le roi Seamus ait commis une grave erreur en supposant qu'une décapitation avait suffi à mettre hors d'état de nuire l'ancien vampire Alpha. Il a laissé un de ses Élites s'occuper du nettoyage pendant qu'il soignait les blessures d'une Oméga.

Kyra, pensai-je, entendant maintenant l'histoire officielle.

Elle avait gagné son titre de tueuse d'Alphas suite à la mort de Fare. Seulement, ce que les V-Clan ignoraient, c'est qu'elle avait été aidée de l'intérieur par un autre vampire Alpha. Celui lui avait fourni une lame qui lui avait servi à tuer Fare lors d'un moment d'intimité – ce que je n'avais aucune envie d'imaginer. Cillian avait tiré l'événement de l'esprit de Fritz et ne s'était heureusement pas étendu dessus, se contentant d'en fournir les détails essentiels.

— Malheureusement, l'Élite que Seamus avait laissé était sensible aux contraintes de l'Alpha Fare, continua Cillian. Malheureusement aussi, cet Élite était l'un des Protecteurs de l'île.

Les princes Alpha échangèrent de nouveau des regards.

— C'est un Oméga, précisa Kieran, devinant ce que les princes se demandaient probablement. Fare l'utilise depuis plus de cent ans. C'est un marcheur de rêve. Mais son pouvoir de contrainte ne va pas plus loin.

Cillian acquiesça, puis expliqua ce qu'il avait soutiré de l'esprit de Fritz : Fare avait contraint Fritz à mentir au sujet de sa dépouille, à dire qu'il l'avait brûlée alors que ce n'était pas vrai. Il avait ensuite laissé un fil de contrainte dans l'esprit de Fritz, un fil qui avait permis à Fare de maintenir un lien avec lui – Fritz ne pouvait se souvenir que lorsque Fare activait le lien. Ainsi, chaque fois que Fritz rêvait de Fare, ses souvenirs revenaient. Puis il oubliait tout au réveil.

— Il n'a pas immédiatement activé le lien, expliqua Cillian. Il a attendu quelques années après que Seamus a détruit son nid, afin que tout le monde le croie mort. Ce n'est qu'à ce moment-là qu'il a commencé à contacter Fritz dans ses rêves. Cependant, comme je l'ai dit, sa contrainte avait des limites.

Cillian l'entendait au sens littéral. En effet, l'emprise mentale de Fare sur Fritz était fragile en raison de la distance physique qui les séparait. Fare devait donc être très attentif à ce qu'il faisait faire à Fritz. Il avait appris que Kyra avait été emmenée dans une sorte de refuge, qu'il pensait être dans le Secteur Sanglant. Lorsqu'il avait tenté d'interroger Fritz à ce sujet dans ses rêves, ce dernier s'était automatiquement réveillé. Il n'avait pas fallu longtemps à Fare pour comprendre que la loyauté de Fritz envers le refuge était plus forte que sa contrainte.

Il s'y était donc pris différemment, profitant de leurs séances de rêve pour en savoir plus sur les opérations de Seamus. Les acteurs principaux. Les *Élites*.

C'était là que Myon était entré en scène.

Les loups du V-Clan étaient réputés pour leur discrétion, leur identité étant rarement révélée en dehors de notre monde. Nous préférions être un mystère pour les étrangers. Des inconnus. Des *fantômes*. Mais Fritz avait donné à Fare assez de détails dans ces rêves pour qu'il trouve une autre source – *Myon*.

Cependant, au grand dam de Fare, la source à laquelle il s'était rattaché ne connaissait pas l'emplacement du Sanctuaire. Elle savait seulement qu'il existait, pourquoi il existait et qu'il était protégé par la magie des MacNamara. Fare avait donc contraint Myon à enchanter le collier de Kiana. Seamus y avait déjà placé un charme de localisation – une mesure prise afin de protéger Kiana MacNamara. Cependant, il n'était censé s'activer qu'en cas d'urgence. Mais Myon avait modifié le sort pour suivre tous ses mouvements. Il avait également ajouté un code qui le ferait s'allumer comme une balise lorsqu'elle atteindrait la barrière magique de l'île.

— C'était il y a plus d'un siècle, s'étonna l'Alpha Lykos, dont les yeux s'écarquillaient à mesure que Cillian développait l'histoire.

— Il a joué sur le long terme, répondit Cillian. Il a aussi tué indirectement les MacNamara.

Quinnlynn tressaillit, et Kieran entoura aussitôt ses épaules de son bras.

— Ils ont découvert que le collier était ensorcelé et ont fait s'écraser leur propre avion, précisa-t-il.

— Fare a rencontré Myon sur les lieux. (Le ton de Cillian était amer, surtout parce que c'était lui qui avait examiné et validé la boîte noire la semaine précédente – boîte noire dont on savait maintenant qu'elle avait été manipulée par Fare.) Il a fait croire à Myon qu'il s'agissait d'un accident et lui a donné la boîte noire comme preuve. Puis il lui a remis les diamants des MacNamara et lui a ordonné d'ajouter un nouvel enchantement, qui ferait exploser les bijoux lorsqu'ils atteindraient le Sanctuaire.

— Après quoi il l'a forcé à tout oublier, ajouta Kieran d'un ton égal.

Cillian acquiesça.

— Et il lui a commandé aussi de collaborer avec Fritz sur la façon de gérer la situation avec Quinnlynn.

Il expliqua ensuite comment Fare avait utilisé son lien onirique avec Fritz pour *suggérer* que les Alphas n'étaient pas dignes de confiance, pour semer le doute sur ce qui s'était réellement passé avec les McNamara, et pour l'inciter à veiller à ce que Quinnlynn ne prenne pas un compagnon trop rapidement.

Toutefois, le but n'était pas de l'envoyer en mission à travers le monde. Il était d'effrayer Quinnlynn pour qu'elle retourne en courant s'abriter au Sanctuaire, en espérant qu'elle emporterait les diamants des MacNamara.

— Ils auraient explosé en heurtant la barrière, tué le dernier membre vivant de la lignée MacNamara et annulé l'enchantement du même coup, conclut Cillian.

— Mais pourquoi en faire autant alors qu'il n'avait besoin que de l'emplacement de l'île ? s'étonna le prince Tadhg, sourcils froncés. Il était accouplé à Kyra, n'est-ce pas ? Je suppose qu'elle vivait au Sanctuaire pendant tout ce temps ?

Cillian n'avait pas révélé son nom au cours de sa narration, mais sa réputation de tueuse de Fare l'avait rendue quelque peu célèbre parmi les cercles d'Alphas. Je n'étais donc pas surpris que le prince Tadhg connaisse son identité.

— Il ne connaissait pas les paramètres de la barrière magique, murmura Quinnlynn. Il pensait qu'elle devait être abattue pour qu'il puisse passer.

Car Fritz ne lui avait jamais rien dit à ce sujet. Chaque fois que Fare avait posé une question sur le Sanctuaire, Fritz s'était réveillé et avait oublié le rêve. Et Myon n'avait pas pu non plus fournir de détails sur l'enchantement.

Il semblait également qu'au fil des ans, Fritz ait fini par se rendre compte qu'il se passait quelque chose dans sa tête. C'est alors qu'il avait réalisé cette vidéo préenregistrée et installé une sécurité intégrée activant une fonction d'enregistrement automatique dans ses quartiers personnels, au cas où il serait amené à déconnecter les flux de sécurité de l'île. Car il savait qu'il ne le ferait jamais de son plein gré.

— Que s'est-il passé ensuite ? s'enquit le prince Cael.

Kieran expliqua comment Quinnlynn et lui avaient découvert que les diamants drainaient son pouvoir, qu'il les lui avait enlevés au moment de franchir la barrière et les avait jetés dans l'océan juste avant qu'ils n'explosent.

— S'ils n'ont pas explosé à son arrivée initiale, c'est parce qu'elle est entrée dans le Sanctuaire en s'éclipsant, ajouta Cillian, expliquant ce qu'il avait appris de Myon. Le sort ne pouvait s'activer que si l'on franchissait physiquement la frontière enchantée ; l'éclipsage n'a pas été pris en compte.

— Ce qui a du coup sauvé la vie de Quinnlynn, souligna Kieran.

Puis il raconta ce qui s'était passé l'autre nuit, comment les vampires s'étaient glissés à travers l'enchantement et avaient attaqué l'île. Il y avait eu quatre pertes humaines, et au moins deux douzaines de blessés − le tout en quelques minutes.

Ce qui avait rendu ces réunions nécessaires. Le Sanctuaire avait été mis en danger, l'était encore et devait être protégé.

— Il y a une chose que je ne comprends pas, dit lentement Alpha Lykos. Si le collier a explosé à l'extérieur de la barrière, celle-ci n'a pas été détruite, n'est-ce pas ? Les vampires avaient l'emplacement, grâce à la détonation, je suppose, mais comment sont-ils entrés ?

— C'est ce qu'on n'a pas encore déterminé, admit Cillian.

— Et c'est pourquoi Lorcan est là-bas au lieu d'être ici.

Kieran me lança un regard à travers l'écran avant de reporter son attention sur les princes Alphas.

— Le Sanctuaire est en danger. C'est pourquoi nous avons besoin de votre aide.

Je commençai à incliner le menton en signe d'accord, mais me figeai quand le rugissement de Kyra me déchira l'esprit.

Je me pris la tête et mon loup gronda en réponse à la souffrance de son animal.

Kyra !

Suivit une série de gémissements que je ne pus déchiffrer, son esprit paraissant se fracturer sous l'effet de ce que ce salaud lui faisait subir.

Putain, soufflai-je en tombant à genoux.

J'eus vaguement conscience que Kieran et Cillian

disaient quelque chose à travers l'écran. Mais je ne pus les entendre à cause des hurlements dans mon esprit.

Sa louve était *furieuse.*

Parle-moi, lui intimai-je. *Dis-moi ce qui se passe.* Elle était restée silencieuse pendant des heures, notre connexion étant fluctuante. Mais elle était particulièrement forte en cet instant.

Kyra. Je forçai un ronronnement pour souligner mes paroles, sentant son besoin de réconfort. *Je suis là, petite tueuse. Je suis là.*

V-venin, murmura-t-elle. *F-forcée... Ch-cha... chaleurs...*

Je déglutis. *Il te force à avoir tes chaleurs.* J'ignorais ce qu'il lui faisait depuis des jours, mais j'avais suspecté quelque chose de ce genre. J'avais passé des heures à étudier des cartes pour tenter de déterminer où elle était. Mais il y avait trop d'îles *chaudes* et *humides* inhabitées. Je pourrais passer des dizaines d'années à toutes les explorer. De son côté, Cillian avait interrogé Myon et Fritz sans relâche sur l'endroit où Fare pouvait se trouver, mais aucun d'eux ne le savait.

Il y avait apparemment un vampire Alpha qui avait fourni des informations de l'intérieur lorsqu'ils avaient démantelé le nid de Fare, mais ils n'avaient aucune idée de comment l'atteindre maintenant. Il ne serait probablement pas utile de toute façon.

Il faut que tu te défendes, enjoignis-je Kyra. *Je sais que tu as peur. Je sais que tu es blessée. Mais tu es plus forte que tu ne le penses. Ton esprit est à toi.* Combats *sa contrainte. Éclipse-toi. Échappe-toi.*

P-peux pas... gémit-elle en réponse.

Si, tu peux, insistai-je, ma domination soulignant ces mots.

Sa louve gémit, sa voix mentale se tut.

Allez, petite tueuse. Éclipse-toi à la maison. Éclipse-toi dans ton nid.

Pas de réponse.

Kyra ?

Silence.

Kyra, tu dois te ressaisir, exigeai-je. *Tu es plus forte que ça. Ne laisse pas ce salaud gagner.*

Toujours rien.

Mais je la *sentais* tenir bon. Je sentais que sa louve tentait de se connecter. D'écouter son Alpha.

Éclipse-toi dans ton nid, répétai-je, ma domination résonnant à travers chaque mot. *Éclipse-toi dans ton nid tout de suite !*

KYRA

TOUT BRÛLE.

Si chaud. Si douloureux.

Tellement de besoin.

Je miaulais, mes membres tremblaient, mon cœur s'emballait, mon monde s'*écroulait*. C'était trop. Pas assez. Tout à la fois. Et rien en même temps.

Oh Dieux, qu'est-ce qui ne va pas chez moi ?

Trop de sensations. Encore.

Pitié !

Ma louve intérieure gronda, essayant vainement de capter mon attention. Elle était furieuse et j'ignorais pourquoi. Tout ce que je connaissais, c'était ce *désir*.

Je me tournais et me retournais, les draps sous moi étaient rugueux au lieu d'être doux. Ils abrasaient ma peau tendre, me faisant tressaillir et gémir en signe de protestation.

— Les mauvaises Omégas n'ont pas de nids, dit une voix cruelle. Elles se font baiser sur du béton à la place.

Mon épaule heurta quelque chose de dur, le monde

bascula autour de moi. Je me rendis vaguement compte que je venais d'être jetée au sol, la pierre froide s'enfonçant dans mon flanc. Ma bête intérieure claqua des mâchoires, furieuse contre ce traitement. Non. Furieuse contre *moi*.

Je clignai des yeux. *Qu'est-ce qui ne va pas chez toi ?*

Des doigts froids se plantèrent dans mes hanches, me retournèrent sur le dos et m'obligèrent à écarter les jambes.

— Presque prête, ma chérie. *Donne-moi juste son nom.*

Le nom de qui ? me demandai-je étourdiment. *Je... je ne veux pas parler. Je veux...*

— Donne-moi son nom ! cria l'Alpha, lâchant mes hanches pour empoigner ma gorge – qu'il *serra*. *Maintenant,* Oméga.

Ma louve rugit en réponse, refusant de lui donner ce qu'il voulait. Elle se fichait de la douleur qu'il lui infligeait, elle ne lui abandonnerait pas son contrôle.

Je tentais de comprendre, de me concentrer. Elle semblait dominer mon esprit, contrôler ma forme humaine comme je pouvais contrôler sa forme de loup.

Impossible, marmonnai-je, délirante. *Comment... ? Pourquoi... ?*

Fare grogna, un son qui alla droit à l'apex entre mes cuisses. Il m'avait mordu à cet endroit à plusieurs reprises, me forçant à absorber son venin pendant qu'il m'injectait encore et encore le contenu de ces seringues.

Il n'arrêtait pas de me dire de cesser de résister. De cesser de lutter contre mes *chaleurs.*

Je... je ne savais pas comment. Ma louve ne le permettrait pas. Pas vraiment. Pas...

Je déglutis quand ses crocs mordirent ma cuisse, provoquant un nouveau hurlement de souffrance de ma louve. Chaque injection de venin menaçait son emprise sur mon esprit, rendant d'autant plus difficile qu'elle garde le contrôle.

Kyra, chuchota cette voix apaisante.

Mmm, Al... Lor... ? Cela sortait en vrac. *Kn... hmm ?*

Je fronçai mentalement les sourcils, ne sachant trop ce que j'essayais de dire. Quelque chose à propos de son nœud ? Sa voix ? Ses prouesses d'Alpha ?

Oh Dieux, penser à lui alluma un brasier dans ma matrice. *Oui. Oui, s'il te plaît.*

— C'est un peu mieux, roucoula la voix indésirable. Mais je veux que tu mouilles plus.

Il gronda ces deux derniers mots, forçant mon corps à obéir. Me rendant plus humide. Plus en manque. *Me préparant à...*

...se passe.

Hmm ? pensai-je, troublée par ce seul mot provenant d'une autre voix – celle que j'avais dans la tête. Celle dont j'avais envie. Avais-je manqué autre chose qu'il avait dit ? J'espérais que non. J'aimais beaucoup sa voix.

Kyra, ronronna-t-elle. *Je suis là, petite tueuse. Je suis là.*

Ma louve gémit, désirant qu'il soit là physiquement, pas seulement dans mon esprit. Parce qu'on entrait en chaleurs. Attends, non. C'était juste mon côté vampire. Parce que... parce que...

V-venin, pensai-je. *F-forcée... Ch-cha... chaleurs...*

J'essayai d'ouvrir les yeux, mais ils papillotèrent à peine. Je ne pouvais pas... Je n'avais aucun contrôle... Je...

Il te force à avoir tes chaleurs, déduisit Lorcan.

Je sais ! tentai-je de répondre. Mais je ne pus émettre qu'un gémissement. Un foutu gémissement de désir. Suivi d'un grondement de ma louve.

Et d'une autre morsure de Fare, cette fois sur mon os iliaque. Je sursautai, la douleur déchirant mes sens et me faisant vibrer d'un besoin furieux.

Putain de merde. Putain de merde. Putain de merde.

Il faut... tu as peur... blessée. Mais tu es... ton esprit... à toi. Combats... T'écl... T'échappe...

Ses mots me parvenaient par bribes.

P-peux pas... tentai-je de répondre. *N'entends pas...*

Si, tu...

Sa voix disparut, me laissant de nouveau seule. Ma louve souffla, irritée et déterminée, avant qu'une nouvelle décharge de venin ne se répande dans mes veines.

Dieux !

Fare grogna quelque chose dans mon oreille, son nœud appuyant sur mon estomac.

Faux. Compagnon. Pas. Le mien. Je ne. Veux. Pas.

Une bouffée de contrainte menaça d'effacer mes pensées, de réécrire mes désirs.

C'est alors qu'un faible grognement interne s'empara de mon esprit. Le grognement d'un véritable Alpha. De *mon* Alpha.

Éclipse-toi dans ton nid, exigea-t-il. *Éclipse-toi ton nid tout de suite !*

Ma louve reprit du poil de la bête, répondant à l'ordre de l'Alpha qu'elle avait choisi.

Fare jura.

Et le monde s'évanouit autour de moi dans un brouillard de visions, d'odeurs et de couleurs. Puis le parfum familier de la *maison* frappa mes narines.

— Kyra, souffla un homme.

Mon mâle. Mon compagnon. Mon Alpha.

Je me blottis dans ses bras en sanglotant, mes entrailles s'enflammant d'un feu nouveau. J'avais *besoin de* lui. De son nœud. De son ronronnement. De sa force.

Mais il portait trop de vêtements, trop de tissu.

Mes doigts se changèrent en griffes pour déchirer son pull, puis je pressai mon nez sur la peau nue en dessous. Du sang imprégnait l'air. *Du sang alpha.* Je l'entaillai avec mes griffes, traçant des estafilades sur sa poitrine et son abdomen.

À moi, pensai-je, me penchant pour lécher son essence décadente. *À moi. À moi. À moi.*

Il prononça mon nom, mais j'étais trop prise avec sa ceinture pour l'entendre.

Nœud. Nœud. Nœud.

— *Kyra*, grogna-t-il.

Alpha, lui émis-je en attrapant le bouton de son jean. Il me saisit le poignet et de l'autre main, me serra doucement la nuque.

— Arrête, exigea-t-il.

Je plissai le front. *Alpha ?* Me rejetait-il ? Rejetait ma louve ? *Pourquoi ?*

— Tu n'en as pas vraiment envie. (Sa prise se resserra un peu dans mon cou.) Je ne veux pas te nouer comme ça.

Quoi ? Je clignai des yeux, mes jambes tremblant sous l'effort qu'il me fallait pour rester debout. Je ne savais même pas comment j'avais atterri sur mes pieds, et encore moins comment j'avais atterri ici. Tout ce que je savais, c'est que je *le* voulais. Mon Alpha. Ma bête.

Je tentai d'arracher ma main à la sienne, de reprendre mes méthodes. Mais il me tenait captive. Ma louve grogna, irritée. *Nœud. Maintenant.*

Je m'éclipsai dans son dos et griffai ses fesses couvertes de son jean.

Kyra, grogna-t-il.

Alpha, répondis-je.

Tu es défoncée par le venin du vampire.

Mmm. Je me fichais d'à quoi j'étais défoncée. Je savais juste que j'avais besoin de lui. Mon Alpha. Mon nœud.

Je tirai sur son pantalon déchiré, déterminée, mais il s'éclipsa et réapparut derrière moi. Je pivotai, intriguée par son jeu, et me retrouvai soudain sur le dos.

Dans mon nid.

Oui, oui. Je me cambrai contre son corps bien plus imposant tandis qu'il me maintenait sur le dos, ses mains sur mes épaules.

— Je refuse de te lier avec mon pouvoir. Pas après tout ce que tu as vécu.

Ma louve l'ignora, et moi aussi. Tout ce qu'on voulait, c'était son nœud. Sa puissance. Ses *poussées*. J'enroulai mes jambes autour de lui, prête à en avoir plus. Mais ce fichu jean me gênait encore, abrasant ma chair sensible.

Enlève, lui dis-je en me pressant contre l'impressionnant renflement caché sous son pantalon. *Jean. Enlève.*

Non.

Maintenant, exigeai-je. *Enlève.*

Non, répéta-t-il, la voix empreinte de son autorité d'Alpha.

Ce qui me fit me tortiller davantage, parce que *mmmh*, la domination. Alpha. *Encore.*

Il soupira, posa sa tête dans mon cou et inspira profondément. *Putain, Kyra, tu me tues.*

Noue-moi.

Son grognement fit vibrer ma poitrine nue, durcir mes mamelons et déclencher une nouvelle vague de miel entre mes cuisses.

Je ne vais pas te nouer, petite tueuse. Je ne peux pas. Il déposa un baiser sur mon pouls emballé, et transforma son grondement en ronronnement. *Mais je vais prendre soin de toi. Te guérir. Te protéger.*

Ses paroles n'avaient aucun sens. Pourquoi ne me nouerait-il pas ? Ma louve le désirait. *Je* le désirais. J'avais *besoin de* lui. Sans son nœud… je… j'aurais… *mal*. Je brûlerais. *Me perdais dans le feu.*

Je cillai, confuse. De nouveau prise de vertiges.

Il y avait un rugissement dans ma tête, qui exigeait que

je… que je revienne… mais je ne voulais pas revenir. Je voulais rester ici. Rester dans mon nid. Rester avec mon Alpha.

À moins que… Suis-je… ?

— *Kyra.*

Le ronronnement qui accompagnait mon nom me fit lever les yeux vers une paire d'iris noirs. Si beaux. Comme des obsidiennes. Scintillants de désir.

— Concentre-toi sur moi, d'accord ?

— Oui, Alpha.

— Lorcan, me corrigea-t-il.

Je fronçai les sourcils, ne sachant pas trop en quoi c'était important.

— Noue-moi.

Il fourra de nouveau son visage dans mon cou. Sa poitrine vibrante m'attirait et me réconfortait. Une vague de chaleur se répandit de son aura à la mienne, l'énergie me faisant haleter et gémir en même temps.

C'était… bon. Apaisant. *Guérissant.*

Mais elle fut suivie d'une explosion dans mon bas-ventre, qui provoqua un maelström de sensations. Chaleur. Douleur. Crampes. Frissons.

Je tremblais en réaction, mon utérus se resserra autour de rien, mes entrailles réclamant autre chose. Quelque chose de plus intense. Quelque chose de *dur.* J'agrippai ses épaules et resserrai mes cuisses autour de lui alors qu'une nouvelle explosion de son énergie puissante frappait mes sens.

Un gémissement s'échappa de mes lèvres, pressant ma vulve contre son aine tandis que ce feu brûlait plus fort dans mes veines. *Alpha…*

Lorcan, répliqua-t-il.

Compagnon, tentai-je encore.

Il frissonna, ses lèvres n'étant plus qu'une présence fantomatique contre mon pouls.

Mords-moi, l'exhortai-je.

Non.

Noue-moi.

Non.

Je gémis. Il me rejetait. Il rejetait ma louve. Ça n'avait aucun sens. Mon corps était fait pour ça, pour *lui*. Et tout *brûlait*. Lui seul pouvait arranger les choses. Lui seul pouvait m'aider à remettre mon monde à l'endroit. *Je t'en prie...*

Il soupira, son pouvoir roula sur moi tandis que sa bouche se déplaçait le long de ma gorge, m'embrassant doucement, laissant derrière elle une marque exquise d'adoration. Je tournoyais sous lui, adorant la sensation de sa bouche sur moi et le suppliant d'en avoir plus. Plus de peau. Plus de langue. Plus de *dents*.

Mais tout ce qu'il fit, ce fut m'inonder de son essence, déferlant vague après vague une chaleur intensément apaisante. Pendant tout ce temps, il me garda clouée sur mon lit, sa bouche s'attardant sur ma gorge.

Je haletais sous lui, ces préliminaires avançant trop lentement à mon goût.

Pourtant, quelque chose dans son toucher... son *pouvoir*... me fit bâiller. J'essayai de garder les yeux ouverts. De parler. De lui demander... quelque chose d'autre...

Cependant, le monde commençait à glisser.

Me poussant dans l'obscurité. Une nuit sans étoiles. Seule. À souffrir... dans le froid.

Je suis là, murmura-t-il un instant plus tard, sa voix m'apportant une bouffée de chaleur. *Je suis juste là.*

Où ça ? demandai-je.

Je te tiens dans ton nid. Il plaqua sa paume sur mon abdomen, ce qui me troubla. *Dors, Kyra. Ça t'aidera.*

À quoi ? exhalai-je, mon corps étant un brasier de désir. Piégée dans cet abîme d'encre. Incapable de voir. *Alpha ?*

Chut, murmura-t-il. *Je te donnerai ce dont tu as besoin.*

Cette chaleur m'envahit encore plus, inondant mes entrailles de sensations étrangères. *Alpha...*

Tout va bien, ma compagne, me promit-il. *Dors un peu. Ensuite, je te récompenserai.*

Récompense ?

Oui.

Ma louve parut apprécier cela. Elle ne comprenait peut-être pas le terme, mais elle comprenait sa voix. La promesse sensuelle qu'elle contenait. La cause et l'effet de plaire à son Alpha pour obtenir ce qu'elle voulait.

Cela suffit à la calmer. Apaiser son besoin. Juste un peu.

Assez longtemps... pour un petit somme.

LORCAN

Putain.

Je n'avais jamais été aussi raide de toute ma satanée vie.

Les miaulements et paroles de Kyra tournaient en boucle dans mon esprit, me rendant presque fou de *désir*.

Mords-moi. Noue-moi. Ces deux demandes avaient failli me faire perdre la tête. Mais je ne pouvais pas la prendre comme ça, alors qu'elle n'était pas *elle-même*.

Elle avait été gravement droguée. Ce qui avait ironiquement joué en ma faveur, car il semblait que la forcer à avoir de fausses chaleurs avait poussé sa louve à vouloir à tout prix le compagnon qu'elle désirait le plus, lui permettant ainsi de briser l'emprise compulsive que Fare avait instillée dans son esprit.

J'avais été stupéfait par son arrivée, puis aussitôt excité par son odeur et sa nudité. C'était la puanteur du vampire sur elle qui m'avait fait garder les pieds sur terre. Et les morsures sur ses cuisses et sa chatte qui m'avaient empêché de sombrer dans le rut.

Elle avait besoin d'un bain. D'une longue nuit de repos. De ronronnements. De bons soins. De *guérir*.

Je l'inondai d'une nouvelle vague de mon pouvoir, afin d'apaiser son mal intérieur. Je savais qu'elle devait être brûlante de désir, consumée par ses fausses chaleurs grâce au baisage de Fare.

Les Omégas étaient à moitié folles pendant leurs chaleurs, ayant plus envie des nœuds de leur Alpha que d'oxygène. Toutefois, Kyra m'avait clairement fait comprendre qu'elle ne voulait pas que je l'aide à traverser ses chaleurs. Elle avait peut-être changé d'avis maintenant qu'elle était dans un cycle forcé, mais je ne voulais pas profiter de son manque de conscience. Quand je la baiserais – car ce serait *quand*, pas *si* –, ce serait avec toute sa lucidité. Elle me supplierait pour des raisons totalement différentes, se tortillant, mouillée et prête à se *battre*.

Parce que je voulais *ma* version de Kyra. Ma petite tueuse. Celle qui avait comploté ma perte peu après notre accouplement. Pas cette version blessée.

Oh, elle n'avait pas perdu son instinct de survie. Le fait qu'elle soit dans son nid, lovée contre moi, le prouvait. Elle avait combattu la contrainte de Fare et gagné. Et maintenant, je l'avais entourée d'une laisse télékinésique, au cas où il tenterait de la ramener à lui.

S'il le faisait, je la suivrais de près. Et j'en finirais avec lui.

Mon poignet bourdonna, m'avertissant d'un message entrant. J'avais déjà envoyé un texto à Cillian pour l'informer du retour de Kyra. J'avais fait ça vite, davantage concentré sur elle que sur ma dactylographie.

Elle va bien ? avait-il répondu.

Non. Elle a été mordue au moins une douzaine de fois. Et il y a des marques de piqûres sur ses bras. Ce salaud l'a forcée à avoir ses chaleurs. Je lui avais transmis un rapport complet, les mâchoires serrées par la fureur.

Mon essence curative devrait pouvoir tirer Kyra de là,

mais cela allait prendre du temps. Des heures, voire des jours.

Bousculer le cycle d'une Oméga pouvait avoir des conséquences durables, et plutôt inconnues jusqu'à présent, surtout parce que Kyra était une hybride. Les Omégas du V-Clan avaient des œstrus d'un mois. Je n'avais aucune idée d'à quoi ressemblait le cycle propre à Kyra.

Putain. Une idée de l'endroit où il se trouve ? demanda Cillian.

Non. Mais s'il se montre ici, il le regrettera.

Mais pas moi. Je lui arracherais volontiers les couilles et les lui ferais bouffer.

Cillian ne répondit pas immédiatement, ce qui me donna le temps d'envoyer une nouvelle vague de pouvoir curatif dans le corps endormi de Kyra. Son esprit était pratiquement vide, à part quelques miaulements de désir. Je détestais lui faire subir cela, mais c'était le seul moyen de lui procurer un semblant de réconfort.

De l'énergie scintilla à proximité, signalant la présence d'un Alpha, ce qui fit pousser à mon loup un sourd grondement d'avertissement. Cela disparut l'instant suivant, mais mes instincts restèrent en alerte, ma bête rôdant sous ma peau.

Ma Kyra. Mon Oméga. Ma compagne.

Elle marmonna dans son sommeil, sa petite croupe se heurtant à mon nœud palpitant. Je jurai dans ma barbe, mes muscles tendus par un désir à peine contenu.

J'avais cette petite Oméga dans la peau. Elle s'était frayé un chemin dans mon cœur, s'était attachée à mon âme. Ç'allait au-delà de la danse de nos loups, ça touchait directement nos esprits, ce lien nous unissant pour l'éternité.

Chaque jour qui passait rendait de plus en plus difficile

de me rappeler pourquoi je ne voulais pas cela. Pourquoi je n'avais jamais désiré de compagne.

Toutes mes excuses. Le message défila dans l'air, venant de Kieran. *Je n'avais pas réalisé que tu serais... territorial.*

Elle est à moi, tapai-je. Mon loup était encore agité par la brève apparition de Kieran près du nid de Kyra. Seul son départ immédiat avait empêché mon animal de charger à travers la porte pour le défier.

Compris, répondit-il. *Je garderai mes distances. Mais je suis là pour monter la garde pendant que tu t'occupes des besoins de Kyra.*

Je déglutis, mon loup étant encore très proche de la surface. Sans doute parce que j'avais une délicieuse Oméga blottie contre moi. La puanteur du vampire mise à part, elle sentait divinement bon.

Oranges sanguines épicées, mûres à point pour être dégustées. Putain.

Je fourrai mon nez dans son cou et inhalai profondément. J'avais une folle envie de la goûter. Mordiller chaque parcelle d'elle. L'embrasser. La *mordre*.

Elle était couverte du parfum d'un autre Alpha. *Un vampire.* Mon loup grogna, détestant son odeur sur elle. Détestant ses marques. Ses revendications. Son venin lui empoisonnant le sang.

Je voulais qu'il disparaisse. Soit effacé. *Remplacé.*

Cette Oméga était *à moi.* Et je ne la partagerais pas avec ce psychopathe. Ni avec qui que ce soit, en fait. Ce qui était un foutu gros problème, vu que Kyra ne voulait pas de compagnon.

Je pressai ma bouche sur son pouls, captai un rythme cardiaque normal. C'était beaucoup mieux qu'avant.

Or à présent, c'était mon cœur qui s'emballait. Je voulais massacrer son compagnon vampire. Tuer tous ceux qui ne feraient que la mater. Déchiqueter quiconque oserait me l'enlever.

— Putain, grommelai-je, ce besoin viscéral de massacre me noyant dans une vague d'agressivité intense.

Mon nœud palpitait. Ma bête s'enrageait. Mes entrailles se consumaient.

À moi, pensai-je. *Cette Oméga est à moi.* Bien qu'elle ne le sache pas encore.

Je l'enveloppais de ma puissance, l'apaisais avec à la fois mon ronronnement et mon pouvoir de guérison. Elle se blottit contre moi dans son sommeil, et son soupir de satisfaction me fit énormément plaisir.

Kyra avait beau ne pas vouloir de compagnon, elle m'avait officiellement pour l'éternité. Je devais juste lui montrer ce que cela signifiait.

En fin de compte, ce serait toujours elle qui choisirait. Mais c'était à moi d'être un bon choix pour elle. Le compagnon idéal. Celui sur lequel elle pourrait compter. À qui faire confiance. Qu'elle pourrait admirer. Peut-être même aimer.

Et en retour, je lui donnerais tout ce que je peux. Je lui suffirais. Comblerais ses besoins. La chérirais. La soutiendrais. La laisserais même diriger, dans la limite du raisonnable.

Tout ce qu'elle avait à faire, c'était de me donner une chance.

Nous pourrions peut-être en discuter à son réveil. Ou peut-être attendrais-je un moment plus opportun.

Quoi qu'il en soit, ma décision était prise. Je me moquais bien de savoir si c'étaient ses chaleurs qui séduisaient mes pensées ou si les événements de ces derniers jours avaient fondamentalement modifié mes instincts.

Ma décision était prise : l'Oméga Kyra était à moi.

Et l'Alpha Fare était un homme mort.

KYRA

Conifères. Loup. Alpha.

Je me roulais dans les senteurs, me délectais de la façon dont elles enrobaient ma peau nue. Elles étaient partout dans mon nid. Partout sur *moi*.

Mais il y avait un arôme sous-jacent de roses mortes qui entachait le tout. *Des roses mortes saupoudrées de rouille.*

Je frissonnai, ignorant ce parfum. Je voulais plus de conifères. Ma louve flaira, mon nez huma jusqu'à ce que je trouve la source.

Dur. Chaud. Mâle. Mmmh.

Je caressai sa poitrine, glissai ma paume le long des arêtes fermes de son abdomen et la descendis sur ses hanches. Je fis la moue, troublée par le tissu qui les couvrait. Il était doux, soyeux, moyennement acceptable. Sauf que je le voulais nu, pas habillé.

J'embrassai sa poitrine, goûtai sa peau du bout de la langue. Et mes lèvres trouvèrent un soupçon de quelque chose de plus. Quelque chose de délicieux. Du *sang*.

Ma bouche saliva, mon estomac fut violemment brassé par le *besoin*.

Quand me suis-je nourrie la dernière fois ? me demandais-je dans mon délire. *Où suis-je maintenant ?*

Oh, peu importait. Cet Alpha avait ce dont j'avais envie. Ce dont j'avais désespérément besoin.

— S'il te plaît, murmurai-je, lui demandant la permission, le *suppliant* de me laisser goûter.

Je savais qu'il ne fallait pas mordre sans demander. Les Alphas étaient territoriaux. Ils ne donnaient que ce qu'ils voulaient donner. Si j'essayais…

— Prends tout ce qu'il te faut, Kyra, dit-il, ponctuant ses paroles d'un doux ronronnement. Mon sang est à toi.

Je levai les yeux vers les siens, décelai la sincérité dans leurs sombres profondeurs. *Est-ce un fantasme ?* me demandai-je.

Ça peut l'être, si tu le souhaites, répondit-il, m'ayant manifestement entendue.

Merci, Alpha.

Lorcan, rappela-t-il.

Je fronçai les sourcils, ne comprenant pas sa correction. Mais j'avais trop faim pour demander des explications. J'avais besoin de le goûter. De le mordre. De me *nourrir*.

Mais où ? songeai-je. *Où dois-je… ?* Je m'interrompis, un souvenir s'immisçant dans mes pensées.

À présent, où vais-je te mordre ? avait récemment demandé un vampire Alpha. *Décisions, décisions.*

Je déglutis, mon appétit se dissipant quelque peu.

Fare.

Les images d'une aiguille flashèrent dans mon esprit, suivies de sa bouche. Ce sourire cruel. Ses crocs dans ma chair.

Je me redressai en sursaut, portai mes mains sur mes hanches, puis sur mes cuisses. Les marques avaient disparu, ma peau était nette. Mais je ressentais encore son contact. Ses tiraillements avides. Ses railleries.

J'eus un hoquet, mon nid sentant soudain toutes sortes de maux. Mon corps était souillé. *Les odeurs...* Je roulai hors du lit, mourant d'envie d'y remédier, ayant urgemment besoin de... de... me débarrasser de *lui*.

— Kyra...

L'Alpha dans mon nid prononça mon nom avec un ronronnement qui faillit me faire plier les genoux. C'était un son si apaisant. Si parfait. Si... *hypnotique.*

— Dis-moi ce que tu veux, et je te le donnerai.

— Je...

Je parcourus la pièce en clignant des yeux, cherchant ces odeurs nauséabondes. Une vision de pétales de roses remonta dans mes souvenirs, ainsi qu'une note...

— Les fleurs... ?

— Je les ai jetées, dit l'Alpha, l'air mécontent.

Pourtant son ronronnement persista. Ce beau son affectueux.

J'en veux encore, songeai-je rêveusement. *Entre mes cuisses. Contre ma gorge. Pendant un baiser...*

Mais je ne pouvais pas le faire maintenant. Je devais réparer mon nid. Éliminer la puanteur de la mort. Le mal. *Tout ce putain de mal.* Je grognai, furieuse de mes draps souillés. De ma peau marquée. De ces miasmes répugnants.

Une douche, réalisai-je. *Oui. Oui, c'est ce qu'il me faut.*

Je fis quelque pas vers la salle de bains, mais je m'arrêtai lorsque le ronronnement derrière moi diminua. L'Alpha ne suivait pas.

Non, non. Il devait venir aussi. Je... j'avais besoin de son ronronnement. De son arôme. De son *sang*.

Il se glissa hors de mon nid et s'avança, ses traits dénués d'émotion. Avait-il discerné mes besoins d'après mes actions ? Ou avait-il lu dans mes pensées ? Je ne savais pas trop. Et ne m'en souciais guère. Ce qui comptait, c'était sa présence, sa protection, son parfum séduisant.

Je le rejoignis et appuyai mon nez sur son torse, inhalant profondément pour profiter de son essence. Même ce soupçon de sang sur sa peau était paradisiaque.

Je pris sa main dans la mienne et l'entraînai vers la salle de bains, où j'ouvris la douche. La baignoire était trop petite pour lui, sans parler de nous deux. Il fallait donc se contenter d'une douche.

Il ne dit rien pendant que je réglais l'eau à la bonne température. Puis j'entrai dans la cabine et le fixai avec impatience. Il fallait qu'il enlève ce boxer. Je ne savais pas trop pourquoi il le portait de toute façon.

Quand l'a-t-il mis ? me demandai-je. *Ou... attends... ne portait-il pas... un jean ?*

Tout ce qui s'était passé ces derniers... je ne sais combien de temps... était confus. Comme la rémanence d'un rêve. En fait, cela avait tout l'air d'un rêve à présent.

Mais au moins, je n'étais plus en feu. J'avais juste faim. *Disons plutôt affamée.*

Contractant sa mâchoire, il me fixa de ses yeux sombres tourbillonnants d'émotions.

— Qui suis-je ? me demanda-t-il après quelques secondes.

Je sourcillai, cette question n'ayant aucun sens pour moi.

— Alpha.

Il secoua la tête.

— Lorcan.

Encore ce mot. Ou plutôt, son *nom.*

Lorcan, l'Élite, me rappelai-je.

Ma louve gronda d'approbation en moi, me rappelant la fois où elle avait joué avec son Alpha sur la glace. Se roulant en tous sens. Se cognant contre son flanc. *Se lovant en boule pour se blottir dans la grotte de glace.*

L'eau dégoulinait autour de moi tandis que les souvenirs se bousculaient dans mon esprit. Mais ce fut un moment plus récent qui prit le relais. *Moi sur le lit, les jambes écartées. Des yeux rouge rubis. Des crocs.*

J'attrapai le savon en frissonnant, éprouvant soudain le besoin de me frotter la peau. *Mauvais. Mauvais. Mauvais.*

L'Alpha me rejoignit dans la cabine, son boxer toujours en place.

Quel taquin. Car je voyais bien la forme de son nœud impressionnant et j'avais *très* envie d'y goûter. Mais je devais d'abord me débarrasser de cette puanteur. Me nettoyer. Baigner dans l'odeur de cet Alpha. *Le mordre.*

Il me prit le savon et le fit mousser sur ma peau, m'aidant à chasser le relent de l'autre Alpha. Le mauvais. Celui qui me tordait l'estomac d'effroi.

Je déglutis lorsque l'Alpha s'agenouilla, son regard posé sur mes cuisses, ses attouchements intentionnels et chauds. Ils me donnaient envie de remonter ses mains plus haut, jusqu'à l'apex entre mes jambes.

Mais il était méthodique. *Minutieux.* Il produisait de la mousse et l'évacuait, puis répétait le mouvement jusqu'à ce qu'enfin, il presse son nez sur ma peau et inhale. Ses yeux ne quittaient pas les miens, la faim couvant dans leurs profondeurs d'encre.

Mon utérus fut aussitôt trempé, en réaction à ce regard. À ce *besoin.*

Parce que *oh oui, s'il te plaît.*

Je fourrai mes doigts dans ses cheveux drus, mourant d'envie de le sentir. Le tenir. Le *guider.*

— Dis-moi mon nom, Kyra, murmura-t-il d'un ton presque douloureux.

Alpha s'attarda sur ma langue. Mais je commençais à

comprendre ce qu'il voulait. Ce qu'il essayait de me faire savoir.

Lui. Lorcan. L'élite… à qui je suis accouplée.

Je baissai les yeux sur lui, ma langue s'épaississant dans ma bouche.

Il m'avait arrachée à Fare, sauvée d'un destin auquel je ne voulais même pas penser. Parce que j'avais été en chaleurs.

Pourtant, maintenant… maintenant j'étais… toujours en chaleurs. Mais pas tout à fait. Au bord des chaleurs, je suppose. Je quittais le cœur du cycle. D'où ma faim.

Non, en fait. C'était à cause de Fare. Il m'avait pris beaucoup de sang. Beaucoup trop. Sans m'en donner en retour. J'étais affamée. Mourante de soif.

Mais il y avait aussi d'autres choses dont j'avais envie.

Comme Lorcan. À genoux. Sa bouche contre ma cuisse. Sans me mordre. Juste… m'embrassant.

Il soutint mon regard pendant qu'il faisait précisément cela, se penchait pour goûter la peau qu'il venait juste de finir de savonner et de rincer. Je fermai presque les yeux de plaisir, la sensation étant si intense que j'en faillis oublier de respirer.

Ses mains remontèrent le long de mon autre jambe et répétèrent les mêmes gestes – éliminer la puanteur de Fare. Ses marques. Son existence.

Lorcan… le remplaçait. Me montrait ce que c'était que d'être chérie. Respectée. *Accouplée.*

J'avais été dans les affres de mes chaleurs, et il m'avait… rejetée. Plus ou moins. J'avais senti son désir. J'avais pu le flairer. Pourtant, il n'avait pas tenté de me nouer. Il m'avait procuré une sorte de sommeil, son pouvoir de guérison aidant à évacuer les restes du venin de Fare. Lorcan avait pris soin de moi. M'avait tenue. Avait ronronné pour moi.

Il prenait encore soin de moi maintenant, à chaque attouchement de ses doigts, chassant Fare par ses caresses sur ma peau. Je frissonnais malgré la chaleur de la douche, mon corps devenait moite pour de tout autres raisons que mes chaleurs.

Lorcan me séduisait. Peut-être pas volontairement, mais son toucher était... *hypnotique*. Parfait. Exactement ce dont j'avais besoin.

Je resserrai ma poigne dans ses cheveux tandis qu'il remontait ses doigts jusqu'à mes os iliaques, ses pouces décrivant de petits cercles sur ma peau.

— Où est-ce qu'il t'a encore mordue ? me demanda-t-il à voix basse, tandis qu'il finissait avec mes hanches, ayant effleuré chacune avec son nez.

— Mes seins, lui indiquai-je. Mon... clito.

Ses narines se dilatèrent, son regard se portant sur mon pubis rasé.

— Seulement ton clito ? Rien d'autre à cet endroit ?

Je secouai lentement la tête, la gorge nouée.

— Il m'a mordue à plein d'endroits ici.

Lorcan serra de nouveau sa mâchoire, ses pensées fulminant d'intentions meurtrières.

Il aurait à faire la queue. Car maintenant que je savais que Fare avait survécu, j'avais la ferme intention de l'assassiner à nouveau. Et cette fois, je n'oublierais pas d'apporter des putains d'allumettes.

Mmm, revoilà ma petite tueuse, transmit Lorcan à mon esprit.

Je faillis grogner, mais son toucher... allait... jusqu'à mon centre surchauffé. Il appliqua doucement le savon, ses gestes méticuleux nettoyant les marques invisibles de Fare, et les remplaçant par les siennes.

Mes jambes tremblaient, mes doigts agrippaient ses cheveux.

Je n'avais pas été avec un Alpha depuis plus d'un siècle. Ces je ne sais combien de jours avec Fare ne comptaient pas. Il ne m'avait pas nouée. Il m'avait seulement mordue. Il avait attendu que je sois trop incohérente pour me baiser.

Ses amis n'étaient même pas entrés dans la pièce.

Malgré tout, il y avait encore des quantités de souvenirs que j'avais hâte d'effacer. De *remplacer*. C'étaient peut-être les rémanences de mes chaleurs qui motivaient mes besoins, mais au fond de moi, je savais que c'était bien plus que cela.

À un moment donné, Lorcan avait touché une partie de mon âme. Peut-être avec ces courses de l'après-midi. Ou la façon dont il avait câliné ma louve. Ou peut-être était-ce simplement *elle*, ma bête, qui savait que c'était bien. Qu'il était destiné à être à nous. Elle l'avait choisi comme compagnon, non pas parce que nous avions été forcés de nous accoupler par convenance, mais parce qu'il s'était montré digne d'elle.

Ensuite, il s'était montré digne de *moi* en évitant de me nouer alors qu'il aurait pu le faire sans peine. Il m'avait respectée. Protégée. *Guérie.*

Et maintenant, il semblait vouloir me revendiquer.

À chaque attouchement, je me sentais de plus en plus lui appartenir.

Posant de nouveau ses paumes sur mes hanches, il se pencha pour parfumer mon pubis et plus bas, jusqu'à mon clitoris, effleurant ma peau de son nez. Son souffle caressa mes replis humides, provoquant un frisson dans mon échine.

— Lorcan, chuchotai-je, les jambes molles tout à coup.

— Mmm, fredonna-t-il. Répète-le.

— Lorcan.

— Bonne fille, souffla-t-il sur mon bouton sensible.

Veux-tu que je retire plus à fond sa morsure, petite tueuse ? Que je la remplace par ma langue, peut-être ?

— Oui, avouai-je. Oui, s'il te plaît.

— Dis-moi de te lécher.

— Lèche-moi, répétai-je du tac au tac, la chaleur se répandant sur ma peau. *S'il te plaît.*

LORCAN

Mon nœud palpitait, mon aine se contractait de désir.

La présence de ce vampire s'attardait sur mon Oméga, son souvenir souillait son esprit, ses crocs laissaient des traces invisibles sur sa peau crémeuse.

Je voulais qu'il disparaisse. Qu'il soit mort. *Remplacé.*

Mon loup grogna en signe d'approbation. Fare n'avait pas sa place entre Kyra et moi. Il n'avait rien à faire dans nos pensées.

C'était entre elle et moi. Nos loups. Notre lien. De convenance ou non, celui-ci s'était développé. De quelle façon, je n'aurais su dire. Mais je la voulais. J'avais *besoin* d'elle.

Ma queue avait été raide pendant trois foutus jours, le temps qu'elle guérisse. Trois foutus jours à sentir son corps nu serré contre moi. Trois foutus jours à entendre ses petits gémissements et à humer sa délectable moiteur.

Puis elle s'était réveillée et m'avait reniflé comme si j'étais son parfum préféré.

À présent, elle était mouillée. Toute propre. *Magnifiquement gonflée.*

Je soutins son regard en me penchant pour laver son

clito. Ses pupilles se dilatèrent, sa louve m'observa avec une grande admiration. Ma bête intérieure lui retourna son regard, son grondement bas roula dans ma poitrine et fit trembler les jambes de notre compagne en réaction.

Un Alpha pouvait se servir de ce son pour faire mouiller son Oméga entre les cuisses, afin d'encourager le rut. Mais Kyra était déjà trempée, les lèvres de sa chatte luisaient d'excitation.

Je fis glisser ma langue le long de ses plis mielleux, me livrai à une dégustation minutieuse. La poigne de Kyra se resserra dans mes cheveux, elle trembla de tout son corps.

— Lorcan, souffla-t-elle.

— Très bien, la félicitai-je, ravi qu'elle continue à prononcer mon nom.

Cela m'indiquait qu'elle n'était plus perdue dans ses chaleurs, qu'elle était réellement consciente de ce que nous faisions. Et qu'elle ne pensait plus à *lui*.

Je scellai mes lèvres autour de son clito, déterminé à lui procurer un plaisir sensuel plutôt qu'une douleur. Elle méritait d'être adorée. Vénérée. *Satisfaite.*

Ses lèvres s'écartèrent sur un hoquet, ses hanches ondulèrent vers moi tandis que je tétais son petit bouton raidi.

Mon nom s'échappa encore de ses lèvres, cette fois avec un halètement, tandis qu'elle s'adossait au mur carrelé. Elle fourrait maintenant ses deux mains dans mes cheveux, ses doigts agrippant fermement mes mèches tandis qu'elle se balançait contre mon visage.

C'était trop excitant de la regarder se tortiller. Si séduisant de sentir son miel sur mes lèvres. Et absolument parfait de goûter sa saveur sur ma langue.

J'en voulais plus. Beaucoup plus.

Je plaquai ma langue contre elle, lâchai sa hanche et descendis ma main sur ses cuisses. Mon toucher provoqua sa chair de poule, son corps trembla sous mes attentions. Je fis glisser ma paume plus haut, taquinai son orifice du bout des doigts. Elle se cambra contre le mur, son corps désirant intensément que je la prenne. La revendique. La marque au-dedans et au-dehors.

Je lui donnai ce qu'elle voulait, enfonçai deux doigts en elle et les repliai d'une manière qui, je le savais, la rendrait folle. Elle gémit longuement et bruyamment, un son dont je me souviendrai pour toujours. Car c'était *moi* qui lui faisais ça. Et c'était *mon nom* qui roulait sur sa langue.

Elle était proche de l'orgasme. Je le sentais à la façon dont elle se crispait autour de moi. Dont son empoigne devenait violente. Dont ses mamelons se raidissaient. Je voulais qu'elle jouisse. Qu'elle explose sur ma langue. Qu'elle me marque de son parfum pendant que je la revendiquais avec ma bouche.

Crie mon nom, petite tueuse, murmurai-je. *Fais savoir à tout le monde que ton Alpha est à genoux pour toi.* Ses membres tremblèrent en réponse, ses doigts se cramponnèrent à mes cheveux.

Puis elle s'envola dans un orgasme qui secoua notre lien et fit se languir mon nœud d'elle. D'intenses vagues d'extase déferlèrent entre nous, sa jouissance fut explosive. Magnifique. Absolument divine.

Je lapai sa chatte suintante, savourai sa saveur d'agrumes.

Je souris quand elle jouit de nouveau, sa chatte d'Oméga toute prête pour son Alpha. Elle avait besoin de plus que ma langue, son fourreau se resserrait autour de mes doigts en une demande muette pour mon nœud. Mais je la forçai à craquer de la sorte une nouvelle fois, afin d'éliminer de son corps la moindre trace de ce vampire.

Lorsqu'elle cessa enfin d'essorer mes doigts, son corps

s'était rassasié de trois orgasmes successifs. Or cette satisfaction ne dura guère.

La faire jouir avait déchaîné sa louve. Et elle était *affamée*. Tout comme son vampire.

Mon Oméga avait encore besoin de sang. Et aussi de mon nœud.

Je traçai un chemin de baisers le long de son corps, puis m'arrêtai sur ses seins en me rappelant ce qu'elle avait dit à propos de la morsure de Fare. Je récupérai le savon – que j'avais jeté quand je m'étais mis à lécher Kyra au lieu de la nettoyer – et me concentrai sur sa poitrine. Ses tétons formaient de petites pointes dures, réclamant ma bouche. Mais je les lavai d'abord à trois reprises, avec de l'eau et du savon.

Après quoi j'offris mes lèvres et mes dents à ces bourgeons en manque.

Je ne les mordis pas, les grignotai seulement. Le corps de Kyra méritait du respect. Des taquineries. *De l'amour.* J'aspirai ses mamelons dans ma bouche et les fis rouler sur ma langue. Elle gémit et glissa ses mains sur mes épaules pour me serrer contre elle.

Quand j'en eus fini avec ses seins, je repris ma progression vers le haut, nez en avant.

Fare avait laissé son odeur dans son cou, sa revendication sur sa gorge. Je les éliminai à l'aide d'eau et de savon. Puis j'embrassai chaque morsure invisible, marquant à nouveau Kyra comme étant mienne.

Le temps que j'atteigne sa bouche, elle était devenue une déesse sensuelle, toute de désirs et de besoins. Ses yeux de chatte luisant de résolution, elle planta ses doigts dans mes épaules.

— Noue-moi, exigea-t-elle.

— Qui suis-je ? lui demandai-je

Je portai la main à mon boxer en attendant sa réponse.

— Mon compagnon *peu convenable*, lança-t-elle, me faisant plisser les lèvres. Lorcan. Un Élite. Un Alpha bientôt mort si tu ne fourres pas ton nœud en moi tout de suite.

Je gloussai et fis disparaître mon boxer en un clin d'œil.

— Je vais te corriger ces mauvaises manières sur-le-champ.

— Tu peux toujours essayer, rétorqua-t-elle.

Je posai mes mains sur ses hanches, mon loup rugissant dans l'attente de sa victoire.

— Préviens-moi si j'y vais trop fort.

— T'inquiète.

— Tu sous-estimes à quel point j'ai envie de toi, petite tueuse. (Je la soulevai du sol.) Enroule tes jambes autour de moi.

Ce qu'elle fit, d'un mouvement à la fois docile et pressant. Ses cuisses serraient mes hanches, exigeant que je la pénètre. La baise. *La revendique.*

Je bougeai pour placer ma bite devant sa vulve. J'avais lu dans son esprit que cela faisait très longtemps qu'un Alpha ne l'avait pas baisée. Je m'efforçai donc de m'introduire en elle en douceur. Mais cette petite coquine ondulait des hanches et me forçait à la pénétrer plus loin, plus vite, en se pressant contre moi.

Un gémissement s'échappa de ses lèvres, elle ferma les yeux et sa tête bascula contre le mur. *Pas question*, pensai-je en saisissant sa mâchoire. *Regarde-moi pendant que je te baise, Kyra.* Elle obéit, ses cils papillotant, son regard passionné droguant mes instincts.

Je la pénétrai à fond, adorant le petit hoquet qu'elle lâcha en recevant ma taille et ma puissance. Je pouvais la vénérer et la défoncer en même temps, ce que son esprit m'encourageait à faire. *Encore*, exigeait-elle. *Plus fort.*

Je me retirai jusqu'au bout et m'enfonçai de nouveau

en elle, la forçant à me prendre entièrement, la revendiquant irrévocablement, l'*accouplant.*

Ses ongles griffaient mon dos, ses hanches poussaient contre les miennes.

Mais il manquait une chose. Quelque chose de vital. Une partie d'elle que je devais encore posséder : *sa bouche.*

Les narines de Kyra se dilatèrent quand je captai son regard, ses pupilles ressemblant à d'énormes diamants noirs. Je soutins son regard tandis que j'effleurai ses lèvres des miennes. Puis je titillai les commissures avec ma langue. Elle m'invita dans sa bouche avec un souffle, son corps s'ouvrant à moi de toutes les façons.

J'acceptai sans la moindre hésitation son invitation à la posséder tout entière. Sa bouche. Sa langue. Ses seins. Sa chatte. Je revendiquai chaque centimètre de son corps, mes poussées punitives la marquant à jamais comme *mienne.* Mes baisers la dévastaient pour tout amant à venir − mais il n'y en aurait pas. Mes mains baladeuses laissaient des traces invisibles partout sur sa peau.

À moi. À moi. À moi.

Mon loup grondait d'approbation, exigeant que je plante mes dents dans son cou pour renouveler notre lien d'accouplement. Mais je me retins. Kyra avait été bien assez mordue ces derniers jours. Je céderais aux désirs de ma bête un autre jour.

Parce qu'il y aurait un autre jour. Bon sang, je la baiserais de nouveau ce soir même.

— Serre ta chatte autour de moi, dis-je à Kyra. Marque-moi comme je te marque. Fais-moi te nouer. Fais-moi te *revendiquer.*

Ses ongles se changèrent en griffes sur mes épaules, ses lèvres se retroussèrent contre les miennes.

— J'ai envie de te faire saigner.

— Alors fais-le, grognai-je, tandis que je la baisais

contre le mur. Déchire-moi. Mords-moi. Fais ce que tu veux.

Son fourreau se resserra autour de moi, appréciant manifestement cette idée.

Mais elle ne me griffa pas la poitrine comme je m'y attendais. À la place, elle mordit ma lèvre. *Durement.* Puis calma la douleur à coups de langue.

Elle lâcha un gémissement en absorbant un peu de mon sang. Un cri sauvage s'ensuivit, puis elle recommença. Plus fort.

J'empoignai sa nuque et la serrai pour montrer ma domination. Mais je ne l'empêchai pas de me mordre. Ma petite tueuse sauvage avait besoin d'un exutoire, que je lui fournissais avec joie.

Notre baiser devint salissant, mon sang s'épanchant entre nous tandis qu'elle l'avalait goulûment.

Elle pulsait autour de mon nœud, proche de l'orgasme. Je poussai en elle, la pressai, conscient que son explosion imminente me ferait basculer avec elle. Mon nœud palpitait et mes couilles se contractaient à cette perspective.

C'est si bon, pensai-je, adorant comme elle m'agrippait. *Putain, c'est trop bon.*

Kyra planta de nouveau ses ongles dans mon épaule et son corps se crispa contre moi.

— Lorcan ! cria-t-elle, emportée par une vague puissante, son corps encastré dans le mien, exigeant que je la suive dans l'inconscience.

Un rugissement s'échappa de ma gorge tandis que mon nœud s'enfonçait plus avant, me clouait à mon Oméga et nous propulsait tous deux dans une violente spirale d'euphorie qui submergea tout mon être, obscurcit ma vue, enflamma mes veines et arracha des grondements de ma poitrine.

C'est tellement intense, putain. Si incroyablement parfait.

Kyra haletait, son corps tremblait sous l'assaut du plaisir qui la défonçait.

Elle appuya son front sur mon épaule, et sa petite langue lécha avec précaution les entailles sanglantes qu'elle avait provoquées avec ses griffes.

— Bois-moi, lui chuchotai-je. Je sens que tu as soif.

Elle frissonna, et son esprit me dit à quel point elle était reconnaissante que je lui propose à nouveau cela. Elle n'avait pas osé se servir sur moi jusqu'à présent. Mais je lui confirmai en pensée que mon offre était illimitée. Elle pouvait me mordre chaque fois qu'elle en avait besoin. Je ne la rejetterais jamais.

Ses incisives se plantèrent dans mon cou, et le gémissement qu'elle émit alla droit dans mes couilles et me donna envie de la nouer encore une fois. Cependant, je n'avais pas encore fini de jouir en elle, mon nœud déversant ma revendication de la manière la plus intime que l'on puisse imaginer.

Elle sentirait ma semence en elle pendant des jours.

Et quand cette sensation commençait à s'estomper, je la remplirais de nouveau. Car je voulais qu'elle soit imbibée de mon sperme. Saturée de mon essence.

Tu es à moi maintenant, petite tueuse.

Oui, jusqu'à ce que la mort nous sépare, me répondit-elle d'un ton languide.

C'est une menace ? gloussai-je.

Sûrement.

Excellent, lui dis-je. *Les préliminaires violents sont mes préférés.*

Alors c'est une bonne chose que j'aie plein de couteaux.

Mmmh. C'est une bonne chose en effet. Mais d'abord, j'ai envie de te nouer encore.

Dans mon nid, répondit-elle. *J'ai besoin… de ton odeur. Dans mon nid.*

Je pressai mes lèvres sur les siennes en un baiser plus

doux que tout à l'heure. *Je serais honoré de parfumer ton nid, Kyra.*

Elle sourit un peu timidement. *Merci, Alpha.*

Cette fois, je ne lui demandai pas de prononcer mon nom. Elle prenait ce titre comme un compliment. Un genre de mot doux. Et j'appréciais ce sentiment. Tout comme j'appréciais l'opportunité de marquer son nid, encore et encore. Jusqu'à ce que nous soyons tous les deux trop épuisés pour bouger. Alors je la pris dans mes bras et lui murmurai :

— J'ai changé d'avis. Je veux une compagne. Je te veux toi.

Mais elle dormait déjà, l'esprit merveilleusement tranquille.

— Fais de beaux rêves, petite tueuse, lui dis-je, ronronnant dans son dos. Il n'y aura pas de cauchemars aujourd'hui. Ni plus jamais. Car je suis là. Et je vais y rester.

KYRA

Lᴏʀᴄᴀɴ sᴇ ᴛᴇɴᴀɪᴛ ᴅᴇʙᴏᴜᴛ à côté de mon nid, son nœud turgescent m'offrant une distraction que je m'efforçais d'ignorer. Mais il était juste là, devant mon visage, trop imposant pour que je n'en fasse pas cas. Donc il ne pouvait pas vraiment me reprocher de le contempler.

Lorcan arqua un sourcil, un comportement typique chez lui.

— Tu as vu ce que vous voulais ?

— Oui, admis-je. Mais je n'ai pas encore fini.

Je me penchai pour récupérer une de ses chemises récemment portées – il était resté dans mon nid pendant mon absence, à attendre mon retour – et l'ajoutai à mon nid.

Toutes traces de Fare avaient disparu, complètement remplacées par Lorcan. Du moins dans mon nid. Pour mon esprit, cela prendrait plus de temps. Heureusement, j'avais passé la majeure partie du siècle dernier à oublier mes expériences avec Fare.

Ce qu'il m'avait fait la semaine dernière paraissait bien pâle par rapport à notre passé. Je pouvais supporter son venin. Ainsi que sa contrainte, semblait-il. Quelque chose s'était déclenché pendant mes chaleurs forcées. Une sorte d'interrupteur que je n'avais pas réalisé posséder.

J'avais raconté à Lorcan comment ma louve avait pris le dessus, sa fureur me donnant la force de surmonter le contrôle mental de Fare. Je ne le sentais plus à présent, sans doute parce qu'il n'essayait pas activement de m'attirer à lui. Ce n'était pas terminé pour autant, mais je me sentais plus confiante. Plus en contrôle. Plus *vivante*.

Je lui avais échappé. Je pouvais donc recommencer.

Cependant, Lorcan était bien décidé à ne pas me lâcher tant que Fare n'était pas mort. Il n'avait pas formulé cette décision de vive voix, mais je l'avais perçue dans ses pensées. Ainsi que plusieurs autres proclamations qu'il n'avait pas encore prononcées.

Comme celle de demeurer au Sanctuaire pour une durée indéterminée.

Les choses évoluaient entre nous. Je n'étais pas sûre de ce que je ressentais, juste que je trouvais ça bien. Ni l'un ni l'autre n'essayait de lui coller une étiquette, ce qui me convenait.

Ma louve aussi était contente. Surtout parce que son Alpha n'arrêtait pas de ronronner pour elle, comme en ce moment même. Toute cette bonté ronflante vibrait derrière moi tandis que je me penchais pour retaper l'un de mes nombreux oreillers.

Bien que je ne l'aie jamais exprimé, Lorcan savait à quel point mon nid était important pour moi. D'autant plus que Fare ne m'avait jamais permis d'en avoir un. C'était mon refuge depuis plus d'un siècle. Je n'avais jamais autorisé un Alpha à y pénétrer. Lorcan avait été le premier lorsqu'il s'était éclipsé ici après le match d'entraînement dans la cour.

Puis Fare était apparu et avait souillé mon espace, comme il l'avait toujours fait. Mais Lorcan avait fait le ménage en mon absence. Par la suite, il était resté ici afin de protéger le Sanctuaire.

Il m'avait aussi cherchée, ce que j'avais réalisé quand il m'avait montré la carte qu'il avait affichée sur le mur du couloir menant à mon nid. Elle était constellée d'épingles pointant les emplacements potentiels du nid de Fare, d'après son intuition et ce que je lui avais communiqué. Kieran et lui avaient également demandé des informations à leurs alliés dans d'autres secteurs de par le monde, dans l'espoir que quelqu'un puisse leur fournir une piste.

Le ronronnement de Lorcan s'intensifia tandis que je rampais hors de mon nid pour récupérer d'autres vêtements dans son panier. Cette fois, je pris un boxer qui me servit à caler un oreiller. Puis je retournai chercher un pantalon de détente. Il était noir et sentait les conifères teintés de masculinité sensuelle. Je le humai avec bonheur et l'ajoutai à mon tas croissant d'articles portant l'odeur de Lorcan.

Il ne bougea pas pendant que je m'activais, il resta là à attendre qu'on fasse appel à lui.

Je m'affalai dans mon nid et m'y roulai, ma louve et ma vampire internes satisfaites comme ça ne m'était pas arrivé depuis bien longtemps. Je me mis sur le dos en soupirant et regardai mon compagnon avec impatience.

— Je suis prête pour ton nœud, Alpha.

Retroussant ses lèvres, il posa un genou sur le matelas.

— Où le veux-tu, Oméga ?

J'écartai les jambes, mes cuisses déjà humides par anticipation.

— Ici.

— Tu veux ma langue d'abord ?

J'y songeai un instant, me mordillant la lèvre. Puis je secouai lentement la tête. Parce que non. Je voulais qu'il soit en moi. Qu'il me noue. Répande son odeur masculine partout dans notre nid. Cela compléterait mon projet, *nous* compléterait.

Il rampa sur moi, ses yeux sombres me gardant captive sous lui tandis qu'il s'installait entre mes jambes, sa bite chaude et lourde contre ma vulve.

— Ça a dû être les trois heures les plus pénibles de ma vie, de te regarder te pavaner toute nue à préparer ton nid.

— Plus pénibles que mes chaleurs ? demandai-je en me cambrant contre lui.

— *Fausses* chaleurs, corrigea-t-il. Et ce moment-là était bien différent. Je n'avais pas le droit de te toucher à l'époque.

— Et maintenant ?

— Maintenant… (Il se glissa en moi d'une poussée mesurée, sa longueur gonflée me remplissant délicieusement.) Maintenant, tu es *à moi*.

Je gémis lorsqu'il se retira complètement et s'enfonça de nouveau en moi, son membre épais m'étirant à chaque poussée de ses hanches contre les miennes.

C'était différent de toutes mes relations précédentes, essentiellement parce que celle-ci était très consensuelle. Les deux êtres en moi avaient envie de Lorcan, même ma moitié vampirique. Il me faisait me sentir entière comme je ne l'aurais jamais cru possible, son loup apaisant ma louve d'une manière dont je n'avais pas réalisé le besoin.

C'est l'accouplement de convenance, pensai-je, soulevant mon corps pour le coller au sien. *Si convenable. Mieux que convenable. Plutôt incroyable, en fait.*

Carrément spectaculaire, corrigea-t-il, sa bouche s'emparant de la mienne.

Je gémis en sentant sa langue se glisser entre mes lèvres, accordant ses mouvements à ceux qu'il effectuait plus bas.

Piller et adorer. Prendre et donner. Posséder et nourrir.

J'enroulai mes bras autour de son cou, perdue dans notre

étreinte, adorant comme il me manipulait. Il n'était pas tendre du tout, me traitait comme son égale plutôt que comme une chose fragile. C'était exactement ce que je voulais.

Mon traumatisme appartenait au passé. Le seul moyen de l'effacer était d'être ancrée dans le présent.

Je ne voulais pas être perçue comme fragile, mais comme forte. Et son rythme me dit qu'il le savait. Il respectait cela. *Aimait* cela.

Je mordis sa lèvre inférieure, aspirai le sang et le laissai couler sur ma langue. Il grogna en réponse, son loup satisfait de ma marque. Elle cicatrisait sans cesse, ce qui me donnait envie de le mordre souvent, juste pour m'assurer que mon baiser vampirique resterait toujours sur sa peau.

Ce mâle était le mien. Si l'une ou l'autre des Omégas ici présentes songeait à le revendiquer, elle risquerait de beaucoup souffrir. Car je ne le partagerais pas. Jamais.

Il gémit, ce qui provoqua des frissons dans mon échine. *Je ne te partagerai pas non plus, compagne,* murmura-t-il dans mon esprit. *Tu es à moi.*

Tu n'arrêtes pas de le répéter.

Alors laisse-moi te le prouver, répliqua-t-il, posant sa bouche sur mon cou.

Je me figeai quand il planta ses dents dans ma peau, assez fort pour me faire saigner.

Mais il ne but pas. Il laissa simplement son empreinte, dont l'impact fut étrangement… apaisant. *Un autre souvenir chassé,* réalisai-je. *Remplacé par Lorcan.*

Il lapa la plaie, sa bête intérieure grognant d'approbation. Cependant, il ne me poussa pas à en recevoir davantage. Il n'injecta pas de venin dans mes veines. Il ne me força pas à des chaleurs non désirées.

Car il n'était pas un vampire. C'était un loup. *Mon* loup. Mon Alpha.

Et il ne voulait pas me prendre de force. Il voulait mon consentement et mon plaisir.

Je poussai mes hanches contre lui, le prenant plus profondément, désirant tout ressentir. Son nœud. Son ravissement. Sa *semence*.

Remplis-moi, Alpha, intimai-je. *Marque-moi comme tienne.*

Sa bouche revint sur la mienne, avec un pur grondement de mâle Alpha. Il aimait me posséder. C'était une pulsion qu'il ne prenait pas la peine de réfréner, malgré ses sentiments à l'égard de sa compagne. Je le comprenais car je ressentais la même chose. J'acceptais mes instincts, appréciais d'être prise avec une telle virilité. Chérie. *Possédée.*

Mes ongles entaillèrent son dos, ma louve désirant le revendiquer elle aussi, tandis que je léchais le sang sur ses lèvres. Ce mélange de nos essences produisait une saveur décadente qui intriguait la vampire en moi.

J'avais cru que seul le sang d'un vampire Alpha pouvait combler mes besoins d'Oméga, mais il s'avérait que Lorcan en était plus que capable. En fait, il était exactement ce dont je mourais d'envie : fort, attentionné, dominateur. Tout en lui était désirable, et ce depuis le début. C'était juste que je n'avais pas voulu me l'avouer ou lui avouer.

Il enroula une paume sur ma nuque, posa l'autre sur ma hanche, et ses talents d'Alpha prirent le relais de toutes les façons possibles, me baisant dans notre nid avec une puissance qui me coupa le souffle. Il n'y eut aucune retenue. Pas de mouvements doux. Juste une pure agression d'Alpha.

Et j'adorais ça. J'en mourais d'envie. J'en avais *besoin*.

Chaque poussée chassait un peu plus mon passé de mon esprit, le remplaçant par des pensées de Lorcan. De nouveaux souvenirs. De nouvelles expériences. Des attentes redéfinies.

Je haletais sous lui, bloquais mes cuisses autour de lui, me cramponnais à lui. Mon utérus palpitait pour lui, mon clitoris se frottait à lui chaque fois qu'il se propulsait en moi.

C'était intense. Parfait. *Excitant.*

Son nœud pulsait dans ma chair, au gland épais, pur mâle Alpha. Je le voulais en moi pour nous lier ensemble, nous mener vers de nouveaux sommets de plaisir.

J'avais craint cela pendant si longtemps. Terrifiée à l'idée qu'un autre Alpha me pénètre ainsi. Mais Lorcan était différent. Il était *à moi.*

À toi, chuchota-t-il. *Jouis pour moi maintenant, compagne. Presse mon nœud et fais-moi basculer avec toi.*

Je me cambrai contre lui en gémissant, sa demande résonnant dans mon esprit et titillant mes nerfs. Je voulais lui faire plaisir. Mériter ses louanges. *Mériter son nœud.*

Mes membres se raidirent quand le maelström en moi menaça d'éclater. Mon estomac se tordait de désir. Intense. Envahissant. Passionné.

La langue de Lorcan domptait la mienne, son esprit me poussait à aller de l'avant.

Maintenant, compagne, exigea-t-il. *Jouis pour moi maintenant.*

L'entendre répéter *compagne* dans mon esprit embrasait mes veines. Je me sentais choyée. Respectée. *Revendiquée.*

Mon cœur s'emballa, mon souffle se bloqua dans mes poumons. *Trop. C'est trop.* C'était irrésistible. Brûlant. Dévorant.

Je me resserrai autour de lui, arquai mon bassin sur le lit tandis que les flammes embrasaient mes terminaisons nerveuses de la tête aux pieds. Son nom résonna sur mes lèvres, avant d'être avalé par son grondement. Si animale. Sauvage. *Exigeant.*

La chaleur explosa dans mes entrailles quand son nœud poussa en avant, me revendiquant comme seul un Alpha pouvait le faire. Des vibrations euphoriques pulsaient à travers mon être, me rendant inerte sous lui. Immobile. Perdue dans mes cris incohérents. *Comblée.*

Oh, si intensément comblée. Encore et encore. Un plaisir sans fin. L'extase incarnée.

C'était ce que devait procurer l'accouplement avec un Alpha, une profonde rencontre d'âmes sur un plan de non-existence. Une expérience hors du corps. L'inconscience. La restructuration de la réalité.

Je me cramponnai à lui tout du long, me délectant des vagues d'euphorie qui léchaient ma matrice, m'entraînaient dans une spirale de félicité sans fin.

Lorcan.

Kyra, répondit-il, sa voix contenant une note de révérence alors qu'il m'embrassait à pleine bouche. *Compagne.*

Frissonnante, j'enroulai de nouveau mes bras autour de son cou. Ils étaient tombés pendant mon orgasme, mon corps ayant traversé une sorte d'épisode spirituel. C'était comme si j'étais morte et revenue à la vie, mais de la meilleure façon qui soit.

Sa langue me ramena à la réalité, m'assurant que je n'étais jamais vraiment partie, que tout cela n'était qu'une question de plaisir.

Nos odeurs mêlées parvinrent à mon nez, mon nid étant plus complet que jamais.

J'inspirai profondément puis soupirai. *Conifères. Alpha. Oranges. Roses mortes.*

Je fronçai les sourcils sur ce dernier point.

Attends… J'ouvris les yeux d'un coup, mes membres se figèrent.

— Qu'est-ce qu'il y a ? demanda Lorcan, son beau

visage planant juste au-dessus du mien, son nœud toujours logé au plus profond de moi.

J'ouvris la bouche. Puis la refermai. Inhalai de nouveau.

Roses mortes.

Elles avaient disparu. Elles n'étaient plus là. *Comment… ?*

Je cherchai dans mon esprit, ma louve commença à s'agiter.

—Je…

Une douleur aiguë me perça le cœur, faisant tressaillir mon corps sous Lorcan alors que ma capacité d'éclipsage tentait de s'activer contre ma volonté. Les yeux écarquillés, je resserrai mes bras autour de Lorcan.

Non ! criai-je, luttant contre l'envie de disparaître. *Non, non, non !*

Lorcan grogna, son pouvoir m'enveloppant dans une étreinte télékinésique qui me força à rester. Mais mon esprit insistait.

Viens à moi, entendis-je Fare chuchoter. *Viens à moi tout de suite.*

Non, lui grognai-je, mon esprit fracturé par son ordre et l'incapacité de mon corps à lui obéir.

Maintenant ! exigea Fare.

Tout fluctuait, la lumière et les ténèbres, mes yeux se focalisaient et se brouillaient.

Non, gémis-je, mon esprit en guerre contre mon corps, en guerre contre Fare, en guerre contre mon existence même.

Lorcan dit quelque chose au-dessus de moi, mais je ne l'entendis pas. Je pouvais à peine respirer. Le besoin de m'éclipser me consumait. Mais je ne pouvais pas. Lorcan m'en empêchait. Or Fare l'exigeait.

Je me sentis soudain écartelée entre deux Alphas qui

s'affrontaient. Entre deux exigences contradictoires. Deux fortes personnalités. Deux êtres anciens qui me déchiraient, déchiquetaient mes esprits de louve et de vampire.

La souffrance éclata en moi tandis que j'essayais de les combattre tous les deux, de prendre mes propres décisions.

Mon nid. Mon refuge. Mon Alpha. C'était ce que je voulais, ce dont j'avais besoin. *C'est ma vie. Mon âme. Je ferai ce que je veux !*

Un rire cruel résonna dans mes pensées : Fare se moquait de ma tentative de le refuser.

Mais il grogna l'instant d'après lorsque Lorcan envoya une décharge d'énergie curative directement dans mon esprit.

Je tressaillis, le pouvoir bloquant momentanément Fare dans mes pensées. Mais je savais que ça ne tiendrait pas. Il avait implanté une sorte d'ancre dans ma tête, une porte dérobée qui lui permettait de me contrôler. Ou du moins, de m'ordonner de m'éclipser vers lui.

J'enfouis ma tête dans la poitrine de Lorcan et inhalai avidement son parfum, ayant besoin de me sentir à nouveau entière, de me rappeler que j'étais *ici*, avec *lui*.

Ses bras m'entouraient, il me protégeait de tout son être. Mais ça n'allait pas durer longtemps, car je sentais Fare se creuser un chemin.

Sauf que Lorcan m'envoya une autre explosion de son pouvoir de guérison. Son grondement roula dans ma poitrine, suivi aussitôt par son ronronnement.

Non, les deux à la fois.

Mon esprit tourbillonnait, peinant à comprendre.

Il parle, réalisai-je. *Il grogne après quelqu'un.* Mais son ronronnement m'était adressé.

Une balise. Une autre sorte d'ancre. Une que j'appréciais, dont j'avais *besoin*.

L'énergie curative luttait contre la contrainte dans ma tête tandis que Lorcan me ramenait les pieds sur terre, me permettant de le regarder une fois de plus.

Il nous fit rouler sur le côté, son nœud n'étant plus attaché à moi. Puis il posa une main sur mon visage, planta ses yeux sur les miens.

— Nous allons le tuer, me promit-il. On va le trouver et le tuer.

Je clignai des yeux, soudain épuisée. *Tiens-moi au courant,* lui transmis-je, à moitié endormie, les paupières lourdes.

Oh non, compagne, me chuchota-t-il. *Je serai aux premières loges. Parce que je vais te regarder le tuer. Puis je te donnerai une allumette pour que tu brûles sa dépouille.*

Je déglutis, trouvant cette image agréable. Tuer Fare une fois pour toutes serait… un très beau rêve. Et qu'il m'ait demandé de le faire n'en était que meilleur.

Repose-toi, ajouta-t-il. *Kieran sera bientôt là pour m'aider à chasser Fare de ton esprit. Ensuite, nous partirons en chasse.*

LORCAN

Kieran était dans le couloir, concentré sur la carte, tandis que son essence curative entourait Kyra.

— Elle a déjà commencé à démêler sa contrainte toute seule, avait-il déclaré à son arrivée, avec une évidente admiration. Ou bien c'est toi qui l'as fait ?

J'avais secoué la tête, car non, ce n'était pas moi. Tout cela avait été le fait de Kyra.

Kieran avait acquiescé puis s'était attelé à démailler la contrainte de Fare de son esprit, comme il l'avait fait pour Myon et Fritz. Ç'aurait été plus vite s'il avait pu la toucher, mais il savait qu'il ne valait mieux pas essayer de pénétrer dans son nid. Surtout avec moi tout près.

Notre accouplement avait peut-être commencé comme une transaction platonique, mais il avait évolué vers quelque chose de bien plus primordial. Kieran l'avait sans doute senti à la façon dont mon loup rôdait juste sous la surface.

— J'attends encore quelques réponses, me dit-il d'un ton égal. Mais j'ai obtenu assez d'informations de certains de nos alliés pour rayer certains emplacements de ta carte.

Il énuméra les noms des îles, me donnant ainsi de quoi

m'occuper l'esprit pendant que Kyra guérissait. Il m'indiqua ensuite quels couples Alpha-Oméga allaient être transférés au Sanctuaire cette semaine. Il y en avait quatre, tous issus du Secteur Sanglant.

— Je ne peux pas rester ici plus longtemps, conclut-il. Mon loup se languit de sa compagne enceinte. Tout comme moi.

Je glissai un regard par l'embrasure de la porte sur la forme allongée de Kyra dans son nid. L'image d'elle enceinte de notre petit titilla mes pensées. Cela n'arriverait certainement pas de sitôt, mais peut-être un jour. Si c'était ce qu'elle désirait. Toutefois, si ce jour arrivait, je doutais d'avoir la force de la quitter.

Une constatation qui me fit froncer les sourcils.

Kieran l'avait éclipsée ici par devoir, son besoin de protéger le Sanctuaire de sa compagne étant sans doute la motivation qu'il lui avait fallu pour justifier qu'il quitte Quinnlynn.

Je ferais la même chose pour Kyra s'il le fallait. Mais je n'étais pas sûr de pouvoir le faire pour lui. Et c'était la raison pour laquelle je fronçais les sourcils. À un moment donné, ma loyauté avait changé : Kyra était désormais ma priorité, avant mon cousin.

— Tu n'approuves pas mes choix de couples Alpha-Oméga ? s'étonna Kieran, me scrutant de ses iris bleu nuit.

Je secouai la tête.

— Non, ces couples sont adéquats. Je suppose que Quinnlynn les a déjà approuvés.

— En effet, confirma-t-il. Mais ton expression laisse planer un doute.

— Parce que ton commentaire comme quoi ta compagne te manque me fait réaliser que je ne pourrais pas facilement quitter la mienne, lui expliquai-je.

J'avais toujours été franc avec mon cousin, bien qu'on

se parle rarement. Enfin, *je* parlais rarement. Surtout parce que je n'avais jamais grand-chose à dire.

Cependant, ces derniers temps, les choses avaient changé. *À cause de Kyra.*

— C'est ce que j'ai cru comprendre. (Kieran me jeta un regard entendu.) Tu réalises que cette décision rendra ton nouveau titre permanent, hein ?

— Tout à fait.

Car Kyra ne voudrait jamais quitter le Sanctuaire. Je l'avais déduit de ses pensées. C'était chez elle. Elle avait voué sa vie à ces Omégas, et rien ne l'éloignerait d'elles. Et je n'avais aucune envie de la faire changer d'avis. Si elle voulait nicher ici, on nicherait ici. Et je l'aiderais à diriger en gardant les Alphas dans le droit chemin.

— Tu lui en as parlé ? s'enquit-il.

— Pas encore.

Je l'avais informée par bribes au cours de la journée précédente, mais nous avions surtout passé du temps entre les draps. Ou sur les draps. Ou sous la douche. Et une fois contre la porte.

— Est-ce qu'elle sait pour Fritz ?

— Elle sait qu'il est en vie. (Elle connaissait aussi la contrainte de Fare parce que le vampire s'en était vanté.) La seule chose qu'elle n'a pas comprise, c'est pourquoi Fare n'avait jamais demandé d'informations sur moi à Fritz.

Vu qu'apparemment, Fare avait harcelé Kyra pour qu'elle lui donne mon nom. Ce qu'elle n'avait jamais fait. Et c'était tant mieux, car si ç'avait été le cas, il serait probablement en fuite en ce moment. Il valait mieux qu'il suppose que j'étais un Alpha ordinaire. Cela lui donnerait confiance, jouerait sur son ego, assurerait qu'il ne bouge pas le temps qu'on le déniche et qu'on le tue.

Bien sûr, la démonstration de puissance d'aujourd'hui

aurait pu servir d'avertissement à l'égard de son adversaire. Il était donc d'autant plus impératif de le retrouver rapidement.

— Est-ce que tu as expliqué comment les rêves s'interrompaient toujours si Fare posait des questions à propos du Sanctuaire ?

J'acquiesçai.

— Je lui ai dit que c'était pour ça qu'il ne pouvait pas poser de questions sur elle : elle fait partie du Sanctuaire. Et ce n'est pas comme s'il pouvait implanter des idées aléatoires à son sujet qui feraient parler Fritz.

C'était ainsi que Fare semblait avoir contrôlé l'Oméga : par la stimulation d'idées. Comme son idée de désactiver les flux de sécurité. Ou son idée de manipuler Quinnlynn.

Bien que, techniquement, ses parents aient été tués par un Alpha après tout. Mais pas un Alpha du V-Clan.

Kieran marmonna et revint à la carte.

— Elle est quasi guérie à présent.

— Merci.

— Inutile de me remercier. Tu ferais la même chose pour moi si tu le pouvais. (Ses yeux bleu nuit se tournèrent de nouveau vers moi.) Tu réalises que ce n'est pas parce que tu es le nouvel Alpha du Secteur du Sanctuaire que tu n'es plus l'un de mes Élites ?

— Asservi à jamais au roi du Secteur Sanglant.

— Nous sommes du même sang, après tout…

Je levai les yeux au ciel, mais esquissai un sourire.

— Tu as fini de réparer l'enchantement ? demandai-je, sachant qu'il avait finalement repéré le problème la veille.

Il inclina le menton.

— Oui, comme j'ai enfin maîtrisé la magie, j'ai pu le réparer.

— Donc la brèche était bien liée aux diamants ?

— En effet, confirma-t-il. C'était la vraie raison pour

laquelle les bijoux devaient toucher la barrière. J'ai fini par le comprendre quand j'ai trouvé la porte dérobée.

— On n'avait donc pas de taupe parmi nous.

— Pas que je sache, mais Jas réexamine tout le monde. Elle a pris tes commentaires au sérieux.

— Bien. (Ce n'était pas parce que quelqu'un portait un certain titre qu'il était forcément innocent.) Mais à propos de la barrière magique, est-ce que ça veut dire que l'explosion n'était pas seulement destinée à tuer Quinnlynn, mais aussi à créer la porte dérobée ?

Je voulais être sûr que nous avions couvert toutes nos bases et n'avions pas d'autres problèmes de sécurité potentiels sur l'île.

— Oui. Ç'avait l'air d'être un plan B, que Myon ne connaissait pas. Le sort qu'il a lancé était celui que Fare lui avait donné, pas celui qu'il avait concocté de mémoire. Bien sûr, je me demande comment Fare a obtenu cette information.

Très juste, opinai-je en fronçant les sourcils.

— Il est ancien. Ç'aurait pu venir de n'importe quelle vieille connaissance.

Mais qui que ce soit, ce devait être un loup du V-Clan. Car seuls les membres de la meute du V-Clan comprenaient notre magie.

— Oui, répéta Kieran.

Il porta sa main à sa nuque et s'étira le dos, ce qui m'indiqua qu'il était plus épuisé qu'il le laissait paraître. Réparer l'enchantement avait dû beaucoup lui coûter. Vu que c'était un sort de protection qui cachait une île entière, je n'étais pas surpris.

— Elle est guérie, murmura-t-il, peinant à garder les yeux ouverts. Tu peux la réveiller maintenant.

Au lieu de la réveiller, je retirai simplement mon

essence curative de son esprit, lui laissant le choix de se réveiller d'elle-même.

En attendant, je me tournai vers la carte.

— Est-ce qu'Ander t'a répondu ? demandai-je.

Ander était l'Alpha du Secteur Andorra, un loup du X-Clan qui avait accès à certaines des meilleures technologies du monde. Pas aussi bonnes que les nôtres, bien sûr, mais il avait une surveillance dans des domaines que nous n'avions pas.

— Son dernier message disait qu'il avait peut-être une piste, mais il ne l'a pas encore confirmée. Je te le ferai savoir dès que j'aurai de ses nouvelles. (Il consulta sa montre.) En attendant, je crois que je vais appeler ma compagne pour la tenir au courant. Elle sera ravie de savoir que Kyra est en de bonnes mains.

— De très bonnes mains, entendis-je murmurer dans l'autre pièce. D'excellentes mains. Des mains d'Alpha. Des mains de *Lorcan.*

Mes lèvres se retroussèrent à ces bredouillements éméchés.

— Quelqu'un est défoncé à la magie curative.

Elle fredonna joyeusement en réponse, et Kieran esquissa un sourire en coin.

— Amuse-toi bien, me lança-t-il.

Sur ce, il s'éclipsa du couloir avant que mon loup ne réalise que c'était *sa* magie que Kyra appréciait, non la mienne.

Elle est guérie, dis-je à ma bête. *Ne commence pas à claquer des mâchoires maintenant.*

Il souffla, légèrement irrité, mais un coup d'œil par la porte le fit se redresser avec intérêt, l'altercation oubliée. Car son Oméga était assise dans son nid, tout ébouriffée.

Et complètement nue.

Je lui avais mis des couvertures avant l'arrivée de

Kieran, prenant soin de cacher ses belles formes. Un concept ridicule en fait, étant donné que nous étions tous deux des métamorphes et devions être nus avant de nous transformer en loups. Mais cela n'empêchait pas mes instincts possessifs de s'enflammer en sa présence.

— Qu'est-ce que Kieran m'a fait ? demanda-t-elle rêveusement. Je me sens… *libre.*

— Il a dénoué chaque fil de contrainte que Fare avait implanté dans ton esprit, répondis-je en entrant dans la chambre.

La porte se referma doucement derrière moi, nous enfermant dans son espace sécurisé.

Elle étira les bras au-dessus de sa tête, ses seins bougeant sensuellement à ce mouvement. Peu importait que je l'aie nouée une heure plus tôt. Ma bite était dure et prête pour un autre round. Et son odeur me dit qu'elle ressentait la même chose.

Je m'approchai d'elle en catimini, mon jean disparaissant en chemin. Je n'avais pas pris la peine de mettre une chemise ou des chaussures, conscient que mon cousin m'avait vu plus ou moins habillé des milliers de fois au cours de notre longue vie commune.

Kyra retomba dans son nid tandis que je grimpais sur elle, ses yeux s'illuminant de promesses.

— Il va falloir parler de tous les changements qui se produisent ici, dit-elle. Y compris ce rôle d'*Alpha du Secteur du Sanctuaire* que Kieran a mentionné. Mais j'ai envie que tu me baises d'abord.

— Tu nous as entendus parler ?

— Oui, plus ou moins. Comme en rêve, mais ce n'était pas un rêve. (Elle fronça les sourcils.) C'était réel, d'accord ? Tu lui as dit que tu… que tu ne pouvais pas facilement quitter ta compagne ?

Sa voix recelait une pointe d'incertitude qui rivalisait avec ses pensées.

Car je l'avais déjà quittée, en prenant le jet avec Quinnlynn et Kieran. Et pendant que j'étais parti, Fare l'avait enlevée.

Elle ne m'en voulait pas. Elle comprenait pourquoi j'étais parti avec mon cousin et sa compagne. Mais elle se demandait maintenant ce qui avait changé.

Je lui ouvris donc mon esprit, lui laissai lire les conclusions que j'avais tirées après avoir entendu Kieran parler de sa compagne enceinte. Comment j'avais réalisé que je ne pouvais pas quitter Kyra. Comment ma loyauté avait changé.

Je ne sais pas trop quand ça s'est produit, avouai-je. *Peut-être... au moment où nous nous sommes accouplés. Et ça a évolué lentement à partir de là. Mais je sais ce que je ressens maintenant. Je suis là pour y rester, si tu veux bien de moi.*

Je veillai à ce qu'elle entende que je ne la forcerais pas à m'accepter. Que j'étais d'accord pour ne pas coller d'étiquette à cela pour le moment. Que je comprenais que c'était beaucoup pour nous deux. Un changement important par rapport à notre accord initial.

Mais pour moi, ce n'était plus une question de *convenance.* Cet accouplement était réel. L'engouement de mon loup était résolu. Et mon désir d'être à elle était sans réserve. Je la voulais. Fin de la discussion.

La question était : *Est-ce que tu me veux aussi ?*

Je te veux, murmura-t-elle en retour, ses yeux verts intenses n'ayant plus rien de rêveur. *Je te veux, Lorcan. Comme mon compagnon.*

Tu es sûre ?

Sa tête oscilla légèrement. *Je ne sais pas trop ce que ça signifie. Ni où ça nous mènera. Mais ma louve... elle t'a choisi. Et... et moi aussi.*

Son hésitation concernait les mots justes pour expliquer ce qu'elle ressentait, non son incertitude à me garder. Elle n'était pas du genre à exprimer aisément ses émotions, ce que je comprenais parfaitement, car j'étais pareil.

Mais pour elle, j'essaierai. Et je sentis en elle la même détermination.

Nous étions dans le même bateau. De convenance ou non, nous étions accouplés pour l'éternité.

Jusqu'à ce que la mort nous sépare, murmura-t-elle, un sourire se dessinant dans ses yeux.

Tu aimes vraiment cette phrase, la taquinai-je. *Tu complotes toujours pour me tuer ?*

Probablement.

Alors tu ferais mieux de te préparer à mon nœud, compagne. Ton penchant pour la violence me fait bander.

Tu bandes déjà, remarqua-t-elle.

Mmmh. Alors je crois que tu auras mon nœud au plus tôt.

Les préliminaires sont surfaits, répliqua-t-elle.

C'est que tu ne les as pas bien faits, petite tueuse, gloussai-je. *Mais ne t'inquiète pas, nous avons une éternité pour régler ça.*

Je vais aiguiser mes lames.

Et si on commençait par tes griffes ?

Oh, ça, je peux le faire. Ses ongles entaillèrent les épaules. *Comme ça ?*

Oui, comme ça, chuchotai-je. *Maintenant, cramponne-toi, compagne. Et n'aie pas peur de me faire saigner.*

LORCAN

Kyra bâilla et blottit son corps nu contre moi.

Elle avait été insatiable, son esprit guéri l'ayant libérée de plusieurs accrocs dans son passé. Les souvenirs étaient toujours là, mais l'influence de Fare avait disparu.

Finis les cauchemars. En tout cas, je n'en avais plus entendu parler depuis son retour.

Mais je me doutais qu'ils étaient partis pour de bon. Connaissant Kieran, il avait mis en place une sorte de protection pour empêcher Fare d'accéder au subconscient de Kyra.

J'embrassai son front tandis qu'elle bâillait à nouveau, entrelaçant ses jambes avec les miennes. Je pourrais tout à fait m'y habituer. Dormir dans un nid. Faire des câlins. Avoir une Oméga nue serrée contre moi jour et nuit.

Elle frotta son nez sur ma poitrine comme pour me dire qu'elle était d'accord. Ou peut-être qu'elle appréciait simplement mon ronronnement. Elle avait l'air plutôt contente de ce doux ronflement, c'était pourquoi j'avais ronronné pour elle ces dernières heures, pendant qu'elle dormait.

Kieran et Cillian m'envoyaient sans cesse des nouvelles,

ce qui m'empêchait de m'endormir auprès elle. Il semblait que nous ayons une piste sur l'endroit où se trouvait Fare, et j'attendais que les derniers détails nous parviennent.

Tu te souviens du jet d'Omégas qui s'est crashé dans le Secteur Exilé ? avait demandé Cillian une heure plus tôt.

Oui. On ne l'avait appris que tout récemment. Quinnlynn avait aidé un groupe d'Omégas à survivre à l'enfer dans le Secteur Bariloche au cours du siècle passé. Kieran, Cillian et moi avions aidé une bande d'Alphas du X-Clan à démanteler la hiérarchie et à tuer l'Alpha du secteur quelques mois auparavant. La plupart des Omégas blessées avaient été envoyés dans le Secteur Andorra. Mais un avion n'était pas arrivé à destination. Un avion piloté par l'un des Alphas avec lesquels nous avions œuvré à démanteler le Secteur Bariloche.

Enrique a survécu, m'avait informé Cillian peu après ma réponse. *Il est sur l'île du Venin et a pris contact avec Ander.*

Est-ce que les Omégas ont survécu ? avais-je demandé en regardant ma montre, sourcils froncés.

Certaines, oui, avait-il répondu. *Elles se sont échappées par groupes partout dans le Secteur Exilé.*

J'avais grimacé. C'était sans doute le pire endroit où une bande d'Omégas pouvait tomber du ciel par hasard. Le Secteur Exilé abritait certains des pires Alphas. Les êtres qui s'y trouvaient avaient tous été chassés de leur propre secteur pour des crimes crapuleux ou des actes odieux.

Comment Enrique avait réussi à contacter Ander était un mystère pour moi. Il n'existait aucune technologie sur ces îles. Du moins, pas à ma connaissance. Les Alphas y étaient vraiment sauvages, vivant comme des animaux dans des forêts inextricables.

Enrique va vérifier les autres îles, voir s'il peut trouver Fare, avait ajouté Cillian. *L'endroit correspond à la description de Kyra. Il semble aussi que ce soit le genre de lieu où se cacherait un homme censé être mort.*

J'étais d'accord. Et maintenant, j'attendais d'en savoir plus.

Plutôt que d'essayer de me reposer, je m'étais mis à étudier les couples candidats pour le Sanctuaire que Kieran et Quinnlynn m'avaient envoyés. Ils commençaient à arriver des autres secteurs, les princes Alphas ayant soigneusement sélectionné quelques-uns de leurs Alphas les plus fidèles.

Pour l'instant, le Sanctuaire était encore un secret. Mais on savait tous qu'il n'en serait plus ainsi très longtemps.

Le prince Cael avait apparemment suggéré d'organiser une fête de bienvenue, disant que ce serait un bon moyen d'initier certaines Omégas à la vie dans les secteurs du V-Clan. Quinnlynn réfléchissait encore à son idée. D'après ce que m'avait dit Kieran, elle en parlait à quelques Omégas du Sanctuaire afin d'avoir leur avis sur la question.

De nombreux changements se profilaient à l'horizon. Certains seraient plus faciles à adopter que d'autres.

Amener des couples Alpha-Oméga ici serait la première étape. Divulguer leur présence dans les secteurs du V-Clan serait la seconde.

Malheureusement, cela impliquait de renforcer la protection des murs d'enceinte. On ne peut pas garder quelque chose que l'on ne connaît pas. Et il fallait plus qu'une poignée d'Alphas pour protéger correctement un secteur, surtout s'il était plein d'Omégas très convoitées.

Je caressai les cheveux noirs de Kyra, et je souris lorsqu'elle se blottit de nouveau contre moi. Je reportai mon regard sur l'écran et lus la candidature d'un couple du V-Clan. L'Alpha avait des capacités télépathiques, mais pas au même niveau que Cillian. Pour autant, ce serait utile. Et sa compagne était apparemment une armurière.

Ça pourrait vraiment être un bon choix. *Kyra va sûrement l'aimer.*

Oh, certainement, répondit-elle, ce qui me fit baisser les yeux vers elle. Elle lisait avec moi. *Tu veux choper une nouvelle Oméga ?*

Je retroussai les lèvres. *Non. J'aime plutôt celle avec qui j'ai été accouplé de force.*

Elle ricana, puis leva un doigt pour montrer l'Alpha. *Il n'est pas mal.*

Un grondement roula dans ma poitrine. *Attention, Oméga.*

Son gloussement résonna autour de nous, ses iris verts s'illuminant d'espièglerie. *Sinon quoi ?* railla-t-elle.

Sinon je…

Mon téléphone sonna, coupant court à ma menace ludique – ou peut-être pas si ludique que ça.

Le nom de Cillian apparut sur l'écran, ce qui me fit l'attraper, l'affichage vidéo étant éteint de mon côté. Mon Oméga était nue et je ne voulais pas qu'il la voie ainsi.

Son visage apparut devant nous, tandis que l'écran qui lui faisait face était noir. Si cela le gênait, il n'en dit rien. Au contraire, il alla droit au but :

— Fare est sur l'île des Parias, annonça-t-il. Apparemment, il est l'équivalent de leur Alpha du secteur.

Ma mâchoire se crispa.

— Ça va le rendre plus difficile à tuer.

— Mais pas impossible, souligna Cillian.

— Non, certainement pas impossible. Mais on aura besoin d'aide.

— Je connais quelques Alphas du X-Clan qui nous doivent une faveur, ajouta-t-il.

— Dans combien de temps seront-ils prêts à nous aider ? demandai-je.

— Je ne sais pas, mais je vais me renseigner.

— Vas-y. (Je me tournai vers mon Oméga.) Tu ferais mieux d'aiguiser tes lames. Nous avons un Alpha à tuer.

KYRA

Trois jours plus tard

IL Y AVAIT comme une étrange ironie dans ma situation,
assise dans un jet furtif, planant à quelques centaines de
mètres du rivage.

Principalement parce que Fare et ses amis vampires
avaient fait exactement la même chose moins de deux
semaines plus tôt, sauf que leur jet avait survolé la mer
froide du Groenland au lieu des vagues tropicales de la mer
des Caraïbes.

Lorcan se tenait à mes côtés, Élite mortel vêtu de la
tête aux pieds d'une tenue de camouflage verte. Je portais
une tenue similaire, mais j'avais opté pour un débardeur,
alors que lui avait des manches longues. Mes bras étaient
recouverts de peinture de guerre, tout comme mon visage.
Celui de Lorcan aussi.

Nous étions tous préparés à disparaître et réapparaître
sur l'île des Parias, une île notoire du Secteur Exilé connue
pour ses habitants sauvages.

Il semblait que les vampires avaient pris possession de
ce territoire spécifique, ce qui expliquait pourquoi nous

avions choisi d'attaquer de jour, et non de nuit. Le soleil ne leur faisait peut-être pas de mal, mais il était très lumineux. Et les vampires n'aimaient pas les lumières vives.

Je vérifiai mes couteaux le long de mes jambes. C'était une manie qui avait fait esquisser un sourire à Lorcan. Parce que oui, j'avais fait ça au moins sept fois depuis notre arrivée. Mais je voulais m'assurer que j'avais bien tous mes jouets.

Lui n'avait qu'une hachette sur lui, destinée à se tailler un chemin dans la jungle. Il utiliserait sa télékinésie comme arme principale. Peut-être aussi ses crocs et ses griffes.

L'objectif était de tuer Fare et tous ceux qui se mettraient en travers de notre chemin.

— D'après ce que j'ai compris, Fare est l'Alpha du secteur, mais il n'a pas beaucoup de fidèles, nous avait informé Enrique à notre arrivée.

Il ne s'était pas joint à nous pour la mission, car il avait d'autres priorités à régler sur l'île du Venin. Son odeur m'avait indiqué que ces *priorités* pourraient concerner une compagne Oméga enceinte.

L'Alpha Ander ne s'était pas joint à nous pour les mêmes raisons. Il avait envoyé son frère Sven à la place. Cet Alpha blond et baraqué avait grimacé à la vue de Kieran.

— Encore toi, avait-il soupiré :

L'amusement de Lorcan avait voleté dans mon esprit, bien qu'il soit demeuré stoïque en apparence.

Qu'est-ce qu'il a fait ? avais-je demandé.

Ce n'est pas à moi de raconter cette histoire, avait-il répondu.

Mais j'avais capté des bribes dans son esprit. Il semblait que Kieran avait offert son aide à Sven pour venger sa compagne pendant qu'il était dans le secteur Bariloche. Or il s'était montré plutôt *dragueur* selon les critères de Sven, ce qui l'avait fait détester Kieran d'emblée.

Jonas, l'autre Alpha du X-Clan avec Sven, paraissait nourrir les mêmes sentiments. Il avait carrément fusillé Kieran du regard quand nous nous étions rencontrés sur la côte de l'île du Venin.

— Comment va ma chère Riley ? avait demandé Kieran à l'Alpha.

— Va te faire foutre, lui avait rétorqué Jonas.

— C'est bon, hein ? avait raillé Kieran. Hmm… Peut-être que je lui rendrai bientôt visite. Comparons nos notes.

Jonas avait grondé. Lorcan et Cillian n'avaient pas réagi, aucun d'eux ne considérant l'autre Alpha comme une menace. Mais j'avais de nouveau perçu une pointe d'amusement dans l'esprit de Lorcan.

Mon cousin est très doué pour se faire des amis, m'avait-il dit avec un sarcasme évident.

Je vois ça, avais-je répondu.

— On y va ? avait lancé Kieran aux Alphas du X-Clan.

— J'ai cru que tu ne demanderais jamais, avait rétorqué le troisième et dernier membre du groupe d'Alphas du X-Clan.

Il s'appelait Kazek et gérait le Secteur Hiver. De tous les Alphas devant nous, il était celui que Lorcan avait identifié comme notre plus grande menace.

J'étais la seule Oméga. Mais aucun Alpha n'avait remis en question ma présence ici. Au contraire, ils semblaient la respecter.

Nous étions six, tapis dans le jet piloté par Sven.

— La prochaine fois qu'on fait ça, je veux un jet furtif en guise de paiement, avait-il dit quand Lorcan lui avait montré les commandes.

— La prochaine fois ? avait relevé Kieran.

Kazek avait souri, confirmant l'opinion de Lorcan à son sujet.

— Est-ce qu'on devrait les inviter à Copenhague la prochaine fois ?

— Les lâcher au milieu d'un nid ? avait demandé Sven. Oui, ça me plairait bien.

Cillian et Lorcan avaient grogné. Kieran avait juste eu l'air légèrement intrigué.

Cependant, toute trace d'amusement avait disparu à présent que nous inspections l'île des Parias.

— Prêts ? lança Jonas.

— Toujours, répondit Kazek, plusieurs armes à feu sanglées sur lui. Qui veut m'éclipser sur le rivage ?

Les loups du X-Clan n'avaient pas de talents de téléportation ou d'éclipsage, du coup l'un d'entre nous devait les emmener sur l'île depuis l'avion.

Kieran saisit le poignet de Kazek et tous deux disparurent en un clin d'œil.

Lorcan me regarda et adressa un signe de tête à Jonas.

— Je l'emmène. Retrouve-moi sur le rivage. N'y va pas seule.

— Oui, *Alpha*, lui répondis-je.

Mais des papillons voletaient dans mon ventre.

On le fait. On le fait vraiment.

En effet, approuva Lorcan en attrapant Jonas. *Retrouve-moi sur le rivage. Maintenant.*

Il disparut sur ces mots.

Cillian alla chercher Sven dans le cockpit. Le jet était en vol stationnaire, à l'abri des regards. Nous devrions y retourner par éclipsage, mais ce ne serait pas difficile.

Je les laissai régler les détails et m'éclipsai sur le rivage, comme Lorcan me l'avait demandé. Mes bottes plates touchèrent le sable à quelques pas de lui. Jonas, Kazek et Kieran avaient déjà disparu. Lorcan et moi les suivîmes aussitôt, nous faufilant dans la végétation qui bordait la plage. Je ne me rappelais plus le nom originel de cette île.

C'était l'une des Caraïbes. Une plage de sable blanc. Des palmiers. Une jungle luxuriante. Humide. *Chaude.*

Je fronçai le nez en reconnaissant les odeurs familières. *C'est bien là que Fare m'a amenée.*

Tu crois que ta louve peut le pister ?

Ouais, acquiesçai-je.

C'était le plan. Car nous soupçonnions tous que Fare sentirait mon arrivée en tant que son ex-compagne. Le but était donc que je parte en chasse avec Lorcan pendant que les autres se feraient discrets. Ils étaient les renforts, j'étais l'appât.

Ç'aurait dû me faire peur, mais j'étais trop énervée pour éprouver de la peur.

Ma louve était aux commandes en ce moment, son énergie furieuse forçait mes jambes à bouger tandis qu'elle me menait par le bout du nez. En pratique, j'avais toujours le contrôle. Cependant, je lui laissais les coudées franches, comme je le faisais habituellement sous forme animale. C'était une façon différente d'exister, que je n'avais pratiquée qu'une seule fois, lorsque j'avais échappé à Fare. Mais il était logique d'essayer à nouveau maintenant. Je lui faisais confiance pour me protéger. Pour protéger ma moitié vampire. Pour *combattre.*

Nous nous enfonçâmes dans le sous-bois, les feuilles vertes caressant ma peau peinte et me marquant comme ne faisant qu'une avec l'île. Elles ne parvenaient pas à dissimuler mon odeur, dont Lorcan craignait qu'elle me trahisse avant que Fare passe à l'action. Nous étions sur une île pleine d'Alphas sauvages. Une seule bouffée de mon parfum d'Oméga les ferait tous accourir. Ils ne se soucieraient pas que je sois accouplée – *deux fois*. Ils voudraient un morceau de ma chair, leurs besoins bestiaux l'emportant sur les pensées humaines les plus élémentaires.

C'était pourquoi ils vivaient ici. Ils étaient trop sauvages pour leur secteur d'origine.

S'ils m'encerclaient, je devrais m'éclipser. En supposant que je puisse le faire.

Kyra. Lorcan s'arrêta, les narines dilatées, et se tourna lentement vers la gauche. Je me figeai à côté de lui, attendant de découvrir ce qu'il venait de sentir.

Puis j'entendis le craquement subtil d'os brisés, suivi d'un hoquet de douleur. Lorcan avait un vampire dans ses griffes, qu'il brisait grâce à ses pouvoirs télékinésiques.

Les feuilles bruissèrent quand l'Alpha s'écroula, provisoirement handicapé. *Provisoirement* parce que Lorcan ne lui avait pas arraché la tête. Il réservait sa force pour des menaces plus importantes.

Un moment plus tard, il me fit signe de continuer. Ma louve reprit le rythme, les arômes de l'île s'épanouissant autour de moi. Il y avait certainement beaucoup d'Alphas vampires sur cette île. Mais je n'en cherchais qu'un en particulier.

Où es-tu ? me demandai-je tandis qu'une liane rebelle me caressait le bras. *Dans quelle grotte te caches-tu ?*

J'ai cru que tu ne le demanderais jamais, répondit une voix.

Je fronçai les sourcils. *Fa—*

Le monde s'évanouit autour de moi, mon don d'éclipsage s'activant sans ma permission. Le grondement de Lorcan résonna dans mon esprit, mais son pouvoir ne parvint pas à me garder sur place.

Qu'est-ce que… ? Il m'avait mis une laisse. Je n'aurais pas dû pouvoir…

Je clignai des yeux sur le monde à nouveau clair, ma vision masquée par un torse masculin. *Oh.*

C'est alors que je réalisai que je ne m'étais pas du tout éclipsée. J'avais été téléportée. Par Fare.

Ce n'avait pas été une liane qui m'avait caressé le bras, mais un vampire Alpha.

Putain.

J'arrive, me promit Lorcan.

Vite, répondis-je alors que Fare reculait d'un pas pour me révéler mon nouvel environnement. Ce n'était pas la grotte où il m'avait emmenée, mais une sorte de container métallique. Sauf que non, ce n'était pas tout à fait ça.

Nous étions entourés d'eau. Je l'entendais clapoter contre les parois d'acier.

Un bateau, réalisai-je. *Il m'a téléportée sur un bateau.*

— Je suis ravi que tu sois revenue, roucoula Fare. Mais c'est plutôt impoli de te pointer avec ton nouveau compagnon.

Imitant Lorcan, je le regardai en haussant un sourcil.

— Oh ? Tu n'as plus envie de me partager tout à coup ?

L'amusement sur ses traits s'estompa quelque peu, ses yeux rouges scintillant d'une sombre émotion.

— T'ai-je dit que tu avais le droit de parler ?

— Non. J'ignorais qu'il me fallait une permission pour m'exprimer.

Ses iris rubis brasillaient.

— Je vois que nous devons revenir à l'entraînement de base.

Il plaqua sa main sur ma gorge et me poussa contre la coque du bateau, sa prise écrasant ma trachée tandis qu'il dardait son regard sur moi.

Ma louve grogna en réaction. *Non,* sembla-t-elle dire. *On ne va pas s'incliner devant toi.* Elle ne se soumettrait pas. Donc moi non plus.

Il resserra encore plus sa prise. Je ne pouvais plus respirer. Mais ça n'avait pas d'importance. Ma louve et moi refusions de nous incliner.

Fare gronda, une émotion que je voyais rarement chez ce psychopathe. D'habitude, il était tout en charme et en grâce. Mais il ne semblait pas apprécier que son Oméga le défie.

Un grognement s'échappa de sa poitrine, un son qui m'aurait mis à genoux quelques semaines plus tôt. Or à présent, il ne faisait que m'irriter. Car ce grognement n'était pas le bon. Il ne venait pas de *mon* compagnon, mais appartenait à un monstre de mon passé. Une relique que je n'avais pas réussi à brûler. Un vampire que je voulais tuer.

Il m'écarta de la paroi, juste pour m'y plaquer une fois de plus. L'impact me fit mal au dos et mes poumons me supplièrent de respirer.

Kyra ! La voix de Lorcan contenait une note d'urgence.

Mais je ne pouvais pas me concentrer sur lui. Je devais prêter attention au vampire devant moi, à l'être furieux à quelques centimètres de mon visage.

— Tu me déplais, ma belle, m'avertit-il.

Bien, me dis-je.

— Je ne sais pas ce qui est arrivé à ton esprit, mais je vais y remédier. (Il appuya son nez sur ma joue, puis l'avança jusqu'à mon oreille.) Peu importe le temps que ça prendra.

Ses lèvres descendirent vers mon pouls, son intention était claire.

Mon animal se hérissa en moi, sa colère bouillit dans mon sang. *Non*, dit-elle encore. *Non !*

Par réflexe, je m'éclipsai derrière lui, ce qui le fit rugir de rage.

— *Arrête de t'éclipser !*

Sa contrainte transperça mon esprit comme un couteau, le besoin de faire exactement ce qu'il disait me coupa le souffle un instant. Mais ma bête intérieure rugit en réponse, claqua ses mâchoires sur sa laisse mentale et la déchira. Je haletai, mes poumons brûlant dans l'afflux d'air soudain.

Je peux respirer. Je peux m'éclipser. Je peux... me transformer.

Toutes ces lames cachées dans mon pantalon n'avaient plus d'importance. Elles étaient tranchantes. Elles étaient amusantes. Mais elles n'étaient rien comparées à mes *griffes*.

Fare s'élança en avant pour m'empoigner une fois de plus, mais je m'éclipsai dans son dos, mes doigts changés en griffes. Il ne parut pas le remarquer, trop occupé à m'attraper. Sa bouche salivait pratiquement, ses yeux étaient fous d'indignation.

J'en profitai pour danser autour de lui comme je l'avais fait avec Lorcan lors de notre première leçon de combat.

C'est ce que je suis, pensai-je. *Une puissante Oméga. Moitié louve, moitié vampire. Forte. Indépendante. Une tueuse d'Alphas.*

Fare tournoyait avec moi, ses mains m'agrippaient, mais je m'échappais encore.

C'était un Alpha qui adorait ses jeux, mais seulement quand il les contrôlait. Il *détestait* que je joue avec lui maintenant, que je le mette en colère, que je force sa façade charmeuse à s'effacer.

Gauche. Droite. Devant. Derrière.

Il me chopa par les épaules, son agressivité inondant la cabine du navire. Je m'éclipsai avant qu'il ne puisse me projeter contre la paroi ou sur le sol.

Je le laissai volontairement m'attraper au coup suivant, mes griffes étaient prêtes.

Il cria alors que je lui lacérais la poitrine, ma louve hurlant de victoire. Mais je ne lui laissai pas le temps de se réjouir, m'éclipsant derrière Fare pour le griffer à nouveau.

Je disparus complètement de sa vue pour arracher mes vêtements à gestes vifs, masquée par mes capacités de furtivité. Puis je me transformai en louve et plongeai sur le vampire Alpha enragé. Il tenta de saisir mes épaules, mais ce n'étaient plus les épaules humaines auxquelles il s'attendait.

Ses yeux s'écarquillèrent au moment où j'attrapai sa gorge entre mes mâchoires.

Les bras de Fare m'entourèrent aussitôt, sa force menaçant de me briser les os, mais je ne voulais pas lâcher son cou. Je devais le détruire. Le tuer. *En finir avec lui.*

Lorcan criait dans mon esprit, mais je ne pouvais pas l'entendre à cause de la rage de mon animal.

Mes os craquaient tandis que Fare ripostait sérieusement, sa taille beaucoup plus grande jouant en sa faveur. Mais j'avais une prise mortelle sur sa gorge, que je n'allais pas lâcher quoi qu'il arrive.

Ma louve secoua la tête, traitant son cou comme un jouet à mâcher tandis qu'il écrasait nos flancs. Je ne pouvais plus respirer, mais lui non plus. Le sang coulait dans sa gorge, l'étouffant visiblement.

Mes côtes perforèrent mes poumons. Ma colonne vertébrale menaça de se briser. Mais mon animal et moi tenions bon, déterminés.

Jusqu'à ce que nous entendions enfin un *craquement.*

Après quoi les bras de l'Alpha Fare se détachèrent lentement de notre corps. J'avais mal partout. Je n'arrivais toujours pas à respirer. Ma vision s'assombrissait. Mais je devais lui arracher la tête. Lui trancher le cou. Je devais en *finir.*

Je relâchai sa gorge juste pour le mordre à nouveau. Et encore. Et encore. Jusqu'à ce que je ne puisse plus rien voir. Plus me concentrer. Plus rien *sentir.*

Il ferait mieux d'être presque mort, pensai-je, délirante. Seule. Noyée dans… dans le sang. *Son* sang. Celui de mes morsures à la gorge. Il fallait juste que je le brûle.

Craquez une allumette. Couler le navire. Tuez-le.

Je frissonnai, le monde devenant froid autour de moi. Tout le contraire d'un feu.

Parce qu'il n'y a pas d'air ici. Je tentai de cligner des yeux, les ouvrir, comprendre ce qui m'entourait. Mais il n'y avait rien à voir. Rien à sentir.

Rien… du tout.

LORCAN

KYRA ! criai-je, mon loup se déchaînant en moi.

Elle ne répondait pas.

Il y a trop de foutus bateaux ici, grogna Cillian dans mon esprit. *Ça va prendre une éternité.*

Je l'ignorai, m'éclipsant déjà dans chacun d'eux, nez au vent. Kieran m'emboîta le pas, laissant les Alphas du X-Clan enquêter à pied. Cela prendrait trop de temps de nous éclipser avec eux.

Je sautais d'un navire à l'autre, furieux de constater que chaque cabine était vide.

J'étais sur le point d'inspecter mon dixième ou douzième bateau lorsque Jonas cria : « En approche ! » Un pistolet apparut dans sa main en même temps que Kazek ouvrait le feu sur un nid de vampires Alphas sifflants qui chargeaient sur le sable en mode attaque frontale.

Fare avait dû déclencher une sorte d'alarme.

Mon loup gronda, furieux de l'afflux d'odeurs entourant notre Oméga blessée.

Où es-tu ? lui émis-je, devinant qu'elle n'était pas assez consciente pour répondre.

Je m'éclipsai dans six autres navires, mon flair revenant

bredouille à chaque fois. *Et s'il n'est pas dans l'océan ?* demandai-je à Cillian. *Et s'il était dans un lagon ?*

Vas-y, cherchez. On va continuer à fouiller ici.

Je fonçai dans les terres, préférant m'éclipser au lieu de courir, car c'était plus rapide.

Mais chaque lagon que je trouvai était désert. Aucun bateau. Aucun signe de ma compagne. Elle ne devait pas être très loin, pourtant. Fare était un vampire. Ils ne pouvaient pas se téléporter à plus de quelques kilomètres.

On cherche toujours, me dit Cillian. Je ne répondis pas, mon absence de commentaire confirmant que je faisais de même.

Toutes les quelques minutes, il m'envoyait une mise à jour inutile : *Aucune trace de Kyra pour l'instant. Les loups du X-Clan tiennent tête aux vampires malgré leur manque de capacités magiques.*

Je continuais à avancer, mon loup déterminé. Mais ne la trouvais nulle part.

Avec un soupir de frustration, je m'arrêtai au milieu de la jungle et je… fermai juste les yeux. Ma compagne n'était pas loin. Je pouvais la sentir. Je devais juste la *trouver*.

Elle avait pris sa forme de louve. Je l'avais sentie se transformer.

Ôtant mes vêtements, je décidai de faire de même et de libérer ma bête. Il flaira l'air, ses mouvements étaient prudents, curieux.

Puis ses oreilles se dressèrent. Suivies par son museau. Et nous filâmes à quatre pattes, courant à travers l'île à une vitesse impossible. Je ne savais pas trop ce qu'il avait capté, mais je le laissai agir, lui faisant confiance pour retrouver notre compagne.

Tout comme Kyra avait fait confiance à sa louve pour la défendre contre Fare.

Des minutes s'écoulèrent, mes poumons en feu à force

de sprinter à fond de train. Mais je devais la trouver. L'aider. *La protéger.*

Toujours aucun signe d'elle, m'envoya Cillian. *Kieran a dû rejoindre les loups. Il y a trop de putains de vampires.*

Mon loup s'élança dans une colline en direction d'une cascade. Puis il s'arrêta au bord, et je portai mon attention sur la caisse délabrée qui gisait en contrebas.

Ce n'était pas exactement un navire, plutôt un vieux container.

Je m'éclipsai d'instinct et atterris avec un bruit sourd sur la caisse métallique. Je sentis aussitôt l'odeur du sang de Kyra.

Elle est là, grognai-je.

Bien sûr, je ne pouvais pas dire *où* au juste. Je m'éclipsai dans le container et la trouvai recroquevillée contre une paroi. Elle avait repris sa forme humaine et son corps nu était couvert d'une multitude d'ecchymoses. *Kyra !* Je m'élançai en avant, mais stoppai en remarquant le tas de viande de vampire mutilé près d'elle.

Elle n'avait pas seulement dévoré le cou de Fare, mais lui avait aussi arrangé la face.

Or compte tenu de notre histoire, cela ne suffisait manifestement pas à en finir avec lui pour de bon.

Les dents serrées, je repris ma forme humaine. J'aurais voulu laisser à Kyra l'honneur de brûler son corps, mais on n'avait pas le temps de faire un feu de joie. Il fallait que je la soigne et qu'on se tire d'ici, comme en témoignait le commentaire de Cillian, de plus en plus pressant dans mon esprit, sur le fait qu'il y avait *trop de putains de vampires* sur cette île.

Je m'accroupis à côté d'elle, ma capacité de guérison se déclenchant instinctivement. Elle respirait à peine, sa cage thoracique complètement défoncée par ce salaud qui l'avait *écrasée*. J'étais prêt à parier qu'il l'avait fait avec ses bras.

Mais elle lui avait bien rendu la pareille avec ses dents. Elle avait le visage couvert de son sang. Si elle n'avait pas été réduite en charpie, j'aurais presque pu trouver son aspect féroce séduisant.

Je la pris dans mes bras et l'engloutis dans mon essence curative, la forçant à en accepter autant qu'elle le pouvait sans lui causer trop de douleur. Car parfois, une guérison trop rapide pouvait s'avérer douloureuse ; c'était un équilibre délicat.

Lor-Lorcan ? murmura-t-elle, sentant clairement ma présence malgré son inconscience.

Je suis là, petite tueuse, lui dis-je. *Tout va bien.*

F-Fare ? demanda-t-elle. *M-mort ?*

Décapité, répondis-je. *Mais il faut le brûler.*

C-craque l'a-l'allumette, murmura-t-elle. *A-achève-le. P-pour moi.*

Elle savait que j'aurais voulu la voir l'achever. Mais elle avait dû percevoir dans mon esprit l'urgence de quitter cette île perdue. Ou peut-être qu'elle ne voulait pas risquer qu'il se reconstitue.

Je vais le brûler, dis-je en la berçant d'un bras contre ma poitrine et en sortant un briquet de ma main libre. J'avais eu l'intention de lui en faire cadeau, mais je n'avais plus le temps.

Il devait mourir. Pour de bon.

Je m'agenouillai près de lui avec le briquet et l'allumai contre sa chemise. Mais ça n'allait pas suffire. Il me fallait un accélérateur. Le tissu commença à brûler, le feu se propagea et le carbonisa rapidement pendant que je cherchais quelque chose d'inflammable. Mais le container était quasi vide.

Je m'éclipsai avec Kyra et la déposai avec précaution

sur le dessus, puis allai chercher du petit bois dans la forêt toute proche. Mais la plupart des feuilles étaient humides. Les branches aussi.

J'ai besoin de quelque chose de foutrement inflammable, grognai-je à l'intention de personne en particulier. Avec un grondement au fond de la gorge, je me retournai vers le container.

Et me figeai en voyant Cillian apparaître avec Kazek.

— Il paraît que tu aurais besoin d'aide, dit Kazek. (Il était couvert de sang et semblait en être ravi.) Les cheveux brûlent plutôt bien. (Il jeta un sac de têtes à mes pieds.) Utilise-les. Et le truc au fond.

Cillian ne dit rien. Je les regardai en clignant des yeux, puis j'empoignai le sac et m'éclipsai dans le container pour déverser les têtes coupées sur Fare.

Mes lèvres se retroussèrent lorsqu'un bidon tomba en dernier.

Du propane.

Je n'avais aucune idée de l'endroit où ce cinglé d'Alpha du X-Clan l'avait trouvé, mais je m'en fichais. Je l'ouvris et j'arrosai tous les restes, souriant lorsqu'ils brûlèrent vivement grâce à l'accélérateur.

Puis je m'éclipsai dehors, attrapai Kyra et rejoignis Cillian en haut de la cascade. *Comment tu m'as trouvé ?* lui demandai-je.

Charme de localisation, répondit-il avec un regard à ma hachette.

Je haussai les sourcils. *Tu as mis un charme de localisation sur moi ?*

Je n'avais pas confiance en toi pour ne pas te la jouer vengeur solitaire.

Quand est-ce que j'ai jamais fait ça ? m'étonnai-je.

Il haussa les épaules. *Nouvellement accouplé, tout ça. Les instincts sont bizarres. J'ai appris ça en observant Kieran ces derniers mois, et je me suis dit que tu serais aussi difficile que lui.*

Ma mâchoire se crispa. Mais vu comme j'avais couru seul à travers les bois pour trouver Kyra... il n'avait peut-être pas tort.

— On doit y aller, dit Cillian à voix haute, d'un ton ennuyé.

Kazek acquiesça et lui tendit la main. Puis ils disparurent, me laissant seul avec Kyra.

Je blottis son corps nu contre ma poitrine, réalisant juste maintenant que nous étions tous deux nus dans la forêt. Heureusement, il y avait des couvertures dans le jet.

Je nous éclipsai directement dans la chambre plutôt que dans le ventre du jet et je fouillai aussitôt dans le placard en quête de quelque chose à mettre.

Une chemise trop grande pour elle. Un jean pour moi.

Puis je l'allongeai sur le lit et me concentrai sur sa guérison.

Kieran me rejoignit dans la seconde qui suivit. Sa tenue était immaculée, sans la moindre tache de sang. *Typique*, songeai-je.

— Aide-moi, murmurai-je à voix haute.

Il acquiesça sans rien dire et promena sa main au-dessus de ma compagne. Je m'allongeai sur le lit à côté d'elle, la tenant pendant qu'il travaillait. Sa respiration devint presque aussitôt régulière, ce qui fit ronronner mon loup d'approbation. Je fermai les yeux, ignorant tout le monde à bord du jet, me focalisant entièrement sur ma compagne.

Mon avenir. Mon Oméga.

Je n'eus que vaguement conscience du départ de Kieran après qu'il eut terminé, toute mon attention se portant sur le corps de Kyra qui se renforçait.

Tu t'es très bien débrouillée, lui dis-je doucement. *Je suis très fier de toi, ma petite tueuse.*

Son grognement résonna dans mes pensées, son esprit étant conscient tandis que son corps continuait à guérir. *Petite…*

Tu préfères le titre de tueuse d'Alphas ? songeai-je.

Oui, en fait.

OK, ma tueuse d'Alphas. J'embrassai sa tempe.

Peut-être juste « compagne », murmura-t-elle dans un bâillement mental.

Compagne, répétai-je.

Ta compagne.

Ma compagne, acquiesçai-je.

Mon Alpha, répondit-elle, toujours endormie. *Veux-tu ronronner pour moi ?*

Toujours. Je pressai mon nez dans son cou. *Tu veux que je nous ramène à ton nid ? Au lieu de rester dans le jet ?*

Fare est mort ? s'enquit-elle doucement.

Il est mort, confirmai-je. *Pour de bon cette fois.*

Alors oui, me souffla-t-elle. *S'il te plaît, ramène-moi dans notre nid.*

Je souris. *Notre nid*, répétai-je.

Oui.

J'aime bien comme ça sonne, avouai-je.

Moi aussi. Alpha.

Oméga, lui retournai-je. Sur ce, je nous éclipsai pour nous ramener à la maison.

Au Sanctuaire.

À notre avenir.

À *notre nid.*

KYRA

Lorcan me fixait avec un mélange d'émotions, son loup s'agitant dans son regard. L'excitation se mêlait à la fureur et à la fierté dans son esprit, sa bête à la fois impressionnée par mon meurtre et furieuse que je sois couverte du sang d'un autre Alpha.

Ses narines se dilatèrent tandis que la douche coulait autour de nous, les filets d'eau tourbillonnant avec des traînées rouges sur ma peau pâle. L'idée de me baiser contre le mur de la douche traversa notre lien, Lorcan hésitant entre me nouer et me laver. Peut-être les deux en même temps.

Mais l'idée de goûter un autre Alpha sur ma bouche l'avait retenu.

Je n'ai pas peur de ta bête, lui dis-je.

Tu devrais. Elle enrage en moi.

Je sais. Ça intrigue ma louve. Celle-ci sautillait pratiquement d'impatience, tout à fait prête à se pencher et à offrir sa croupe à son nœud.

Bon sang, c'est ce qu'elle avait fait dès qu'il nous avait éclipsés dans mon nid. Mais un seul regard au sang qui me couvrait avait poussé Lorcan à m'emmener d'abord sous la douche. Où il s'était mis à me fixer avec toutes ces émotions qui tourbillonnaient dans son regard noir.

Ses muscles se contractèrent tandis qu'il tentait de se retenir, serrant les poings le long de son corps. L'adrénaline courait encore dans nos veines, le combat était trop récent.

Le pouvoir de Kieran m'avait guérie rapidement, mais j'étais encore en train de me réparer à l'intérieur. C'était la raison de l'hésitation de Lorcan. Il ne voulait pas risquer de me blesser. Or j'étais incassable. Peut-être un peu meurtrie. Endolorie, aussi. Mais toujours fort capable de gérer son loup affamé.

Je passai mes doigts dans mes cheveux mouillés pendant qu'il regardait, ses yeux d'obsidienne luisant d'un sombre intérêt.

Il avait envie de saisir une poignée de mes cheveux et me serrer contre sa poitrine. Capturer mes lèvres. Me punir avec sa langue. Puis me forcer à m'agenouiller et me baiser la bouche jusqu'à ce qu'il jouisse si fort que sa semence recouvre mon visage. Il voulait effacer l'essence de Fare. Faire en sorte que seuls ses propres fluides marquent ma peau.

Mais une autre partie de lui voulait plutôt se mettre à genoux, presser sa bouche sur mon clito et me lécher jusqu'à ce que je ne puisse plus tenir debout. *Ma guerrière. Ma déesse*, murmurait ce côté de lui. *Qui a besoin d'être vénérée. Louée. Adorée.*

Je ne savais pas trop lequel de ces deux fantasmes me plaisait le plus. Je voulais les deux. Je voulais tout.

Lorcan s'éclaircit la gorge et attrapa un flacon de shampoing, avec lequel il fit mousser mes cheveux. Ses mouvements étaient doux. Trop doux. Surtout lorsqu'il peignit mes mèches mouillées avec ses doigts, d'un geste plus hésitant que dominant.

—Je ne vais pas me briser, lui dis-je.

— Tu es encore en train de guérir, répondit-il d'un ton bourru. Et il y a encore du sang sur ton cou, ajouta-t-il avec un grognement.

Il saisit la pomme de douche et la plaça de manière à faire disparaître la marque incriminée, qu'il regarda tristement glisser dans la bonde. Car son loup voyait le sang comme une sorte de trophée, une récompense pour ma bravoure. Pourtant, il devait l'enlever, la puanteur d'un autre mâle le rendant fou.

Ses muscles se tendirent encore, me faisant baisser les yeux sur son abdomen nu et sur la délicieuse démonstration de sa vigueur. J'avais envie de suivre tous ces replats et ces lignes nettes avec ma langue.

La dernière goutte de sang disparut, mais la senteur de l'autre Alpha demeura, ce que l'esprit de Lorcan m'indiqua mieux que le mien, car son loup méprisait cette odeur.

Il prit le savon et se mit à me laver le visage et le cou. Quatre tours de mousse et de rinçage plus tard, il n'était toujours pas satisfait. J'achevai de laver mes cheveux pendant qu'il œuvrait, ses mains parcourant mon corps avec une sombre détermination. Il voulait que je sois propre. Sans marque. *À lui.*

Pourtant, rien ne le satisfaisait, ni lui, ni son loup. Sa frustration grandissait, son agressivité augmentait à chaque seconde.

Ma louve dansait en moi d'impatience. Or le maudit mâle retenait sa bête intérieure, refusant de se livrer à ses désirs possessifs. Parce qu'il ne voulait pas risquer de me blesser dans mon état délicat, comme si j'étais une sorte de poupée fragile qu'il fallait manipuler avec précaution.

Mon regard s'étrécit quand Lorcan leva le savon une cinquième fois, comme s'il estimait que cela réglerait le problème. L'odeur avait disparu. Ce qu'il devait faire, c'était la *remplacer* par la sienne. J'attrapai son poignet, stoppant son geste avant que la mousse atteigne ma peau.

— Noue-moi, exigeai-je.

Il arqua son damné sourcil.

— Tu dois d'abord finir de te soigner.

Je ricanai.

— Ce dont j'ai besoin, c'est du nœud de mon Alpha.

J'avais besoin de sa revendication. De sa semence. De ses mains rugueuses sur mon corps. De ses dents dans ma chair.

— Noue-moi !

Il me saisit la nuque de sa main libre en une prise dominante.

— Pas encore. *Je vais te blesser dans cet état.*

Je guérirai, grognai-je.

Kyra.

Lorcan. Sa bite dure toucha mon ventre quand je m'avançai vers lui.

— Noue-moi.

— Non.

Ma louve poussa un grognement contrarié. Elle n'appréciait pas qu'il refuse ses besoins, surtout quand son animal partageait ses désirs. Et je n'appréciais pas non plus.

Je pouvais fort bien gérer son agression. En fait, j'en avais envie.

Kyra, répéta-t-il, l'air fatigué. *Tu as été attaquée par un Alpha sadique. Je ne vais pas lâcher mon loup sur toi alors que tu es encore en train de guérir.*

C'est peut-être ce que je veux, rétorquai-je. *C'est peut-être ce dont j'ai* besoin.

Son animal voulait effacer l'odeur de Fare de mon corps, tandis que j'avais besoin qu'il m'aide à effacer Fare de mon esprit. Toute notre histoire. Tous ces souvenirs.

Toutes les choses terribles qu'il avait faites. Je voulais qu'ils disparaissent. Supprimés. Remplacés par Lorcan.

Ses réserves étaient liées au fait que j'avais été blessée, qu'il avait eu du mal à me retrouver sur l'île des Parias quand mon esprit était devenu muet. Mais j'étais là. Vivante. *Et parfaitement bien.*

Se retenir était presque une insulte à tout ce que j'avais traversé. J'étais forte. Une combattante. Et plus que capable d'affronter la bête de Lorcan.

Toutefois, il semblait avoir besoin d'un rappel à ce sujet, comme quoi je n'étais pas une Oméga brisée vivant dans la peur des Alphas. Je n'avais jamais été cette femme. Je m'étais toujours défendue, même lorsque j'étais droguée jusqu'aux yeux au venin de vampire.

Et je n'allais pas m'arrêter maintenant.

Je reculai pour dévisager Lorcan, haussant mes sourcils pour imiter son expression préférée. Puis je m'éclipsai de la douche vers où je gardais l'un de mes couteaux préférés, dans l'autre pièce. Je me fichais de l'eau que j'allais éclabousser partout, je nettoierais plus tard. Pour l'instant, j'avais besoin que mon Alpha me considère comme son égale. Sa partenaire. Sa *compagne.*

Le grognement qu'il émit en réponse fit vibrer mon échine, excitant mon animal intérieur. *Viens me chercher,* semblait-elle lui dire.

Il apparut dans la pièce, l'air circonspect.

— Kyra…

Je ne le laissai pas continuer, préférant m'éclipser autour de lui, mon talent de furtivité étant intact, et je tentai de le poignarder sur le flanc. Il bougea à une vitesse impossible, contrant mon action avant que je puisse frapper. Sa paume accrocha ma dague, le métal tranchant coupant sa peau comme du beurre. Mais cela ne l'empêcha pas d'arracher l'arme de ma main.

Au lieu de m'arrêter, je m'éclipsai pour aller chercher un autre couteau caché dans mon nid. Puis je le lançai droit dans son dos.

Il pivota à temps pour l'attraper en plein vol, son grognement m'allant droit au cœur. Mon nom résonna dans la pièce tandis que je prenais une troisième lame, son ordre d'arrêter ne faisant que m'encourager à le pousser encore plus loin.

Je ne suis pas un jouet fragile, lui lançai-je. *Je suis une tueuse d'Alphas.* Je m'emparai d'un quatrième couteau avant de m'éclipser vers lui, bien décidée à faire couler le sang.

Mais je me retrouvai soudain bloquée dans mon nid avec un Alpha très affamé qui me plaquait contre les draps. *Arrête,* ordonna-t-il.

Non, mordis-je, pensant à sa réaction dans la douche lorsque j'avais exigé son nœud.

Sa poitrine gronda alors que je tentais de m'éclipser sous lui, son pouvoir télékinésique me maintenant en place tandis qu'il bloquait mes poignets au-dessus de ma tête.

Mais du sang couvrait ses mains, rendant sa prise glissante.

Je me tortillai exprès, la sensation de son essence sur ma peau apaisant ma louve enragée.

Nouveau parfum. Nouvelle marque. Mon Alpha.

Cependant, il nous en fallait plus. Sa bouche. Son nœud. Sa *semence.*

Je n'attendis pas sa permission. Je ne pris pas la peine de redemander. Je levai simplement la tête, pris sa lèvre entre mes dents. Et la mordis.

Le grondement qu'il émit vibra contre mes seins, faisant perler mes mamelons en pointes dures. Mon entrejambe se mouilla, mon ventre se serra dans une attente exquise.

Oui, oui, pensai-je, enroulant mes cuisses autour de ses hanches nues. *Encore.*

Je me soulevai contre son érection palpitante tout en léchant le sang de sa bouche. Ce n'était pas suffisant. J'en voulais *plus*.

Je le mordis de nouveau, mais cette fois-ci, je tournai mon visage de côté pour presser ma joue contre sa lèvre saignante. Ma louve ronronna en moi tandis que l'essence de son Alpha marquait sa peau.

Nous étions en train de faire un gâchis. Un putain de beau gâchis.

Lorcan murmura mon nom, sa retenue ne tenant plus qu'à un fil.

Les couteaux étaient toujours dans mes mains, malgré sa prise sur mes poignets. Je les lâchai dans les draps au-dessus de ma tête et tentai de m'éclipser de nouveau. Son emprise mentale était résolue, sa carrure beaucoup plus forte me maintenait coincée sous lui. Mais ses paumes ensanglantées me permettaient de faire glisser mes poignets de haut en bas. Son essence peignait ma peau, me procurant un immense plaisir.

— Serre-moi la gorge, lui dis-je. Remplace son contact. Son parfum. *Récupère-moi.*

Lorcan émit un son grave qui roula en moi, toucha mes sens et enflamma mon sang.

Puis, très lentement, il obéit.

Sa chaleur caressait ma peau, son parfum naturel m'enveloppait dans une forêt de conifères. Je soupirai joyeusement, frottant mon bas-ventre contre lui. S'il ne voulait pas me baiser, je me contenterais de me servir de son nœud pour me faire plaisir.

Il gémit lorsque ma chaleur moite rencontra la base de sa bite, mon clitoris palpitant du besoin d'être soulagé. Cet enfoiré nous avait insultés, moi et ma louve, avec ses suppositions comme quoi je risquais de craquer et que je ne pourrais pas supporter sa bête.

Bien sûr, il voulait juste me protéger. Ce qui était un concept noble. Un concept que je respecterais normalement chez un Alpha.

Mais pas chez *mon* Alpha. Il devrait le savoir.

Tu respirais à peine il y a trente minutes, me rappela-t-il.

Je respire très bien maintenant, répondis-je en me cambrant contre lui. *Soit tu t'occupes de moi, soit je m'occupe de moi toute seule.*

Sa bête enrageait dans sa tête, sa prise se resserra autour de ma gorge. *Attention, Oméga.*

Non, répétai-je. *Je ne veux pas faire attention. C'est* toi *que je veux, Alpha.*

Il appuya son front sur le mien, son souffle me réchauffa le visage. *Foutre, Kyra.*

— C'est ce que je veux, oui.

Il lâcha un rire sans humour, secoua un peu sa tête contre la mienne. Mais ce n'était pas tant du déni que de la résignation.

— Dis-moi d'arrêter si je te fais mal.

KYRA

Lorcan ne me donna pas l'occasion d'exprimer mon désaccord – parce que non, je ne lui dirais pas d'arrêter, même si ça faisait un peu mal – et captura ma bouche avec la sienne. Le sang et la luxure parfumaient notre baiser, alimentant mon désir et renforçant ma faim de lui. *Plus, plus, plus,* haletait ma louve. *Nœud, nœud, nœud.*

Mais Lorcan semblait vouloir prendre tout son temps pour explorer ma bouche avec sa langue. Lorsque je voulus exiger qu'il accélère, sa main serra ma trachée, me forçant à accepter son rythme, son toucher, *sa domination.*

J'avais pris le dessus depuis le bas, du moins c'est ce que me dit son esprit. Et il était sur le point de corriger ce comportement avec sa propre forme de punition sensuelle.

Parce qu'il était l'Alpha.

Alors qu'il me laissait diriger presque en tous domaines, il refusait de se soumettre dans la chambre à coucher, même quand je faisais *exactement* ce qu'il voulait – le combattre. L'énigme qu'il avait en tête m'étourdissait de fureur, m'incitant à le combattre encore plus.

Sa poitrine vibrait à la fois de mécontentement et d'approbation, un mélange qui excitait mes instincts. Je me pressai contre lui, mon fourreau ayant soif de sa bite. De ses poussées. De son *nœud*.

— *Lorcan*, grognai-je contre sa bouche.

— Chut, Oméga.

Il m'embrassa encore, plus lentement, sa langue si minutieuse que j'en oubliais presque mon propre nom.

Et pourtant, il me laissait haletante. Dans le besoin. *Le désir*.

Il essayait de me tuer avec sa bouche, sa prise sur ma gorge étant implacable, son autre main bloquant toujours mes poignets.

Chaque partie de moi brûlait. Mes poumons. Mes veines. Mon cœur.

Ma louve émit un gémissement qui s'échappa de mes lèvres.

Je me sentais si incroyablement impuissante, si ridiculement excitée, que je n'arrivais pas à former des mots. Seulement des sons. Des grognements. Des geignements. Des gémissements.

Son pouce suivit la colonne de mon cou et s'arrêta sur mon pouls emballé, tandis qu'il pressait son aine contre la mienne.

— Tu te soumets magnifiquement, me loua-t-il contre ma bouche. Chaque partie de toi me désire, cède à mon contact, *obéit à* mes ordres. Pendant ce temps, ton esprit repousse les limites de ma domination, ton désir de te rebeller est un sacré excitant.

Ses lèvres murmuraient sur ma joue jusqu'à mon oreille, dont il mordilla le lobe.

Je frémis lorsqu'il me mordit, assez fort pour faire couler le sang. Cela me fit mal, mais sa langue apaisa la douleur, son absence de venin me laissant étrangement détendue sous lui. Puis ses dents vinrent dans mon cou, sa bouche remplaçant son pouce sur mon pouls. Une autre morsure me fit resserrer mes jambes autour de sa taille, et un gémissement quitta mes lèvres. Cette fois, il aspira mon essence dans sa bouche et l'avala.

Je me figeai sous lui, des souvenirs envahirent aussitôt mon esprit, avant d'être remplacés par le contact apaisant de sa langue.

Pas de venin. Parce qu'il n'est pas un vampire. C'est un Alpha du V-Clan. Mon *Alpha du V-Clan.*

Oui, c'est moi, confirma-t-il dans mon esprit, sa bouche se refermant sur mon pouls une fois de plus. *Tu as un goût incroyable, compagne.*

Je tremblais, mon corps se rallumant sous une autre vague ardente de besoin. *Lorcan…*

Il aspirait ma veine, sa morsure s'imprimait dans mon esprit. *À moi,* disait-il à chaque gorgée. *Mon Oméga. Ma compagne.*

Son arôme de conifères me balayait, et un mélange de notre sang et de mon miel créait un parfum enivrant qui me faisait me tortiller sous lui. S'il ne me nouait pas bientôt, j'allais prendre feu.

S'il te plaît, le suppliai-je alors qu'il ramenait sa bouche sur la mienne. Il me fit taire une fois de plus, préférant me torturer en léchant lentement ma langue avec la sienne, tandis que sa queue palpitait contre ma chaleur humide.

Trop. Je me pressai contre lui. *C'est trop. Et pas assez. S'il te plaît, Lorcan…*

Il me mordilla la lèvre, ses mains autour de ma gorge et de mes poignets ne cédant pas d'un pouce. J'étais piégée sous lui, son pouvoir s'assurant que je ne pouvais pas m'éclipser, son corps possédant le mien de la manière la plus délicieuse qui soit. Un Alpha qui devait dompter sa compagne, pour réprimander sa louve d'avoir repoussé ses limites.

Pour la récompenser d'avoir eu le courage de le défier, me corrigea-t-il tandis que ses hanches remuaient contre les miennes.

Je hoquetai lorsqu'il me remplit d'une seule rude poussée.

Pour lui rappeler qu'elle est sa compagne, ajouta-t-il en se retirant jusqu'au bout.

Sa prise sur ma gorge m'empêcha de hurler, et il s'enfonça avec encore plus de puissance. *Putain,* soufflai-je, éprouvant la plénitude comme je n'en avais jamais ressenti. Ce qui n'avait aucun sens. Je l'avais déjà *sentie.* Et pourtant, il semblait incroyablement plus épais maintenant. Et avait bien plus de contrôle, aussi.

Pour qu'elle sache qu'il la respecte en tant qu'égale, reprit Lorcan, ses hanches punissant les miennes. *Mais qu'il est de sa responsabilité de prendre soin d'elle. De la protéger. De ne jamais la pousser trop fort.*

Il lâcha sa prise, me laissant respirer à pleins poumons. *Pousse-moi,* rétorquai-je. *Je peux te supporter.*

— Je sais que tu le peux, murmura-t-il contre mes lèvres. Mais ça ne veut pas dire que tu le dois, Kyra.

Je le veux, répliquai-je. *Tu es mon compagnon autant que je suis la tienne. Ma bête* veut *accepter la tienne. Laisse-nous faire, Lorcan. Laisse-nous tout avoir de toi.*

Il gronda au fond de sa poitrine, son animal exigeant qu'il accepte notre offre. Ma louve ressentait son désir d'être libre, son envie de laisser libre cours à son agressivité, son *besoin* de posséder sa compagne. Ce serait sauvage. Dur. *Magnifique.*

Lorcan jura, il perdait le contrôle. *Kyra…*

Cesse de nous combattre, intimai-je. *Donne-moi tout. S'il te plaît, Alpha. Arrête de te retenir.*

Un autre grondement lui échappa, le filin qui assurait son contrôle semblant se rompre.

Je glapis quand le monde bascula, mon estomac

heurtant brusquement le matelas alors qu'il me retournait sous lui. Je ne savais pas trop comment il s'y était pris, mais tout à coup, ma croupe était pressée contre son aine et ses mains sur mes hanches me tiraient vers le haut, jusqu'à ce que je n'aie plus d'autre choix que de me tenir sur les mains et les genoux.

Et puis il fut en moi. À me remplir. Me commander. Me *posséder*.

Il posa sa bouche sur ma nuque, me soumettant immédiatement. *Si dominant. Si Alpha. Si mien.* Il mordit, son loup menant férocement le bal. Mon animal lui répondit de même, s'inclinant, se soumettant, l'incitant à aller de l'avant en se poussant contre lui.

C'était une danse de compagnons. Une rencontre sauvage de nos hanches tandis que nos âmes s'unissaient.

Je n'avais pas réalisé à quel point je m'étais sentie alourdie, mon esprit ayant été divisé en deux, une moitié appartenant à un vampire Alpha et l'autre aspirant à se connecter à un Alpha du V-Clan. Mais maintenant… maintenant j'étais simplement Kyra, une hybride Oméga avec un seul compagnon. *Lorcan.* Le *bon* compagnon. Le bon Alpha.

Je me serrai autour de lui, exigeant qu'il me remplisse, me complète, me *noue*.

Il ronronna dans mon cou, captant cette demande et ne pouvant me la refuser. Surtout parce qu'il n'en avait pas envie. Il s'était bien fait comprendre avec ce lent baiser.

Maintenant, il était temps de *baiser*.

Son besoin primal correspondait au mien, ses poussées charnelles touchaient ce point profond en moi, celui qui appelait à plus de moiteur, plus de gémissements, plus de *passion*.

Je hurlai son nom, indiquant sans vergogne au monde entier à qui j'appartenais. Il gémit en retour, annonçant son intention possessive et s'assurant que tout le monde savait que j'étais à lui et qu'il était à moi. Nous avions l'impression que c'était le vrai début pour nous, notre véritable accouplement, qui n'était pas motivé par nos vœux aux autres, mais par les vœux que nous voulions prononcer l'un à l'autre.

Plus de liens avec mon passé. Plus de Fare. *Plus de cauchemars.* Seulement le présent. Avec Lorcan. Et les rêves de notre avenir.

Mes doigts s'enfoncèrent dans mes draps, mon dos se cambra tandis que chacune de mes terminaisons nerveuses s'allumait en signe d'avertissement.

Si chaud. Trop chaud.

Tout près. Oh, si près...

Lorcan mordit de nouveau ma nuque, son nœud pulsant tandis qu'il me prenait violemment par-derrière. Je n'avais besoin d'aucune autre stimulation, ni de caresse sur mon clito ni de ses mains sur mes seins. Sa bouche et son nœud suffisaient, sa position dominante me donnant exactement ce dont j'avais envie.

Ma vision s'obscurcit tandis que mon monde explosait, mes membres tremblant sous l'effet d'un orgasme soudain que je ressentis jusqu'aux orteils.

Lorcan ronronna dans mon esprit, son loup satisfait de ma réaction à sa revendication.

Puis ce ronronnement se transforma en un sourd grondement tandis qu'il accélérait encore son rythme. Mes entrailles se resserrèrent autour de lui.

Je surfais encore sur la vague de mon premier orgasme et j'allais crescendo vers un autre.

Les mains de Lorcan me brûlaient les hanches, sa bouche était chaude contre ma nuque, et sa bite... Oh, Dieux, *sa bite.* Elle palpitait. Pilonnait. *Épaisse.* Je palpitais autour de lui, ouvrant mes lèvres sur un cri brouillé contre mes draps quand Lorcan explosa en moi.

Foutre, grogna-t-il dans mon esprit.

Oui, sifflai-je en retour, basculant avec lui dans l'inconscience.

Nos corps se rejoignirent, son nœud nous attachant l'un à l'autre et nous plongeant tous deux dans une spirale euphorique qui dura de longues minutes. Voire des heures.

Je ne savais plus trop. Je ne ressentais que du plaisir. *Tellement de plaisir.*

Oh, Dieux… J'en oubliais de respirer. De cligner des yeux. Mes poumons étaient en feu. Ma vue était noire. Mon corps… rempli. Repus. Épuisé.

Lorcan s'effondra sur moi, sa forme musclée épousant la mienne tandis qu'il nous tournait tous deux sur le flanc. Il enroula un bras autour de mon bas-ventre, son aine blottie contre ma croupe tandis qu'il continuait à jouir en moi. Chaque giclée chaude m'entraînait dans un nouveau tourbillon orgasmique, les sensations me serrant l'estomac tandis que des pulsations extatiques se propageaient dans mes veines.

Je bourdonnai, gémis, soupirai et soufflai son nom. Encore et encore. C'était comme si j'étais enveloppée dans une tornade de bonheur.

Lorcan m'embrassa dans le cou, son ronronnement revenant avec force tandis qu'il murmurait des louanges dans mon esprit. Il me disait que j'étais forte. Une combattante. Sa compagne parfaite. Puis me félicitait d'avoir accepté son loup, me disant combien il était bon de libérer sa force, combien il aimait me nouer et me mordre.

Je lui répondis de même, bien que mes mots soient un peu confus, peut-être même pas très cohérents.

Bon sang, j'étais à peine consciente quand son nœud s'affaissa enfin. J'avais les yeux clos, les membres mous.

Peut-être même que je ronflais un peu… Du moins jusqu'à ce que j'entende Lorcan proférer :

— Je réponds seulement parce que tu m'as appelé trois fois de suite.

Je fronçai les sourcils, mes cils papillotèrent. *Hmm ?*

Cillian, répondit-il. *Ne t'inquiète pas, la vidéo n'est pas activée.*

— Oui, je te remercie beaucoup d'avoir pris l'avion jusqu'aux Caraïbes et d'avoir affronté un nid de vampires enragés tout en chassant leur équivalent d'un Alpha de secteur, déclara Cillian.

— Comme si tu n'avais pas apprécié le chaos, grogna Lorcan derrière moi.

— Je ne suis pas sûr de l'avoir autant apprécié que Kazek et Sven, mais ce n'est pas la raison de mon appel.

— Alors je te suggère d'y venir rapidement avant que je raccroche, répliqua Lorcan.

— Lorcan, tu nous as laissés dans le jet, Kieran et moi. Puis Kieran a suivi ton scénario des Compagnes Virent Cinglées et s'est éclipsé vers le Secteur Sanglant. Alors maintenant, je suis à une heure du Secteur Andorra dans un jet qui est censé me ramener à la maison comme par magie. (Cillian marqua une pause.) Peut-être que vous l'avez oublié tous les deux, mais je ne suis pas pilote. Et je ne peux pas laisser le jet furtif à Sven.

— Peut-être que si. Il a l'air d'aimer ça, murmura Lorcan. (Son esprit me disait que la dernière chose dont il avait envie était de s'éclipser vers le Secteur Andorra, juste pour ramener le jet au Secteur Sanglant.) Ce serait une belle façon de le remercier de nous avoir aidés à régler ce problème des vampires.

Cillian ricana.

— Et qu'est-ce que j'y gagne ?

— Ne pas devoir attendre dans le Secteur Andorra que je vienne te sauver la mise ? proposa Lorcan.

L'autre Alpha soupira.

— Tu sais quoi ? Je ne me sens plus gêné de donner la vraie raison de mon appel.

— Tu veux dire que ce n'était pas ça ? demanda Lorcan, l'air irrité.

— Kieran veut organiser une réunion officielle avec Ander et les autres Alphas du X-Clan dans quatre-vingt-dix minutes, annonça Cillian d'un ton très professionnel, plus du tout badin. Quinnlynn et lui vont leur parler du Sanctuaire, et il veut que Kyra et toi vous vous y joigniez par téléconférence.

Lorcan jura quand la ligne fut coupée.

Je n'étais soudain plus fatiguée du tout.

— Kieran veut faire *quoi* ? m'écriai-je. Il ne peut pas faire ça.

— On dirait que Quinnlynn et lui l'ont déjà décidé, marmonna Lorcan, son nœud glissant hors de moi. On doit être présents à cet appel.

— Sans déconner, acquiesçai-je en sortant de mon nid pour me mettre debout.

Sauf que mes genoux cédèrent l'instant suivant et je me retrouvai dans les bras de mon Alpha, la tête contre son torse. Il avait dû anticiper mes mouvements, sans doute grâce à notre lien mental.

— On a besoin d'une autre douche, dit-il, les yeux dans mon cou.

Son loup émit un doux grognement d'approbation et ses narines se dilatèrent. *À moi*, l'entendis-je penser. *À moi pour toujours.*

Car j'étais couverte de son sang, de sa sueur et de son sperme. Ma bête faisait la belle en réaction, satisfaite de sa revendication physique. Mais la partie humaine de mon être était tout à fait d'accord pour une douche. Surtout si nous étions sur le point de participer à un appel vidéo.

Bon, on avait quatre-vingt-dix minutes. Donc plus de temps qu'il en fallait pour nous amuser sous la douche.

Je devais juste être capable de marcher d'abord. Ou peut-être de m'agenouiller.

Oui, m'agenouiller, c'est bien, décidai-je. Car du coup Lorcan pourrait remplacer ce qui restait de l'odeur du vampire Alpha sur mon visage… par sa propre *essence.*

Les pupilles de Lorcan se dilatèrent. *Tu me proposes de prendre mon nœud dans ta bouche ?*

Je te promets de faire bien plus que ça, lui dis-je, retroussant les lèvres. *Maintenant, éclipse-nous dans la douche, Alpha. Je veux prendre mon temps pour t'explorer avec ma langue.*

Après quoi on retrouverait Kieran et les autres. Pour parler du Sanctuaire…

KYRA

Mes jambes tressautaient d'énergie nerveuse, mon estomac faisait des nœuds. C'était étrange de se retrouver face à autant d'Alphas, discutant d'un endroit que j'avais gardé secret pendant si longtemps.

Les Alphas n'ont rien à faire au Sanctuaire, pensai-je. *C'est notre île sacrée.*

Cependant, Quinnlynn ne semblait pas si mal à l'aise à ce propos, son expression étant neutre et professionnelle.

Je n'avais pas été au courant des discussions depuis l'attaque des vampires, surtout parce que j'avais été avec Fare sur l'île des Parias, mais il semblait que Quinn avait pris des décisions en mon absence.

En tant que reine du Secteur Sanglant et enchanteresse de la magie du Sanctuaire, je lui faisais implicitement confiance. J'aurais juste aimé en savoir plus sur ce qu'elle pensait et planifiait. D'autant plus que j'étais sa commandante en second.

Nous devrions avoir une longue conversation sur l'avenir après cet appel, juste pour m'assurer que j'avais bien compris mon rôle dans tout cela et que j'étais d'accord avec ses projets. Car si ce n'était pas le cas, je ne serais plus très apte à assumer ma charge.

Lorcan me tendit la main pour la serrer puis se focalisa sur les écrans devant nous.

Nous étions dans son ancienne chambre d'amis dans le Sanctuaire, car nous avions besoin d'un espace privé pour cet appel et n'avions pas voulu utiliser notre nid. C'était *notre* espace privé, un espace que nous ne partagerions jamais avec personne.

Nous avions donc opté pour nous éclipser ici, ne sachant trop où aller. Le Sanctuaire n'avait pas vraiment de salles de conférence. Cependant, je me doutais que cela allait changer. En fait, beaucoup de choses allaient changer.

Un écran montrait Cillian assis à une table en verre dans le Secteur Andorra avec Kazek, Sven, Jonas et Ander – un Alpha intimidant aux cheveux bruns qui ne semblait pas savoir sourire.

Un cinquième Alpha du X-Clan se tenait en arrière-plan. *Elias*, crus-je entendre. Vu qu'il était juste derrière Ander, je soupçonnais qu'il s'agissait d'une sorte de lieutenant. Ou peut-être le commandant en second du Secteur Andorra.

Quoi qu'il en soit, il demeurait silencieux. Peut-être parce que c'était Kieran qui parlait le plus depuis le Secteur Sanglant. Il était sur l'autre écran avec Quinnlynn, tous deux expliquant ce qu'était le Sanctuaire et ce qu'il signifiait pour le monde.

Je déglutis, mal à l'aise face à cette évolution. Surtout parce que je savais que les Alphas du X-Clan n'étaient pas comme ceux du V-Clan. Ils avaient tendance à prendre ce qu'ils voulaient sans poser de questions. Mais c'étaient les Alphas qui avaient pris le Secteur Bariloche au début de l'année. Ceux qui s'étaient occupés des esclaves Oméga qui avaient été sauvées au cours de l'opération. Kieran, Lorcan et Cillian les avaient aidés.

Mais je savais que leur but premier avait été de capturer Quinnlynn. Elle avait été là pour aider à soigner les Omégas du mieux qu'elle pouvait.

Ces Omégas auraient dû revenir ici, c'était ce que Quinnlynn et Kieran commençaient à négocier maintenant. Ils n'auraient pas pu l'aborder auparavant sans parler du Sanctuaire. Mais il semblait qu'ils aient décidé qu'il était temps de révéler ce secret au monde.

Je ne savais pas trop quoi en penser.

Ce ne sera pas au monde entier, murmura Lorcan dans mes pensées.

Ils parlent d'annoncer notre présence à tous les secteurs du V-Clan.

Oui, et on pense que les loups du V-Clan ont pratiquement disparu. Mais on sait tous les deux que ce n'est pas vrai. Il me jeta un coup d'œil, son regard d'obsidienne contenant une touche de chaleur. *Notre espèce sait garder les secrets, compagne.*

On se réunit avec des loups du X-Clan, remarquai-je. *Pas des loups du V-Clan.*

On se réunit avec des alliés de confiance, répliqua-t-il. *Des alliés qui ont tout à gagner à garder le secret.*

Son esprit s'étendit un peu plus sur le sujet, m'apprenant que le Secteur Andorra était notoirement pauvre en Omégas. Ils ne voudraient pas que quelqu'un d'autre soit au courant de l'existence du Sanctuaire, surtout parce qu'ils voudraient avoir un accès potentiel à des compagnes Omégas.

Je fronçai les sourcils à cette dernière assertion.

La plupart des Omégas ici ne veulent pas d'un compagnon Alpha, lui dis-je. *C'est pourquoi elles cherchent un sanctuaire.*

La plupart des Omégas ici n'ont connu que l'agressivité des Alphas, rétorqua-t-il. *Compte tenu de leur passé, ce n'est pas surprenant qu'elles soient réticentes à l'idée de s'accoupler. Mais ça n'empêche pas qu'un bon Alpha les incite à reconsidérer la question.*

Il me lança alors un regard entendu, qui me fit grogner mentalement. Mais c'était plus un grognement amusé qu'autre chose. Parce qu'il se servait de *moi* comme étude de cas.

On m'a forcée à m'accoupler, tu te souviens ? lui dis-je.

Hmm. Et comment cet accouplement *forcé s'est-il déroulé pour toi, Kyra ?* Un léger ronronnement caressa mon nom, ce qui fit soupirer ma louve intérieure.

Ce n'est pas juste, lui grommelai-je.

Ne veux-tu pas offrir aux autres Omégas une chance de trouver quelque chose de semblable, si elles le désirent ? insista-t-il, ne lâchant pas le fil de la conversation. *Au moins, elles méritent de voir que tous les Alphas ne sont pas des monstres.*

Il pensait à Ashlyn et à quelques autres, à la façon dont elles l'avaient timidement approché pour lui parler de leçons de combat et d'autres questions liées aux Alphas. Elles s'étaient montrées curieuses à son sujet, à ma grande irritation.

Mon Alpha, pensai-je, ma louve poussant un soupir d'approbation.

Lorcan traça du pouce un petit cercle sur mon poignet. *Ta possessivité plaît à ma bête.*

Que tu penses à d'autres Omégas ne plaît pas à la mienne, rétorquai-je.

Tu vas encore m'accuser de choper ?

Peut-être.

Il lâcha ma main pour glisser son bras au bas de mon dos, sa main allant jusqu'à ma hanche pour la presser. *Quand cet appel sera terminé, je vais te sortir cette idée ridicule de la tête, compagne. Et je ne m'arrêterai pas tant que je ne serai pas convaincu qu'elle a disparu pour de bon.*

Je serrai les cuisses. *Ça pourrait prendre un certain temps.*

Je suis patient, répondit-il, resserrant sa prise. *Et minutieux.* Un grognement sourd souligna ce dernier mot, faisant naître toutes sortes d'idées dans mon esprit.

Moi à genoux. Lui à genoux. Son nœud palpitant contre ma langue. Lui m'attrapant par les hanches et me pénétrant par derrière. Jouissant partout dans notre nid. *Encore une fois.* Moi couverte de sa semence. Marquée par ses dents. Le réclamant avec mes crocs.

Je déglutis, la peau presque en feu. J'étais à deux doigts d'exiger que nous retournions dans notre chambre quand l'Alpha du Secteur Andorra s'éclaircit la gorge.

Je me figeai, certaine qu'il allait m'interpeler sur mes pensées graveleuses. Car elles étaient sûrement inscrites sur mon visage, ce qui était tout à fait inapproprié pour cette réunion.

Dieu merci, ils ne sont pas là physiquement, pensai-je, les joues encore plus brûlantes. Car si ç'avait été le cas, ils auraient senti mon odeur. Et ça… ç'aurait été embarrassant.

Je ne leur laisserai jamais ce plaisir, jura Lorcan dans mon esprit. *Ta chatte est à moi, compagne. Rien qu'à moi.* Ce grognement délicieux souligna ses paroles, déclenchant une nouvelle vague de désir en moi. *Lor…*

— J'ai une suggestion, intervint l'Alpha du Secteur Andorra d'un ton grave et autoritaire.

Il n'avait guère parlé depuis le début de l'appel, affichant un air contemplatif pendant qu'il écoutait les explications de Kieran sur le Sanctuaire et les événements récents.

— Nous sommes tout ouïe, dit Kieran, son attitude nonchalante contrastant fortement avec la domination tranquille de l'Alpha du X-Clan.

— Nous avons récemment accueilli dix louves cendrées Omégas dans notre secteur. Comme vous pouvez l'imaginer, elles étaient nerveuses. D'autant plus qu'elles venaient du Secteur des Ombres, qui n'a rien à voir avec le Secteur Andorra.

Oui, je pouvais imaginer que le fait de passer d'une vie essentiellement sauvage dans le Secteur des Ombres à l'ambiance hautement technologique du Secteur Andorra avait dû être un choc culturel. Sans parler des différentes hiérarchies de la meute et des règles qui en découlaient. *Ces Omégas ont dû être terrifiées,* pensai-je. *Les Alphas du X-Clan ne sont pas connus pour leur patience ou leur gentillesse.*

Lorcan ne fit pas de commentaire, son esprit m'indiquant qu'il était d'accord avec cette évaluation.

— Nous avons organisé une fête de bienvenue pour que les Omégas fassent connaissance avec les Alphas de notre secteur, poursuivit Ander. L'objectif était d'introduire en douceur les Omégas dans notre société, et aussi de leur donner le contrôle de leur propre destin. Par conséquent, nos Alphas n'étaient autorisés à faire la cour qu'aux Omégas qui le souhaitaient.

Et si elles ne voulaient pas être courtisées du tout ? me demandai-je.

— Y a-t-il des Omégas qui ont choisi de ne pas prendre de compagnon ? demanda Quinn, qui suivait manifestement un cheminement de pensée similaire au mien.

— Oui, répondit Ander. Deux d'entre elles n'ont pas encore trouvé de partenaire convenable.

— Et elles n'y seront pas forcées ? insista-t-elle, une question que je me posais également.

— Elles y sont encouragées, mais pas forcées. Et par « encouragées », je veux dire qu'elles reçoivent des offres des Alphas qu'elles peuvent accepter ou refuser.

Quinn arqua un sourcil.

— Et si elles préfèrent vivre au Sanctuaire sans compagnon ?

— Comme on n'a appris l'existence de votre Sanctuaire qu'il y a une heure, je ne peux pas répondre à cette question.

— Est-ce que vous envisageriez de leur proposer cette option ?

Il fixa l'écran de ses iris dorés et brillants.

— Pour ce faire, je devrais informer mon conseil Alpha de l'existence du Sanctuaire. Tant que ton compagnon et toi n'aurez pas décidé de la marche à suivre, j'ai les mains liées.

Quinn entrouvrit ses lèvres, manifestement prête à lui rétorquer quelque chose, sans doute à propos du fait qu'il en parle à son conseil Alpha. Ou peut-être du fait que sa réponse ressemblait à une putain de dérobade.

Or Ander leva la main, lui indiquant d'un regard qu'il n'avait pas fini de parler.

— Mais, reprit-il, s'attardant sur ce mot avec un regard intense. Si vous décidez de partager votre révélation avec le Secteur Andorra, alors oui, je crois que nous pourrions leur offrir cette option. De même qu'aux autres Omégas du Secteur Bariloche dont nous nous occupons.

Quinn referma la bouche, l'air pensif.

— Nous serions également intéressés par l'offre de quelques couples Alpha-Oméga pour la protection du Sanctuaire, ajouta Ander. En supposant que vous acceptiez des Alphas du X-Clan comme Protecteurs. Nous n'avons peut-être pas de magie, mais nous sommes loin d'être faibles.

— Ce qui a été prouvé dans le Secteur Bariloche et sur l'île des Parias, murmura Cillian, qui jeta un coup d'œil à Kazek et Sven avant de revenir à l'écran. Ça vaut certainement la peine d'y réfléchir.

Kieran acquiesça.

— Nous avons beaucoup de choses à réfléchir concernant le Sanctuaire. (Il se tourna vers nous.) Qu'en penses-tu, Lorcan ?

— Je pense que Quinnlynn et Kyra doivent demander l'avis des Omégas du Sanctuaire, répondit Lorcan du tac au tac. Elles doivent faire confiance à leurs Protecteurs. Sinon, cette question n'aura pas de sens.

Si je pouvais ronronner, je le ferais maintenant. Car la réponse de Lorcan démontrait son respect non seulement pour Quinn, mais aussi pour moi. Malgré sa domination d'Alpha, il n'essayait pas de prendre des décisions au nom du Sanctuaire. Pas plus que Kieran d'ailleurs. En fait, aucun des Alphas présents à la réunion ne nous disait quoi faire. Ils ne faisaient que proposer des options et des idées.

Comme la fête de bienvenue.

L'idée de faire connaître notre existence à l'espèce V-Clan, voire à une partie de l'espèce X-Clan, me mettait encore mal à l'aise. Mais au fond de moi, je comprenais que le but était de renforcer notre protection ici.

Malheureusement, la brèche avait démontré que la barrière n'était pas toujours suffisante. Et bien que je n'aie pas encore parlé aux Omégas impactées, j'avais capté dans l'esprit de Lorcan que certaines d'entre elles ne le prenaient pas bien. Elles étaient effrayées. Déstabilisées. Peu sûres d'elles. Autant de choses que je voulais que personne ne ressente jamais.

Faire venir des couples ici pourrait être utile. Cela permettrait aux Omégas de rencontrer des Alphas plus sûrs, qui n'auraient pas envie de prendre une compagne parce qu'ils en avaient déjà une qu'ils chérissent.

Des alphas comme le mien, pensai-je, ce qui me valut d'être serrée par le mâle à mes côtés.

— Nous pouvons demander à ajouter différents types

de Protecteurs, proposa Quinn. J'ai déjà parlé à quelques Omégas de l'idée d'une révélation. Je leur demanderai aussi ce qu'elles pensent des options de cour potentielles.

Je haussai un sourcil, adoptant l'une des expressions favorites de Lorcan.

Le choix du mot *options* par Quinn me fit me demander si l'une des Omégas à qui elle avait parlé avait déjà exprimé son intérêt pour une rencontre avec de possibles compagnons Alphas.

Nous devrions avoir une conversation après la fin de cette réunion.

— Vous pourriez changer le nom du Sanctuaire, rendre moins évident ce qu'est vraiment l'île, et la revendiquer comme un nouveau territoire du V-Clan.

Dans la salle de conférence du Secteur Andorra, tout le monde se tourna vers Kazek, apparemment surpris par sa suggestion.

Je fronçai les sourcils. Lorcan s'assit en silence à côté de moi et réfléchit aux paroles de l'autre homme.

— Eh bien, quoi ? (Kazek jeta un coup d'œil autour de lui avant de se concentrer sur ce que je supposais être l'écran affichant Kieran et Quinn.) Vous avez sûrement déjà envisagé cette option. C'est ce que je ferais dans cette situation : revendiquer le territoire, mettre un Alpha puissant à sa tête, et ne dire à personne d'autre qu'à ses alliés ce qui s'y trouve réellement.

Silence.

— Ce n'est pas comme si on accueillait souvent des assemblées ou ce genre de choses, ajouta-t-il. Personne ne s'attendrait à être invité, et seul un Alpha provocateur se pointerait à l'improviste, ce qui arrivera de toute façon si quelqu'un veut s'emparer du Sanctuaire. Au moins, de cette façon, c'est moins attirant. Quel Alpha voudrait régner sur une île au milieu du cercle polaire ?

Il n'a pas tort, dis-je lentement. *Tu en as déjà discuté avec Kieran ?*

Non. On n'a pas envisagé de renommer l'île. On s'est plutôt concentrés sur la manière de la révéler.

— Votre fête de révélation pourrait porter sur la formation du nouveau secteur plutôt que sur la diffusion de nouvelles à propos d'un havre de paix pour Omégas. Ça pourrait aussi être un moyen de faire leurs débuts pour les Omégas qui chercheraient un compagnon. (Kazek haussa les épaules.) C'est ce que je ferais. Enfin, ça et j'enverrais un message pour m'assurer que personne ne me défie jamais.

Cette dernière phrase semblait s'adresser à Lorcan.

Sven ricana.

— Tu creuserais probablement un tas de fosses remplies d'Infectés le long de la frontière pour empêcher quiconque d'entrer.

— Naturellement, répondit Kazek.

Son attitude décontractée me rappelait un peu Kieran. Cependant, les deux hommes possédaient des auras dangereuses très différentes.

Quinn s'éclaircit la gorge et croisa mon regard à travers l'écran.

— Je pense que nous avons beaucoup de choses à nous dire.

— Oui, opinai-je. En effet.

— Eh bien, cette discussion a été très instructive, murmura Kieran. Je crois que nous avons tous beaucoup de choses à envisager.

— Est-ce qu'on va discuter de ce qui s'est passé sur l'île des Parias ? intervint Ander, haussant ses sourcils sombres d'une manière qui me rappela Lorcan. Ou devrions-nous remettre cette discussion à plus tard ?

— Je pense que Cillian peut s'occuper de ce débriefing,

lui répondit Kieran. Il s'agissait surtout d'une bande d'Alphas sauvages qu'il a fallu éliminer.

— Et une poignée de personnes saines d'esprit qu'on a trouvées dans le cachot, ajouta Sven, ce qui me fit froncer les sourcils.

Un cachot ? demandai-je à Lorcan.

Mais il se posait la même question. *Ils ont dû trouver ça pendant qu'on te cherchait.*

— Y avait-il des Omégas dans le cachot ? demandai-je, le cœur battant la chamade. *Fare avait-il un autre jouet qu'il appelait compagne ? Une que je ne connaissais pas ?*

Sven secoua la tête.

— Non. Juste quelques vampires Alphas. On n'est pas restés dans le coin à poser des questions, on les a juste libérés et on les a regardés massacrer leurs semblables.

Oh, me dis-je. Je n'avais aucune idée de qui cela pouvait être, et n'étais pas sûre d'avoir envie de le savoir non plus.

Kieran se racla la gorge.

— S'il n'y a rien d'autre, nous reprendrons contact une fois que nous aurons pris des décisions. (Il marqua une pause, attendant que quelqu'un prenne la parole. Comme personne ne le faisait, il ajouta :) J'ai entendu dire que nous avons laissé un jet furtif. Considérez-le comme un gage de notre gratitude.

Son regard se porta sur Lorcan, puis son écran devint noir.

Dans l'autre écran, Cillian grogna et secoua la tête, mais il souriait.

— Le scénario des Compagnes Virent Cinglées, marmonna-t-il. Rappelez-moi de ne jamais prendre une compagne Oméga.

— Je te rappellerai ça quand tu auras enfin cédé aux désirs d'Ivana, répliqua Lorcan, le doigt posé sur le bouton de coupure. À bientôt.

Les écrans s'éteignirent. Ses deux derniers mots me firent me demander s'il voulait dire qu'il allait bientôt faire ce rappel à Cillian ou s'il disait simplement cela en général. Mais d'après de ce que j'avais entendu dans son esprit à propos de l'obstination d'Ivana à l'égard de Cillian, je pensais que c'était plutôt la première hypothèse.

Je crois que j'ai bien envie de rencontrer cette Oméga culottée, lui dis-je.

Peut-être que tu le feras lors de ta prochaine rapine de sang, répondit-il, me jetant un regard où pointait une étincelle d'hilarité. *Je crois qu'elle a été désignée pour t'aider à la préparer.*

Je plissai le front. *Quoi ?*

— Tu crois que je ne suis pas au courant de ton penchant pour le vol de nos stocks, compagne ? lança-t-il, arquant son maudit sourcil. C'est l'une des premières choses que j'ai captées dans ton esprit après t'avoir mordue.

— Oh. (Je fis la moue.) Je ne m'excuse pas.

— Je ne te l'ai pas demandé. (Il effleura ma joue de sa bouche.) Mais j'ai pris des dispositions avec Cillian pour qu'une cargaison trimestrielle soit préparée pour le Sanctuaire. Donc plus de courses furtives dans le Secteur Sanglant.

— Et si j'aimais ces courses furtives ?

— Alors on en fera une ensemble, répondit-il. Je peux te montrer certains de mes lieux de course préférés. Peut-être même trouver une ou deux grottes de glace pour s'y blottir.

Ma louve se redressa à cette idée, comprenant sans doute la promesse dans sa voix.

— J'aimerais bien.

— Moi aussi. (Il frotta son nez dans mon cou, puis s'écarta.) Mais d'abord, nous devrions rappeler Kieran et Quinnlynn et leur parler du Sanctuaire.

— Oui, acquiesçai-je. J'ai des questions.

— Je sais.

Il pianota sur l'écran créé par sa montre et appuya sur Appel lorsqu'il trouva le nom de Kieran. La sonnerie retentit une fois avant qu'il ne réponde, Quinn et lui se trouvant toujours dans la même salle de conférence que tout à l'heure.

— On pensait bien que vous appelleriez, dit Kieran. Je vais donner la parole à Quinnlynn. Elle va vous mettre au courant.

LORCAN

Deux semaines plus tard

Je trouvai Kyra dans mon ancienne tanière, faisant la moue devant son reflet dans le miroir. Elle portait une robe noire ouverte dans le dos jusqu'à son échine. C'était vraiment sexy, mais tout ce qu'elle portait était sexy pour moi. Surtout parce que j'aimais fantasmer sur le fait de tout lui arracher. *Jeans. Pulls. Serviettes. Robes maintenant...*

Mon nœud palpitait, prêt à jouer. Cela faisait quelques heures que je n'avais pas été en elle, car elle avait passé le début de la soirée avec Quinnlynn à se préparer pour l'événement de ce soir.

— J'ai l'air ridicule, marmonna Kyra. Pourquoi ces trucs exigent-ils toujours une tenue de soirée ?

Je m'avançai derrière elle, posai mes mains sur ses hanches et la regardai dans les yeux à travers le miroir.

— Tu es superbe, Kyra, la corrigeai-je. Et honnêtement, je ne sais pas. Je pense que c'est le côté royal de tout ça.

— C'est *royalement* stupide, ricana Kyra. (Elle se retourna dans mes bras et plaqua ses mains sur mon torse tandis que son regard dansait sur moi.) Par contre, je ne me plains pas du tout de ta beauté dans ce costume.

J'esquissai un sourire.

— C'est un compliment ?

— Tu veux un compliment ?

— Non, mentis-je.

— Alors ce n'est pas un compliment.

Ses yeux verts scintillèrent d'un air entendu. *Je vais plutôt laisser mon miel te faire savoir ce que je ressens pour toi dans ce costume,* ajouta-t-elle mentalement, son arôme d'agrumes taquinant mes sens.

Je pressai ma queue déjà dure contre son abdomen tout en saisissant sa nuque d'une main, l'autre étant toujours sur sa hanche. *C'est réciproque, compagne.*

Elle se mit à sourire, mais je l'interrompis en l'embrassant fougueusement, ressentant soudain le besoin de la marquer comme mienne. Des lèvres gonflées feraient très bien l'affaire, tout comme mon odeur sur ses formes sveltes. Un gloussement s'échappa de sa bouche lorsque je frottai ma mâchoire le long de son cou, puis sur sa joue. *Est-ce que tu vas aussi me pisser dessus ?* me taquina-t-elle.

Ne me tente pas.

Fais-le, et je te tuerai pour de bon, Alpha.

Et tu me nargues encore avec des préliminaires, soupirai-je dans son esprit. *Je vais me promener toute la soirée avec une érection devant toutes ces Omégas avides…*

Kyra me saisit par les épaules, plantant ses ongles dans le tissu de ma veste noire. *Tu ne vas choper personne ce soir.*

Je gloussai et embrassai sa gorge. *J'ai déjà chopé l'Oméga que je désirais, compagne. Je n'ai ni raison ni envie d'en prendre une autre.*

Elle fredonna, un son quelque peu aguicheur.

Tu es prête pour ce soir ? lui demandai-je, amenant notre

conversation sur un sujet plus sérieux. *Parce qu'il n'y a pas de retour en arrière possible après ça.*

Après de longues conversations avec Kieran, Quinnlynn et plusieurs Omégas du Sanctuaire, nous avions pris la décision de renommer l'île et d'adopter l'approche recommandée par Kazek : créer un territoire sous un nouveau nom, que le monde extérieur verrait comme n'importe quel autre secteur du V-Clan. Seuls ceux qui se trouvaient à l'intérieur du cercle connaissaient le véritable but de l'île.

C'est moi qui devrais te poser cette question, murmura Kyra. *Tu vas être couronné prince Alpha.*

Avec toi comme princesse Oméga, répliquai-je.

Oh, je vais juste être l'ornement de fantaisie. C'est toi qui dois défendre ton titre.

Je grognai. *Je suis plutôt sûr que tu vas m'aider à le défendre, compagne.*

Oui, mais le monde ne le sait pas. Je ne suis qu'une petite poupée fragile qui n'existe que pour prendre le nœud d'un Alpha. Elle battit des cils d'un air timide si exagéré que je ne pus m'empêcher de pouffer de nouveau.

Toute personne qui t'a rencontrée sait de suite que c'est un mensonge, Kyra.

Oui, mais ceux qui nous connaissent ne seront pas nos ennemis, remarqua-t-elle. *Pour le monde extérieur, je suis une petite Oméga docile, douce et malléable. L'arme parfaite, en fait. Parce qu'ils ne s'attendront jamais à ce que je sorte mes griffes.*

C'est vrai, admis-je. Si sa réputation de tueuse d'Alphas était connue des Alphas du V-Clan, elle ne l'était pas forcément en dehors de notre espèce. Elle était vraiment l'arme idéale pour nous aider à protéger notre nouveau territoire. Et je n'aurais pu être plus soulagé de l'avoir à mes côtés.

Surtout ce soir.

Non pas parce que j'avais besoin d'elle comme arme secrète en ce moment, mais parce que j'avais besoin qu'elle soit ma compagne. Pour m'aider à naviguer au sein des cercles sociaux et à accepter mon nouveau rôle de prince Alpha. J'avais passé un millénaire à être un Élite, à me cacher silencieusement dans l'ombre et à protéger mon cousin. Ce soir, je sortirais de l'ombre pour me retrouver sous les feux de la rampe.

Heureusement, je n'aurais pas à y rester longtemps.

Après la présentation du nouveau territoire du V-Clan, Quinnlynn et Kieran monteraient sur scène pour faire une annonce beaucoup plus profonde. Une annonce qui allait complètement voler la vedette et m'empêcher d'en faire autant pour le reste de la soirée.

Les Alphas savaient tous que cela allait arriver, les rumeurs ayant couru dès le début de la semaine, après que le prince Cael eut laissé échapper quelques détails clés aux bonnes personnes. Ce qui avait été fait à dessein.

Et maintenant, tout le monde réclamait des infos sur les douze Omégas qui pourraient ou non être à la recherche d'un compagnon.

Lorsque Quinnlynn et Kyra étaient retournées au Sanctuaire pour débattre des options possibles, plusieurs Omégas avaient réagi à la notion de *cour*. Nombre d'entre elles n'étaient pas prêtes, mais une poignée avait exprimé le désir de tâter le terrain.

Ce qui avait entraîné la création des Compagnes Omégas éligibles, un programme de séduction que Kieran avait accepté de diriger dans le Secteur Sanglant. Quinnlynn en était techniquement responsable, tandis que Kieran s'occupait de la sécurité autour de l'événement.

Les Alphas pouvaient se porter candidats pour des compagnes Oméga, et les Omégas pouvaient décider si ces Alphas étaient qualifiés pour leur faire la cour. Les Omégas pouvaient également quitter le programme à tout moment, en décidant de ne pas s'accoupler. De même que les Alphas pouvaient choisir de quitter le groupe des candidats s'ils n'étaient plus intéressés à prendre une compagne.

Je n'enviais pas à Kieran et à Quinnlynn la tâche de gérer ce programme. Bien sûr, Kyra et moi serions certainement impliqués à certains moments, car le but de tout cela était d'amener la plupart de ces couples sur l'île, contribuant ainsi à renforcer la population d'Alphas tout en assurant le confort des Omégas engagées.

— Les Omégas du Sanctuaire t'ont accepté plus rapidement parce que tu es accouplé à moi et qu'ils me connaissent, avait souligné Kyra au cours de la discussion. C'est une bonne idée de faire venir des couples, mais une Oméga avec un Alpha, c'est nouveau pour nous.

Cette question avait été soulevée après que j'avais mentionné l'accueil mitigé réservé à certains des Alphas qui avaient emménagé dans le Sanctuaire avec leurs compagnes – de nombreuses Omégas n'avaient pas semblé très réceptives à leur présence.

— Il faudra du temps pour leur faire confiance et les considérer comme *nôtres*, avait poursuivi Kyra. Mais si une Oméga comme – oh, je ne sais pas, une Oméga comme Jas, dirons-nous – ramenait un Alpha à la maison, on lui ferait confiance plus rapidement parce que tout le monde fait déjà confiance à Jas.

Cette réflexion avait conduit Quinnlynn à mentionner les commentaires d'Ander sur la séduction et le fait que quelques Omégas avaient déjà manifesté leur intérêt pour les Alphas, donc Kyra et elle avaient soumis l'idée à d'autres membres du Sanctuaire.

Et nous étions sur le point de l'annoncer au Secteur Sanglant, à plusieurs membres d'autres secteurs du V-Clan et à une poignée de loups du X-Clan.

Cependant, les loups du X-Clan présents n'étaient pas personnellement intéressés par le programme des Compagnes Omégas éligibles. Ils avaient déjà tous des compagnes. Mais ils pourraient suggérer à quelques-uns de leurs Alphas de confiance de s'inscrire au programme, ce que Kieran avait approuvé.

Kyra promena ses mains sur ma veste, ses yeux verts croisant les miens.

— Prêt ? demanda-t-elle.

J'acquiesçai, ma main toujours sur sa nuque, puis je nous éclipsai jusqu'à la salle de bal située au cœur du palais du Secteur Sanglant. C'était la même que celle où je m'étais rendu quelques semaines plus tôt pour le couronnement de Kieran. Mais cette fois, je ne me cachai pas contre un mur, ni ne restai à ses côtés. Au contraire, j'allai directement sur l'estrade supérieure, juste hors de vue des portes principales.

Kieran et Quinnlynn étaient déjà là, attendant notre arrivée. Lui portait un costume tout noir, comme le mien. Quant à Quinnlynn, elle portait une robe d'un bordeaux intense , qui laissait entrevoir le léger renflement qu'elle avait à l'abdomen – la future héritière ou le futur héritier du Secteur Sanglant.

— Ah, elle te va bien ! s'écria-t-elle, admirant la robe de Kyra.

Celle-ci tordit ses lèvres d'un côté.

— Malheureusement. (Elle fit face à sa meilleure amie.) Je ne porte ça que pour toi, tu sais.

— Je sais.

— Tout comme je ne suis dans le Secteur Sanglant que pour toi aussi, insista Kyra. Maintenant et avant, je veux dire.

Elle lança un coup d'œil appuyé à Kieran.

— Je sais, répéta Quinnlynn.

— Et je ne l'ai accouplé – elle me désigna d'un geste du pouce par-dessus son épaule – que pour toi aussi.

— Je sais, dit encore Quinnlynn, un peu plus exaspérée cette fois.

— Alors ne prétends jamais que je n'ai rien fait pour toi. J'ai fait beaucoup de choses. Comme porter cette robe.

Quinnlynn leva les yeux au ciel.

— Oui, ta vie est très dure.

— C'est vrai ! opina Kyra. Tu sais à quel point ce maudit Alpha aime me nouer ? Et à quelle fréquence ? Et à quel point c'est *dur* ?

Kyra, chuchotai-je.

Je n'ai pas fini.

— C'est vraiment convenable, Quinn. Super *convenable*, putain.

La reine du Secteur Sanglant secoua la tête.

— Je ne sais même pas quoi faire de toi.

— Tu pourrais me remercier, suggéra Kyra.

— À quel propos ? demanda Quinnlynn. La robe ? Le compagnon que tu adores si clairement ? M'avoir amené le compagnon que j'aime ?

Kyra réfléchit un instant et acquiesça.

— Ouais, tout ça.

Quinnlynn lui fit une grimace.

— Et pourquoi pas pour t'avoir donné un tout nouveau secteur et avoir fait de toi une princesse ?

— Tout à fait, dit Kyra. Ça va être beaucoup de travail, tu sais.

— Je le sais, en effet, répondit Quinnlynn. J'ai moi-même été princesse. Et maintenant reine…

Kyra hocha la tête.

— Tu vois ? Exactement.

Les deux Omégas restèrent silencieuses un moment, puis Kyra gloussa et serra sa meilleure amie dans ses bras.

— Sérieusement, je t'aime, murmure-t-elle à l'oreille de Quinnlynn. Tu le sais aussi, n'est-ce pas ?

— Oui, je sais.

— Bien. Et je suis vraiment heureuse pour toi aussi.

— De même, répondit-elle doucement, son regard allant de moi à Kieran. Je t'aime, Kyra.

— Je t'aime aussi. (Kyra la serra plus fort pendant une seconde, puis la lâcha.) Très bien. Je suppose que c'est maintenant ou jamais.

— C'est maintenant, confirma Kieran.

Glissant son bras dans le bas du dos de Quinnlynn, il porta son regard sur le groupe d'Omégas non loin. Elles seraient toutes présentées ce soir comme des Omégas en quête de compagnons.

Je promenai mon regard sur elles, sentant croître mon besoin de protéger. Ces Omégas faisaient partie de *mon* secteur, elles étaient donc sous ma responsabilité. Toutefois, elles résideraient temporairement dans le Secteur Sanglant pendant le processus d'accouplement. Je supposais donc qu'elles étaient davantage sous la responsabilité de Kieran que sous la mienne.

— Allons-y, dit-il à l'intention de sa compagne.

Il nous ferait savoir, à Kyra et à moi, quand il serait prêt pour nous.

Quinnlynn serra légèrement l'épaule de Kyra, puis se dirigea avec Kieran vers les portes principales et l'estrade. Ils marchèrent avec grâce vers la balustrade qui surplombait la salle, levant les bras en un salut royal.

Je regardai Kyra, ma main au bas de son dos. *Prête à franchir une nouvelle étape dans cet accouplement de convenance ?*

Son regard félin scintillait dans l'éclairage aux chandelles tamisé de la pièce. *Prête.*

Bien, répondis-je en inclinant la tête vers Kieran et

Quinnlynn. *Parce que je suis sur le point de faire de toi ma vraie compagne.*

Ton nœud ne l'a pas déjà fait ?

Je réfrénai un sourire amusé. *Plusieurs fois, compagne. Plusieurs fois.*

Qu'est-ce qui est différent aujourd'hui ?

Aujourd'hui ? Je vais m'assurer que chaque Alpha dans cette pièce sache que tu es à moi. Parce que cette robe est positivement pécheresse.

Et les Omégas ?

Oh, elles le savent déjà. Mon loup s'est épris de toi dès le moment où tu t'es retournée et m'as mordu, tout en complotant mon meurtre. Aucune autre n'a jamais eu la moindre chance. Il suffit de regarder mon visage quand je t'admire pour s'en convaincre. Mon loup ne se cache pas. Et moi non plus.

— Bienvenue ! salua Kieran à l'assemblée. La reine Quinnlynn et moi-même sommes très heureux que vous ayez pu vous joindre à nous ce soir, car nous avons plusieurs annonces à faire. La première concerne la création d'un nouveau secteur V-Clan.

Nous écoutâmes Kieran expliquer la revendication du nouveau territoire dans l'Arctique, mon cousin évitant soigneusement de parler de l'emplacement exact ou de la façon dont il avait été fondé. Il se contenta de mentionner son existence et la nécessité de me donner à moi – son trop puissant cousin – un nouveau secteur à diriger.

L'art de créer de nouveaux secteurs ou de nouvelles meutes était une pratique courante lorsque les Alphas rivalisaient en force. Plutôt que d'essayer de partager la même meute de loups, ils se séparaient souvent pour créer de nouvelles meutes.

L'explication de Kieran laissait peu de place aux questions et montrait clairement que me défier serait une très mauvaise idée. En effet, il disait en substance qu'il ne voulait pas se battre contre moi pour le poste d'Alpha du

Secteur Sanglant, et qu'il m'aidait donc à ouvrir un nouveau secteur.

Ce qui n'était pas tout à fait vrai puisque le Sanctuaire existait déjà, mais seuls les princes Alphas, quelques Alphas du X-Clan et la poignée d'Alphas qui avaient été accueillis en tant que Protecteurs connaissaient les secrets de l'île.

Espérons qu'il en resterait ainsi.

— Eh bien, je suppose que nous irons droit au but, n'est-ce pas ? (Kieran se mit sur le côté, entraînant Quinnlynn avec lui.) Lorcan, Kyra, voulez-vous vous joindre à nous, s'il vous plaît ?

C'est maintenant ou jamais, pensai-je à Kyra alors que des applaudissements retentissaient dans la salle.

Maintenant, dit-elle. Ses talons claquèrent quand nous franchîmes la porte ensemble et apparûmes en pleine lumière.

Elle commença à agiter la main en guise de salut, mais je n'étais pas prêt à saluer la salle. À la place, je pressai ma bouche sur son pouls et la grignotai du bout des dents pour que tout le monde puisse voir. Parce que cette Oméga était à moi et que je voulais que tout le monde le sache.

Mais ce n'était pas suffisant pour Kyra.

La petite coquine attrapa ma veste et se mit aussitôt sur la pointe des pieds pour répéter l'action contre ma gorge, sa louve bien présente dans son regard. *Je ne me cache pas non plus, Alpha,* me dit-elle, rebondissant sur ma remarque précédente comme quoi je ne cachais pas mon intérêt. *Tu es à moi.*

Et tu es à moi, rétorquai-je. *Ma compagne* très *convenable.*

Si convenable, reprit-elle, les yeux pétillants d'hilarité. *Mon vrai compagnon.*

Oui, acquiesçai-je, me penchant pour frotter mon nez contre le sien. *Mon amour.*

Amour ? répéta-t-elle, ses yeux fixant les miens. *Je crois que j'aime ça.*

Moi aussi, avouai-je. *Mieux que tueuse d'Alphas ?*

Oui.

Mieux que compagne ?

Peut-être pareil que compagne, répondit-elle.

Et que dis-tu de… Je t'aime, compagne. Je ne l'exprimai pas comme une question, mais comme une déclaration. Car ce n'était pas une question. Je savais ce que je ressentais. Cette femelle était à moi. Pour le meilleur et pour le pire. Pour toujours et pour l'éternité.

J'aime vraiment ça, murmura-t-elle. *Je t'aime aussi… compagnon.*

Mes lèvres se retroussèrent, l'entourage et le public n'ayant plus d'importance. Je l'embrassai. Profondément. Intensément. *Avec amour.*

J'avais cru jadis que je ne voulais pas de compagne. J'avais eu tort.

Il avait fallu que je rencontre et connaisse Kyra pour que je m'en rende compte.

Elle était la compagne idéale. *Ma* compagne. Et je n'aurais pas voulu qu'il en soit autrement.

Le gloussement de Kieran perça à peine mes pensées, mon attention étant entièrement tournée vers ma compagne.

Puis il annonça :

— Je vous présente les nouveaux prince et princesse couronnés du Secteur de la Nuit.

Ses mots résonnèrent dans la salle, suivis d'une série de hurlements qui soulignèrent l'importance de sa déclaration.

Parce qu'il venait d'annoncer mon avenir. *Notre* avenir.

En tant que prince et princesse du Secteur de la Nuit.

ÉPILOGUE

CILLIAN

Je sirotai une gorgée de mon vin de sang dans l'ombre, réfrénant un sourire.

Prince Lorcan, songeai-je, en réponse à l'annonce de Kieran concernant les nouveaux prince et princesse du Secteur de la Nuit. *Ça sonne bien, non ?*

En effet, reconnut Kieran. *Tout comme Prince Cillian.*

Je répondis par un grognement. *Non, pas vraiment.*

Hmm, fredonna Kieran. *On verra.*

On ne verra rien du tout, répliquai-je, balayant la salle du regard pour saisir la réaction de chacun à la nouvelle du nouveau territoire de Lorcan. Deux loups en particulier méritaient mon attention plus que les autres : Myon et Fritz. Je n'avais pas voulu les laisser participer, mais Quinnlynn l'avait demandé, arguant qu'ils ne pouvaient pas être punis pour ce que Fare leur avait fait.

Je n'étais pas d'accord. C'était pourquoi je les tenais en laisse mentale.

Leurs pensées superficielles paraissaient assez plaisantes. Pour l'instant. Mais je ne serais pas loin, mon talent télépathique étant pleinement ancré dans leurs esprits.

Je ne leur faisais pas confiance. Putain, je ne faisais pas confiance à la plupart des loups dans cette salle. Mais ça n'avait rien d'inhabituel quand on lisait dans les esprits. Je pouvais capter leurs désirs. Leurs vérités. Leur jalousie. Leurs peurs. Tout.

Cela me donnait un foutu mal de tête.

Hélas, c'était mon travail d'écouter, et c'était ce que je faisais quand Kieran annonça à l'assemblée le programme des Compagnes Omégas éligibles.

La curiosité des Alphas grimpa de mille pour cent, certaines de leurs pensées devenant si vulgaires que je n'eus pas d'autre choix que de prendre un autre verre de vin. J'en éclusai la moitié avant que les deux premières Omégas ne soient présentées à la salle.

Quinnlynn avait préparé une poignée de déclarations pour chaque Oméga candidate, surtout axées sur leurs noms et leurs désignations. La majorité d'entre elles étaient des louves du V-Clan, mais il y avait aussi une vampire, une louve du Z-Clan et une du W-Clan.

Je pris un troisième verre de vin sur un plateau tandis que la dernière candidate était présentée.

Douze Omégas. Toutes désirant des compagnons Alpha.

Ç'allait être l'enfer à superviser. Mais je comprenais pourquoi Kieran s'était porté volontaire pour les héberger ici. On avait les meilleures ressources pour ça. Et on ne pouvait pas vraiment l'organiser dans le Secteur de la Nuit.

— Notre treizième et dernière candidate Oméga est un ajout tardif, déclara Quinnlynn, ce qui me fit froncer les sourcils et lever les yeux vers l'estrade.

Quoi ? émis-je dans les pensées de Kieran. *On ne m'a pas parlé d'une treizième.*

Non, admit-il. *En effet.*

J'allais demander pourquoi quand Ivana monta sur l'estrade, ses cheveux blond pâle scintillant sous le faible éclairage.

— Ivana, une Oméga V-Clan du Secteur Sanglant. Elle s'intéresse à l'analyse, à la technologie de pointe et à l'armement.

Les paroles de Quinnlynn flottaient dans la salle, sa présentation me fit serrer le poing autour du verre de vin.

C'est quoi ce bordel ? demandai-je. *C'est quoi ce bordel, Kieran ?*

Quoi ? répliqua-t-il. *Je t'ai dit que nous avions ouvert l'option aux Omégas d'ici, du Secteur Sanglant. Ivana s'est montrée intéressée, alors Quinnlynn l'a ajoutée au programme. C'est un problème ?*

Oui, c'est un putain de problème, pensai-je. Mais ces mots étaient pour moi, pas pour Kieran.

Cillian ? demanda-t-il.

Je finis mon verre et le posai. *C'est bon.*

Ce n'était *pas bon* du tout.

Comment étais-je censé aider à surveiller le programme avec Ivana comme candidate ?

J'attendis la fin de la cérémonie, les ombres autour de moi étant aussi sombres que mes pensées. *Ivana est candidate. Une candidate Oméga. En quête d'un compagnon Alpha.* C'était… inattendu. Et pourtant, tout à fait attendu en même temps.

Elle était vraiment magnifique. Si belle que ça faisait *mal* de la regarder. Surtout parce qu'elle n'avait pas caché qu'elle me voulait. Et il m'avait fallu toute ma retenue physique et mentale pour la refuser.

Car elle méritait mieux. Un Alpha qui pourrait consacrer sa vie à elle et à elle seule. Cet Alpha n'était pas moi. Kieran était ma priorité. Toujours. Ivana avait besoin d'un Alpha qui la ferait passer en premier.

Le trouvera-t-elle dans le programme ? Y a-t-il même un homme digne d'elle ?

Elle avait un esprit si tranquille. Toujours pensive, jamais bruyante. Elle était l'une des rares à être capable de masquer ses pensées en ma présence. Cela la rendait facile à vivre, et difficile à la fois.

Je la regardai se déplacer dans la pièce, ses longues jambes la portant avec une aisance que bien d'autres admiraient. *C'est cette foutue robe,* me dis-je en observant les fentes montant à mi-cuisse. *Elle révèle tant de choses et pas assez.* Ses longs cheveux blancs étaient remontés sur sa tête, les boucles étaient une tentation telle que mes doigts me démangeaient de sentir si ces mèches étaient aussi douces qu'elles en avaient l'air.

Et ses yeux. Putain, ses yeux. Bleu argenté. *Comme de la glace.*

Dieux, cette femme était carrément divine.

Et apparemment, elle s'est inscrite à un programme pour trouver un compagnon.

C'est quoi ce bordel ? me répétai-je. *Pourquoi elle ne m'en a rien dit ?*

Elle m'avait toujours tout dit, même quand je ne le voulais pas. Quoiqu'elle ait été… distante ces derniers temps.

Je fronçai les sourcils. En fait, elle était distante depuis le couronnement. Elle ne venait plus bavarder ou se moquer de mes différentes cachettes. Je ne m'en étais pas rendu compte jusqu'à présent. Mais elle n'avait pas essayé une seule fois de m'entreprendre depuis cette nuit-là, qui remontait à près d'un mois maintenant.

Pourquoi ? me demandai-je en commençant à m'approcher d'elle.

La dernière fois que je l'avais vue, elle n'était pas dans son assiette, ses épaules étaient bizarrement voûtées.

Mais elles ne l'étaient pas en ce moment. Elles étaient

droites et confiantes, comme d'habitude. Quoi qu'il se soit passé cette nuit-là, elle s'en était manifestement remise.

J'avais tenté de la suivre, de comprendre ce qui s'était passé, mais elle avait disparu avant que je puisse la rejoindre. Mais je ne voulais pas aborder ce sujet maintenant. Non, à la place, je lui demandai :

— Qu'est-ce que tu fais ?

Ivanna fronça les sourcils et se tourna vers moi.

— Pardon ?

OK, bon. Ce n'était pas ce que je voulais demander.

— Tu t'es inscrite au programme des Compagnes Oméga éligibles. Pourquoi ?

Elle croisa ses bras fins sur sa poitrine exquise.

— Comment suis-je censée trouver autrement quelqu'un *à mon niveau ?* demanda-t-elle, ce qui me fit plisser le front.

— Quoi ?

— Tu sais, un Alpha qui pourrait apprécier ma… quoi déjà ? Ah, oui, c'est ça : mon *assurance mal placée* parmi mes autres *qualités peu recommandables.*

Je la regardai en clignant des yeux.

— Désolé, tu veux dire quoi ?

Je n'avais aucune idée de ce dont elle parlait.

— Allez, c'est toi qui m'as dit que je devais commencer à chercher un compagnon plus approprié, un qui ne se souciera pas de mon… (elle leva les yeux au ciel, puis claqua des doigts) mon penchant à dire aux Alphas ce qu'ils doivent faire. Peut-être que je trouverai cet Alpha grâce au programme de séduction. Peut-être qu'il aimera aussi mes *enfantillages.*

OK, attends…

— Ivana…

— C'est bon, Cillian. J'ai déjà dit à Quinnlynn que je

m'installerais volontiers dans le Secteur de la Nuit. Bientôt, tu n'auras plus à t'inquiéter de ma douteuse compagnie.

Elle me tapota le bras et s'éclipsa avant que je puisse dire un mot.

Non pas que je sache quoi dire. Parce que *merde*. Elle avait entendu tout ce que j'avais dit à Lorcan lors du couronnement.

Cette maudite femme était toujours à l'affût, son talent pour disparaître dans l'ombre rivalisant presque avec le mien. C'était ainsi qu'elle trouvait toujours mes cachettes préférées. Je lui avais dit qu'écouter aux portes lui causerait des ennuis. Mais il semblait que ce ne soit pas elle qui ait des problèmes. C'était moi et ma trop grande gueule.

Merde.

Une vision d'elle lors du couronnement me revint à l'esprit, ses épaules voûtées d'une manière qui me disait que quelqu'un l'avait blessée. J'avais menacé de tuer quiconque avait osé la contrarier ou la rejeter. Et Lorcan avait répondu : *En fait, c'est toi qui l'as rejetée. Tu la rejettes tout le temps. Tu vas te punir toi-même ?*

Ma mâchoire se crispa. *Bon sang.* C'était *moi* qui l'avais blessée ce soir-là.

Et maintenant, elle entrait dans le processus de séduction pour trouver un nouvel Alpha. Parce qu'elle avait finalement renoncé à moi.

Ç'avait été mon but depuis des années : qu'elle trouve un compagnon plus approprié. Mais la réalité… la prise de conscience que j'allais enfin la perdre pour de bon… ça craignait, putain.

Les cheveux blond-blanc d'Ivana attirèrent mon attention de l'autre côté de la salle. Elle retroussa ses lèvres en un sourire poli lorsque le prince Cael se pencha pour lui baiser le dos de la main. Ses yeux s'illuminèrent d'un intérêt que je connaissais *très* bien. Un intérêt qui m'était autrefois réservé.

Non, pensai-je. *Putain. Non.*

Je l'avais repoussée. Je l'avais blessée. Je l'avais *rejetée.* Je ne la méritais pas.

Mais cela n'avait jamais empêché mon loup de la désirer.

Il se déchaînait en moi maintenant, exigeant que je la revendique. *La morde. La noue. La prenne.* Je déglutis, réfrénant mon envie. Mais elle s'accentuait à chaque seconde tandis que je regardais le prince Cael la faire rire. *À moi*, grognait mon animal intérieur. *Cette femelle est à moi.*

Sauf qu'elle n'était pas du tout à moi. Elle était une Compagne Oméga éligible. Elle faisait partie d'un programme que j'étais censé superviser et surveiller.

Tu as l'air prêt à tuer le prince Cael, murmura Kieran en s'éclipsant à mes côtés. *A-t-il fait quelque chose qui devrait m'inquiéter ?*

Je serrai les dents en plissant les yeux sur Kieran. *Il flirte avec Ivana.*

Et ?

Et rien, tranchai-je. *C'est une Oméga éligible, hein ?*

Tout à fait, acquiesça-t-il. *À moins qu'elle ne soit pas…*

Je ne dis rien.

Eh bien, les prochaines semaines vont être amusantes à observer, songea Kieran. *Fais-moi savoir si tu veux être ajouté à la liste des prétendants. Tu as jusqu'à demain pour te décider…*

L'histoire d'Ivana et de Cillian est à suivre dans *Le Secteur de l'Éclipse…*

Le Secteur de l'Éclipse

J'ai aimé un Alpha autrefois.
Un Élite inaccessible.
Un ancien prince du V-Clan.

Je croyais que nous avions une connexion.
Un lien unique fondé sur nos valeurs et nos aspirations
communes.
Puis il m'a brisé le cœur avec quelques mots bien choisis.

Il ne veut pas de moi ? Très bien. Je trouverai un Alpha qui
voudra bien.
C'est ainsi que je me retrouve sur l'estrade, présentée
comme la treizième candidate du programme Compagne
Oméga éligible.

Sauf qu'il y a un petit problème : l'Alpha qui m'a brisé le
cœur est chargé de superviser les activités d'accouplement.

Il est donc au courant de chaque entretien. Chaque rendez-vous. Chaque *baiser*.

Comment suis-je censée trouver un partenaire approprié quand il m'observe avec ses iris de braise ?
Ronronnant des commentaires possessifs à mon oreille…
Grondant sur chaque mâle qui me lance un regard...
Rôdant autour de mon nid…

Le fait que quelqu'un s'en prenne aux Omégas dans le programme n'arrange rien.
Maintenant, mon Alpha est encore plus territorial, sa nature sauvage est encore plus puissante.
Parce qu'il refuse de me quitter.
Et il a promis de tout faire pour me protéger.
Même si cela implique de me revendiquer pour lui-même.

Note de l'auteure : Il s'agit d'une sombre romance autonome concernant des métamorphes, avec des vibrations Omégaverse et des dynamiques Alpha, Beta et Omégas, comprenant des nouages, des nidifications et des morsures. Consultez les avertissements dans l'introduction pour plus de détails.

L'auteure à succès d'*USA Today* Lexi C. Foss est une écrivaine perdue dans le monde de l'informatique. Elle vit à Chapel Hill, en Caroline du Nord, avec son mari et leurs enfants à fourrure. Quand elle n'écrit pas, elle est occupée à cocher des cases sur sa liste de voyages à faire. On peut retrouver beaucoup des endroits qu'elle a visités dans ses écrits, notamment le monde mythique d'Hydria, inspiré d'Hydra, dans les îles grecques. Elle est excentrique, boit beaucoup trop de café et adore nager. Tchao !

https://www.lexicfoss.com/Français

Pour être au courant des dernières nouvelles et connaître les dates de publication, abonnez-vous à ma newsletter: https://www.lexicfoss.com/la-newsletter-de-lexi

LIVRES DE L'AUTEURE LEXI C. FOSS

Alliance de Sang

L'Esclave du Vampire

Le Vampire Royal

La Triade de l'Alpha

Le Vampire Rebelle

Le Roi Vampire

Le Vampire Cruel

Dans l'univers de L'Alliance de Sang

Désire-moi - Nyx/Vesperus

Le Jour du Sang

Faë de Lucifer

La Captive des Faë de Lucifer

Le Directeur des Faë de Lucifer

Le Commandant des Faë de Lucifer

La Malédiction des Immortels

Les Lois du Sang

Des Liens Interdits

Cœur de Sang

Les Liens du Sang

Les Liens des Anges

Chercheur de Sang

Le Poids du Sang

Des Liens Dangereux

Le Roi de Sang

La Reine des Éléments

Livre Un

Livre Deux

Livre Trois

la Nouvelle Génération

La Reine des Faë de l'Hiver

La Reine des Faë de l'Hiver

La Reine des Faë de Minuit

Livre Un

Livre Deux

Livre Trois

Livre Quatre

Le Conte de Faë d'Ella - Un préquel

Les Anges Déchus

Le Commencement

La Princesse Bannie

Le Roi de la Prison

Le prince Noir

Les Loups du X-Clan

X-Clan : Origines

La Promise de l'Alpha